Francisco García Pavón
Las Hermanas Coloradas

Francisco García Pavón

Las Hermanas Coloradas

Plino en Madrid

Premio Eugenio Nadal 1969

Ediciones Destino
Colección
Destinolibro
Volumen 1

© Herederos de Francisco García Pavón
© Ediciones Destino, S.A.
Consell de Cent, 425. 08009 Barcelona
Primera edición: febrero 1970
Primera edición en Destinolibro: enero 1972
Segunda edición en Destinolibro: diciembre 1984
Tercera edición en Destinolibro: enero 1988
Cuarta edición en Destinolibro: noviembre 1990
ISBN: 84-233-0019-6
Depósito legal: B. 44.475-1990
Impreso por Apssa, S.A.
Calle Roca Umbert, 26. L'Hospitalet (Barcelona)
Impreso en España - Printed in Spain

Para Amparín y Luciano García de la Riva, en cuya casa de Benicasim renace Plinio cada verano.

Una mañana de otoño

Manuel González alias Plinio, Jefe de la G. M. T. —o sea: La Guardia Municipal de Tomelloso (C. Real)— según costumbre, se tiró de la cama a las ocho en punto de la mañana. El hombre, tan ajustados tenía los ejes del reloj a los de su cerebro, que apenas sonaba en la torre de la villa el primero de los ocho golpes matinales, sentía flojera en los párpados, desenredaba las pestañas y recibía la claridad con la vagorosa sensación de arribar a la vida por primera vez. Hacia el cuarto campanazo recuperaba del todo la conciencia de su ser, historia, familia y cometido. Y al octavo —como la mañana que cuento— ya estaba sentado en el borde del lecho rascándose la nuca y mirando con fijeza el costurero guarnecido de conchas y caracolas que posaba sobre el mármol de la cómoda desde toda la vida de Dios.

Mientras se atezaba, desnudo de medio cuerpo para arriba, la Gregoria, su mujer, le entró en el cuarto de aseo el uniforme gris de verano bien planchado y los zapatos negros a punto de charol.

Concluido el atavío, ceñido el correaje con la pistola de reglamento —ya que como Jefe estaba dispensado de llevar porra— y encajada la gorra de plato sin el menor ladeo ni concesión graciosa, salió al patio encalado, con pozo, parra, higuera y tiestos arrimados a la cinta. Echó una ojeada al cielo indiferente, que aquella mañana, bajo sus azules claridades permitía flotar unas nubículas rebolotudas, blancas, de juguete.

Su hija Alfonsa se le acercó con un «buenos días, padre» y una taza de café solo, con la que Plinio solía estrenar el cuerpo cada día. Mientras el Jefe sorbía en pie y en silencio, «sus» mujeres, a prudente distancia, lo contemplaban con la ternura contenida de siempre, en espera de que acabase la colación y devolviese el servicio. Punto seguido, todavía sin romper a hablar, sacó un cigarro «caldo», le cambió el papel con mucha pausa y aprovechamiento de hojas, encendió, dio la primera chupada profundísima y mientras el humo entraba y regresaba por los caños de la nariz y la hendija de la boca, dijo:

—En fin. Me voy para el corte. ¿Queréis algo?
—¿Vendrás a comer?
—Sí.
—No olvides avisar al aceitero que apenas queda para hoy.
—Bueno. ¿Y tú, chica, quieres algo?
—No, padre.

Y sin más parlamentos las miró rápido, sonrió un punto, alzó la mano derecha con timidez y salió por la portada —que la puerta principal de la casa sólo estaba para los días de recibo— hacia el Ayuntamiento.

Su camino siempre era el mismo. Los saludos y comentarios casi repetidos.

—Buenos días, Manuel.
—Vaya con Dios el Jefe.
—No te quejarás del día, Manuel, que parece de junio mismamente.

Plinio, aplicado a su cigarro, contestaba a todos con monosílabos, medias sonrisas o moviendo la cabeza según convenía.

Las mujeres que barrían las puertas de sus casas, paraban la escoba para dejarle paso. Como era lunes se veía mucho tráfago de remolques, camiones y motos. Todavía había algunos vecinos empleados en la limpieza de jaraíces y útiles de pisa, aunque ya la mayoría suelen llevar su fruto a la Coperativa. El bullir de las calles en la prima mañana era claro, distante y de pocas palabras. Las cales al sol pueden más que los bultos y las sombras. Todavía no pesa la vida. A la anochecida todo el mundo va cargado de día y abulta más, suena más, es menos puro.

Manolo, el barbero más antiguo del pueblo —todavía hacía asientos de enea y tocaba la guitarra— que a aquella hora invariablemente colgaba las bacías de latón sobre la puerta de su «Peluquería de caballeros», dijo a Plinio:

—¿Vendiste las uvas o hiciste vino, Manuel?

—Las vendí.

—¿A don Lotario como siempre?

—Claro... —cortó sin apenas detenerse.

—Ese es muy buen paga y persona...

Al llegar al Ayuntamiento, el guardia de puertas le saludó militarmente, pero en flojo:

—Sin novedad, Jefe.

En el zaguán se hacía el relevo del servicio bajo la inspección del cabo Maleza. Los ocho o diez guardias que salían del turno de noche estaban barbudos y con los ojos caidones. Y los del renuevo, bien afeitados y renovalíos, rotas las filas para la revista de policía, liaban sus cigarros o formando parejas salían a su destino.

11

—¿Ha habido algo? —preguntó Plinio a Maleza sin responder a su saludo.

—Nada, Jefe. El orden y la paz reinan en la ciudad —dijo con su acostumbrado cachondeo—. Y si usted no manda ninguna urgencia, este cabo se va ahora mismo a desayunar al bar «Lovi».

Plinio entró en su despacho de Jefe de la G. M. T. Miró los «partes» que había sobre la mesa. Dio cuerda al reloj de pared que databa de los tiempos en que fue alcalde don Jesús Ugena y echó un vistazo a la placa flamante de plata delgada que había colgada sobre su sillón: «El Excmo. Sr. Ministro de la Gobernación, y en su nombre el Ilustrísimo Sr. Director General de Seguridad, tiene a bien de nombrar COMISARIO HONORARIO de la Brigada de Investigación Criminal a Don Manuel González Rodrigo, Jefe de la Guardia Municipal de Tomelloso, en atención a los extraordinarios servicios..., etc...., etc.».

Se asomó luego a la ventana que daba a la calle del Campo y contempló a las gentes que iban y venían del mercado con sus cestas de mimbre bajo el brazo, o los bolsos de plástico pendientes de la mano. El personal está tan afincado en sus horarios y rutinas, que Plinio sabía casi fijo quién iba a aparecer de un momento a otro por la calle Nueva, quién entraría en la carnecería de Catalino, con quién se pararía Jerónimo Torres y quiénes saldrían, sin marrar, de la misa de ocho. La plaza, su plaza, era un escenario en el que todos los días se representaba la misma función con muy poca variación de divos y figurantes. Ahora llegaban los escribientes del Juzgado. Por la Glorieta paseaban algunos empleados del Banco Hispano antes de entrar en la oficina.

12

Sonaba la bocina del motocarro del lechero. La criada de Julita Torres sacudía las alfombras... Y recordaba las cosas que en idénticos sitios ocurrían a la misma hora veinte años antes... Luis Marín padre fumaba el pito en la puerta de su casa antes de decidirse a tomar camino. David abría la tienda de Angel Soubriet. Aníbal Talaya se frotaba las manos junto a la puerta de «El Brasil», el párroco don Eliseo salía de la iglesia camino de casa...

Clavado en la ventana con este devaneo de observaciones y cachos de recuerdo, estuvo Plinio hasta las nueve en punto, que se echó a la plaza, camino de la buñolería de su amiga y admiradora, la Rocío.

Allí, entre un grupillo de mujeres que se apañaban de churros, buñuelos y porras, en un rincón del mostrador, junto a la pared, mismamente en el lado de la cafetera, estaban ya Braulio el filósofo y don Lotario el veterinario.

—Ya está aquí er que fartaba —dijo la Rocío al verlo entrar, sin dejar de cortar la rosca de buñuelos bullentes que pinzaba entre los dedos— ...que desde que es comisario honorario se afeita todos los días, y no dos veces por semana como antaño.

Plinio, sin darse por enterado del discurso de la buñolera, saludó con un «buenos días» casi soplado.

Braulio el filósofo, con la cesta de mimbre junto a los pies, bien cargada de companages y mayormente de una sandía que asomaba su calva lunera por la tapa entreabierta, dijo a Plinio apenas estuvo junto a él y con aire de seguir y no de empezar una conversación:

—Digo y sostengo que en esta vida todo es un error, porque empieza por ser una pifia de la naturaleza el que el hombre exista.

—¿Y el que los perros existan, no? —le repreguntó Plinio muy serio.

—No señor. Los perros, los burros, los elefantes, los ballenatos y las chinches, como cuantos animales arpean sobre la tierra, vuelan o nadan, carecen de razón para darse cuenta de la trampa; y el hombre lo columbra apenas se le cuaja la sesera. La grande y tristísima peripecia del hombre es darse cuenta que es acabadero. Ya que lo primero que descubrió con su inteligencia no fue la rueda, la llama o el vestido, sino su fin sin remedio. El animal ignora lo que es y lo que va a ser. El humano lo sabe y por eso su vida es un puñado de agonías...

—Pero bueno, Braulio —interrumpió don Lotario el veterinario con gesto impaciente, y parado en el aire el buñuelo que llevase camino de la taza—, ¿y eso que puñeto tiene que ver con el nombramiento del nuevo alcalde a que nos estábamos refiriendo?

—Eso, eso, ¿qué tiene que ver? —le coreó vivamente la Rocío.

Plinio, al ver la cara con que Braulio acusaba recibo a las interpelaciones, sintió llenársele la boca de risa con tanto acelero, que a punto estuvo de regresar a la taza el sorbo de café que bebía en aquel instante.

—¡Coño! ...pues tiene que ver —replicó el filósofo con tono de mucha lógica— que si el hombre es un error de la naturaleza, todas sus hechuras, palabras y accidentes, naturalmente serán crías de ese error paterno. Y pa el caso igual dará que sea alcalde Ramón que Román, porque cuanto hagan o dejen de hacer, a la larga se verá que fueron otras tantas erratas del universo.

14

—Según esa cuenta —saltó Plinio aparentando mucha seriedad— igual da ser bueno que malo, listo que tonto, engañado que engañador...

—Al remate, igualico, Plinio. Te digo que igualico. Todo conduce al olvido total bajo el terrón de la sepultura. Todo es tan irrecordable y sin obra como el viento que hoy hace un año peinó los árboles del cementerio.

—Ya salió la sin dientes —dijo la Rocío con mohín supersticioso—. No crea usted que no hace falta resistencia para tener que oír todas las mañanas al dichoso Braulio hablar de la bicha.

—Claro, Rocío, porque es el único tema de conversación que existe. La única preocupación de verdad... Todo lo demás, aserrines y viruta.

—Pues a mí la muerte me tié sin cuidao, filósofo.

—Mentira y podrida, buñolera.

Braulio, con la boina un poco derribada hacia el cogote, sin corbata y el rostro entre de picholero y destilador, hablaba siempre mirando con mucha fijeza al interlocutor de turno, y el índice derecho en danza suave como si con él acariciase el perfil de las ideas en ruedo.

—Lo que ocurre es que las mujeres, como estáis más próximas a la condición de los irracionales, tenéis indolencia para pensar en la putrefacta. No queréis saber de ella. Sois más terruñeras, más coseras, más carnestolenderas y más reacias a la empinación del pensamiento que nosotros, los cerebros varones.

—Bravo, leche —saltó don Lotario—. Ese párrafo te ha salido arrope solo, a lo Cicerón del Guadiana. Braulio, si hubieses estudiado escribirías en la «Revista de Occidente...». Aunque a decir verdad los que piensan tan hondo como tú no precisan de la escritura. Su pensamiento tiembla en el aire de por siglos.

—¿Y el amor? —volvió la Rocío que había quedado mohína con la oración de Braulio—. ¿Es que el amor no vale nada? ¿Es que no es cosa de conversación como usted dice?

Braulio, cuya satisfacción no se había remansado todavía por los piropos del veterinario, volvió en seguida a su pentagrama con afectado gesto de concentración:

—...El amor es una escapadera, un hipo, una congestión de la cabeza o del bajo vientre, que dura menos que un sábado... Nos pasamos la vida inventando cosas, desaguaderos del caletre, acequias del pecho lloroso, para no pensar en lo único que de verdad es.

De pronto se enracimó tanta parroquia en la buñolería, y los dialogantes quedaron tan apretados en su rincón, que se impuso despejar el ágora. Don Lotario miró el reloj e inició la marcha.

—Bueno, señores, abur. Tengo que ir a la bodega. Si te hago falta ya sabes dónde estoy, Manuel.

Y sin más palabras, abriéndose paso con su andar nervioso y encorvadillo, salió de la buñolería.

Plinio y Braulio, entre codazos y golpes de cestas, aceptaron de la Rocío una copa de cazalla, y en voz más baja y no sin graves interrupciones, permanecieron un rato más tratando de la «flatulencia» —palabra del filósofo— que son las cosas humanas, hasta que boqueó el capítulo, y el uno con su cesta al brazo y el otro limpiándose la ceniza del cigarro que le manchaba la guerrera, salieron del establecimiento.

—Ande con Dios la justicia y el predicador de calaveras

—les despidió la Rocío mientras se secaba con la mano el sudor de la frente, conseguido por tan insistente trabajo.

Plinio dio unos cuantos paseos por la Glorieta de la Plaza, según su costumbre, antes de volver al despacho. Saludó a algunos de los que entraban en la iglesia a oír misa funeral de don Antonio Salicio, muerto el día anterior en un sanatorio de Madrid; vio cómo con los balcones y ventanas abiertos limpioteaban bajos y altos del casino de San Fernando; contempló el paso de una cisterna de alcohol gigantesca; fue luego a casa de Felipe Romero a decir que enviase una arroba de aceite a su casa; compró el «Lanza», periódico de la provincia, en casa de Quinito, y volvió a su despacho de la G.M.T. sin ninguna perspectiva de amenidad para aquella mañana. Leyendo el «Lanza» que hablaba muy por menudo de los partidos de fútbol jugados el día anterior en todos los pueblos de la provincia, según costumbre de la prensa de este país, que por algo se dice que vivimos en un régimen de partido único, y papeleando un poco, le dieron las once de la mañana, y llegó el primer correo, consistente —entre otros mensajes sin importancia, tales como la revista de los guardias municipales de España, la oferta de una enciclopedia, un anónimo contra un concejal y propaganda de una casa de pistolas— en una carta en cuyo membrete se leía: Dirección General de Seguridad. Brigada de Investigación Criminal. Madrid.

Al verla, Plinio aguzó los ojos, tensó los músculos de la cara, como si quisiera adivinar su causa y contenido, y después de palparla y darle un par de vueltas para mayor goce y suspensión, abrió el sobre lentamente.

En los tiempos que en aquellos campos de San Juan y Montiel, el acarreo, la arada y transporte se hacía con mulas, don Lotario traía siempre un sin vivir que para qué. Pero desde que se enmaquinó el campo, como el albéitar decía, si no salía algún caso de crimen, robo mayor o escándalo público que compartir con la G.M.T. se aburría, se aburría como un carnicero en cuaresma en los compartimentos de su «clínica», que ahora, desde la jubilación mular, prefería llamarle «bodega». Cierto que el caserón que don Lotario poseía en la calle de la Vera Cruz, siempre sirvió para ambas cosas. Allí hervían los mostos en octubre y se curaban bestias todo el año. Nada más entrar por la gran portada, en lo que diríamos el zaguán, estuvo el herradero. De aquella gloria de coces, relinchos, martillazos y voces arrieras, sólo quedaba un yunque oxidado y media docena de herraduras colgadas como en museo. Al fondo a la izquierda, estaba su despacho y laboratorio. A la derecha el jaraíz, y debajo la bodega subterránea o cueva, que sólo entraban en actividad los días de la vendimia y aquellos otros de sacar el vino. Antes daba gusto ir a la «clínica» de don Lotario. Cuánta entrada y salida de animales y hombres. Cuánta mula coja o mal calzada. Cuánta blusa, calzón de pana, arres, jos, bos, sos, tacos, chisqueros de mecha, chorretones de meaos muleros, y dientes amarillos. Allí solía verse al veterinario embutido en su bata blanca, con ademanes nerviosos y casi pintorescos, poner lavativas gigantescas, sajar, coser, inyectar y palpar barrigas. Ahora, acabada la vendimia, todo era silencio y melancolía de cochera desahuciada. A eso de las once de la mañana, con aire caidón extendía ciertos partes sanitarios y otros papeleos de su menester ya casi burocrático. De vez en cuando, con ojos añorantes, echaba un vistazo a los anaqueles de su despacho, llenos de antiguos libros de medicina pecuaria y a la mesa blanca con probetas, frascos, balanza, tubos de ensayo y el dorado microscopio, que como pájaro encantado reposaba bajo su campana de cristal. En las partes libres de los muros, quedaban, cubiertos de polvo suave y otoñero, dibujos de anatomías animales, fotografías de caballos ejemplares y la orla de su promoción sobre la mesa, carpetas abarquilladas, libros de cuentas y el teléfono.

Pero la verdad es que don Lotario, más todavía que sus glorias y trajines profesionales, lo que solía añorar cuando se quedaba con la barbilla en la mano y los ojos en el ventanal, eran las famosas aventuras policiacas que le tocó correr con el gran Plinio, hacía ya tantos años... Y más que añorar, con el corazón todavía repleto de esperanzas y el caletre bullidor, imaginaba, en muchos ratos de sus mañanas burocráticas, las capitales aventuras que aún cabían en la historia de la G.M.T., y que cierto seguro, guiado por la fenomenal pericia de Manuel González, de su Manuel, descubriría para mayor gloria de ambos y de su pueblo, Tomelloso... Cada día solía soñarse un caso penosísimo que descubrir. Y en la mañana que digo, en el mismo momento que su cerebro empezaba a dibujar los prolegómenos misteriosísimos de la muerte de siete hombres importantes del Casino de Tomelloso, sonó el teléfono que tenía junto al codo.

—¿Quién?

—¿Don Lotario?
—Dime Manuel.
—Me gustaría verlo a las doce treinta en la terraza del San Fernando.
—¿Hay algo?
—Sí.
—¿Qué?
—Una carta... de Madrid. Pero paciencia hasta las doce y treinta. Allí nos vemos.
—De acuerdo, Manuel.

Ni que decir tiene que a las doce empezó don Lotario a dar paseíllos por la Glorieta de la plaza. Desde el ángulo donde estuvo antiguamente la gasolinera, hasta la misma esquina de la calle de la Independencia.

Y fue un lunes como dije, pocos días después del remate de vendimia, cuando el pueblo tiene color de breva y el aire calmo. Las bodegas están llenas, los bolsillos fuellean de esperanza o están hinchados de billetes nuevos (esos billetes recién esmaltados de verde que dan los Bancos en octubre); las conversaciones apaciguadas, los cuerpos relajados, los jaraíces recién limpios; y las viñas, coronadas de sienas y pajizos, de pámpanos declinativos, lloran menopáusicas y añorantes del fruto perdido. Todo el pueblo olía a vinazas, a caldos que fermentaban, a orujos rezumantes. Hasta las lumbreras llegaba el zurrir de tripas de las tinajas coliqueras. El sol del membrillo calentaba sin pasión, pero calentaba. Las moscas últimas hacían círculos incompletos buscando la vereda de la muerte. Y la sequía de muchos meses mantenía los surcos abiertos, custríos, sin asomo de nacedura. Desde la misma orilla del pueblo se veían las viñas derrotadas, las pámpanas caídas como trapos puestos a secar, sin el orgullo ya de aquellas ubres de oro y polvo que se llevó la lona. De cuando en cuando, bandadas de rebuscadores pasaban minuciosos entre los hilos, husmeando la gancha que se dejó la vendimiadora manisa o deprisera; el rincón de fruto que perdonó la navaja; el racimo medroso bajo el sobaco de la cepa. La cosecha fue más corta que el año anterior, pero las cuatro pesetas que valió el kilo de uva contentaron en buena parte a los quejicas y dieron consuelo a los invariables hijos del pedrisco.

Don Lotario dio unos cuantos paseos locos por la plaza, saludó al párroco don Manuel Sánchez Valdepeñas, que por cierto encontró muy desmejorado, pero decidor y humorista a pesar de ello; le gastó una broma a Pepito Ortega, el hijo del médico; dijo adiós con la mano a su colega Antonio Bolós que pasó con el coche, y cuando miraba el reloj de la villa por enésima vez, se le aproximó el agente Chicharro:

—Buenos días, don Lotario. Dice el Jefe que si le es a usted igual acercarse por la oficina.

—Vamos para allá.

Cruzaron la plaza sin respetar las señales de tráfico, que para eso eran los dos de la justicia, y casi al trote, entró en el despacho de jefatura.

—Venga de ahí. A ver qué me tenías que decir con tanto misterio, amigo Manuel.

Plinio sacó tabaco y luego de echarle copero al cambio de papel y lianza, de encender y chupar con la majestad que él usaba, le dijo con pausas y arrastre de sílabas:

—He recibido una carta de nuestro amigo el comisario de la Brigada de Investigación Criminal de Madrid, don Anselmo Perales —dijo sacándosela del bolsillo y haciendo punto.

Don Lotario puso cara de alegre sorpresa.

El guardia la desdobló con cuidado, se caló las gafas y leyó con mucha puntuación: «Señor don Manuel González, Jefe de la Guardia Municipal de Tomelloso. Mi querido y admirado amigo: Perdone usted que le moleste, pero tengo entre manos un caso en el que intervienen gentes de Tomelloso... Y se me ha ocurrido que podría interesarle el tener conocimiento de él, a la vez que nos echaba una manita. Que no en balde dice mucha gente, y con razón, que es usted el mejor policía de España.

»Aquí hay mucho que hacer, no me sobra personal y me gustaría quitarme este caso de encima cuanto antes y en caliente... Como usted es además comisario honorario y tiene la cruz del mérito civil y policíaco (que no me gusta decir policial, y usted perdone), me parece que no es un disparate pedir su colaboración. He consultado con mis superiores, que le tienen a usted mucha simpatía, y me han dado disco verde, como ahora se dice. Durante su estancia aquí podré pagarle unas dietas suficientes para cubrir sus gastos y naturalmente las del simpático don Lotario. No sé cuál será su relación con el señor alcalde —supongo que buena— y sus obligaciones ahí, pero no creo que le pongan graves inconvenientes —en caso contrario me avisa—, ya que para Tomelloso y su G.M. debe ser una honra el que usted sea llamado a Madrid. En fin, Manuel, llámeme por teléfono con lo que acuerde. Yo cuento con ustedes para la rápida resolución del caso y también por disfrutarles unos días entre nosotros. Muchos recuerdos al bueno de don Lotario y un saludo muy cordial de su buen amigo y compañero, Anselmo.»

Concluida la lectura, dobló la carta, plegó las gafas y quedó mirando a don Lotario.

—Que muy bien, Manuel, pero que muy bien —saltó éste como por resorte—, que es una oportunidad para tu historial, amén de que podemos pasar unos buenos días en Madrid; que ya hace qué sé yo el tiempo que no salimos del pueblo.

—Lo que me anima sobre todo es que desde el «rapto de las Sabinas», que va ya para seis meses, aquí no se vende una escoba y se nos va a entumecer la argucia... Que lo del historial, como usted dice, más bien me tiene al fresco. Lo que pasa es que no sé cómo decírselo al alcalde. Ya sabe que a mí no me gusta pedir permisos.

—Tú tienes derecho a un permiso anual como todo el mundo. Por una vez que lo uses... Y en cuanto a la familia, qué más quieren que verte triunfar en Madrid.

—Es que no me gusta separarme de ellas así muchos días.

—No serán muchos. Ya verás como eso nos lo cepillamos en una semana. O que ellas hagan un viajecillo para abrazarte y ver teatros. Este año has sacado muy buenos cuartos con las uvas.

—Si no es por eso...

—Venga, anímate, Manuel.

—Si animao estoy... Pero uno tiene unos sistemas de trabajar muy antiguos.

—Qué antigüedades ni modernidades. Para el arte policiaco lo que hace falta, como para todas las cosas de la vida, es inteligencia y pálpitos; y de eso tú le das sopas con honda a toda la policía de España.

—No tiene usted remedio.

La partida

La preparación del viaje fue rápida y jubilosa. Rápida
porque todo estuvo a punto para marcharse la tarde siguiente. Y jubilosa porque corrió la noticia y lo mejor
del pueblo felicitó a la pareja y le deseó éxitos.

Don Lotario decidió no llevarse el cochecillo, porque,
como él dijo, «la circulación en Madrid está catral».
Plinio compró una maleta y se puso su único traje de
paisano, color azul marino, que resultó casi a la moda
de Serrano, porque aunque lo tenía más de quince años,
la chaqueta tenía una longitud muy aparente. De todas
formas prometió a su mujer hacerse otro nada más llegar a Madrid. Y su hija le compró dos pijamas, prenda
que Plinio siempre consideró sospechosa; unas zapatillas, dos corbatas, y camisas de hechura muy moderna.
Acostumbrado a cubrirse con la gorra del uniforme, no
se hacía a la idea de ir sin nada en la cabeza, y dijo de
comprarse una boina. Pero don Lotario le quitó la idea
y le regaló un sombrero gris oscuro flamante.

La Gregoria y su hija se empeñaron en ir hasta donde
los coches de Madrid para despedir a Manuel. Claro que
Plinio les dijo que lo esperaran en la plaza mientras él
tomaba café con don Lotario en el casino. Por cierto
que la entrada del Jefe en el San Fernando vestido de
paisano causó muchísima expectación y fue comentada
durante largos días. El hombre, tan acostumbrado estaba a su uniforme, que con frecuencia se llevaba la mano
al sitio del correaje y se le escurría chaqueta abajo sin
tener donde engancharse. Tampoco se las apañaba muy

bien que digamos con la corbata, que por la endeblez del nudo novato, se le aflojaba a cada paso dejando al descubierto el botón del cuello de la camisa. Don Lotario, nervioso por estos deslices, se lo subió un par de veces, y se prometió enseñarle a hacerse el nudo Wilson que era más seguro, en cuanto llegaran al hotel. Plinio, así, de paisano, parecía un poco más bajo y tenía el aquel de una fotografía antigua. El reloj de pulsera era la única cosa que le daba una apariencia moderna.

Manolo Perona, el camarero, los invitó a café y a faria, y correspondió don Lotario regalándole unas participaciones de la lotería de la Virgen de las Viñas.

Aquel día, por la mucha demanda de billetes, salían hasta tres coches hacia Madrid. Y en torno a ellos había gran gentío de viajeros y despidientes. Las madres besuqueaban a sus hijos soldados como si se fuesen al Vietnam; y el Faraón, que iba también a Madrid a hacerse ropa y «a lo que cayera» —según su decir— se arrimó en seguida a los de la justicia con enorme barriga por delante y los bracetes colgando. Había dos chicas estudiantes con minifalda —«anda con Dios si las viera su abuela la pobre Justa la alpistera»—, dos furcias masticando chicle y pelona una de ellas, la más menuda. Y para completar el elenco, «Caracolillo Puro» imitador de estrellas, natural de la ciudad, y residente en Marsella. Había venido a la muerte de su padre. Ello no hacía para que fuese con un traje corto andaluz —eso sí, con un botón negro casi en el hombro—, sombrero calañés y botitas de bailaor. Mariposeaba moviendo el pompis y fumeteando muy redicho entre sus familiares y admiradores, algunos de ellos también del ramo perverso, que lo miraban con la boca hecha agua por sus triunfos allende los Montes Pirineos que nos separan de Francia. El Faraón, por aquello de agradarle, dijo a Caracolillo Puro que «se conservaba muy bien». Y éste le respondió con muy mala libido, «que la conserva pa las sardinas, pero que él era hombre y no peje». El Faraón, después de echar un ¡miau! a lo de «hombre», le dijo muy afable : «No te pongas así, hombre de Dios, que es un decir de buena voluntad». «Un decir —respondió el maruxo—, pero yo de viejo nada, resolfa. Y los viejos son los que se conservan.»

«Pues no eres tú nadie por un dicho... Y ya que te pones así, te diré que cuando acabó la guerra tú ya sabías decir Upia.» «Ni dicho, ni leches —volvió a replicar el zapirón— que yo todavía triunfo, por estas.» Y se dio una manotada en la nalga. «No me lo señales que ya sé por dónde triunfas tú, so lila», rezongó el Faraón. El otro hizo un mohín y le dio la espalda.

—Venga, no le hagas caso —dijo Plinio al Faraón, que empezaban a hinchársele las narices.

—Mejor será, porque si no le voy a dar una guasca al cupletisto este, que va a acordarse de su fecha de nacimiento.

—Cupletisto sí y a mucha honra, que mejor es ser lo que soy, gozar de la vida y coronar el mundo, que ser hijo como tú, de siete machos...

—¡Me caguen la...! —gritó el Faraón indignado y yéndose hacia el Caracolillo.

A Plinio le dio tiempo a sujetarlo y encarándose con el imitador le dijo:

—Oye Caracolillo, cállate esa boca que te suspendo el viaje y duermes en la trena.

Uno de los que lo rodeaban que llevaba camisa celeste

y tenía los ojos muy dulzones, le aclaró quién era Plinio. El Caracolillo, al oír «policía» amainó el quirio, cambió el perfil, encendió otro pito rubio y tomándolo muy cerca de la punta de chupar, aspiró, echó el humo por las narcies con gesto muy astuto y se apartó un poco del Faraón y los justicias.

—Al llegar a Madrid le voy a pegar una patá en su rodal del regocijo —exclamó el Faraón indignado— que va a alegrarse de no ser hombre, el culo-halóndiga éste.

—Cállate he dicho —le ordenó Plinio.

Tocó el claxon para avisar a los remisos. Plinio se despidió de sus mujeres sin besos ni estrecha manos. Todos los viajeros ocuparon sus asientos y cuando Plinio se disponía a lo mismo, llegó Braulio echando el bofe.

—Manuel, toma esto para el camino —y le ofreció una bota de dos litros.

—Muchas gracias, Braulio, estás en todo.

—Me dais una envidia.

—Coño, pues vente.

—A lo mejor os hago una visita corta.

—Sí hombre, anímate.

—Es vino del año pasado. Y del que tú sabes.

A la Gregoria se le escapó una lágrima por el detalle. La hija sonreía a Braulio. Manuel desde el estribo del autobús les hizo otra despedida breve.

—Así de levita pareces un practicante —le dijo Braulio sin venir a cuento.

—¿Y por qué un practicante?

—Ah... No sé.

—Señor Manuel, que arrancamos —le avisó el chófer con respeto.

Plinio le dio una manotada casinera a Braulio sobre la boina, volvió a mirar a sus mujeres y tiró de la puerta.

—¡Viva Plinio, leche! —se oyó de pronto.

Era Clavete, que estaba entre la gente. Muchos se volvieron hacia él riéndose.

—¡Viva Plinio, el listo de Tomelloso! —repitió.

—¡Viva! —lo corearon bastantes.

—¡Viva Plinio y la hermana Gregoria! —repitió Clavete.

Los despidientes miraron a la mujer del Jefe, que, azorada, bajó la cabeza.

Cuando arrancó el coche todos movían los brazos. Y Manuel, tras la ventanilla, se llevó la mano al ala del sombrero como si fuese la gorra de visera.

—Dame un trago, Manuel —le pidió el Faraón antes que se sentara.

Bebió largo y jugando con el chorro para no mancharse la americana.

—Está muy rico —alabó mientras se secaba—, pero el Braulio es un antiguo. Ya no se estilan las botas. Ahora se toma en termo.

El coche enfiló por la calle de Socuéllamos. Don Lotario y el Faraón se sentaron juntos. Plinio, con el pasillo entre ellos, al lado de doña María Remedios del Barón, mujer frescachona y todavía de buen ver. La señora vivía en Madrid desde mucho antes de la guerra, pero tenía propiedades en Tomelloso. Aparecía sólo por vendimia y algún día suelto.

Llenaban el coche gentes modestas en su mayor parte; fugitivos de la tierra, que solían trabajar en Madrid en el ramo de la construcción. Y menestrales, chicas de servicio, soldados y otras criaturas poco viajadas.

Caracolillo Puro —su nombre de verdad era Anastasio María Culebras— excitado por la velocidad o por la pasada trifulca con el Faraón, coreado por los dos amiguetes pilosos y con camisas de colores vivos, empezó a cantar con aire desvergonzado:

> Manolito dando
> pa'tras.
> Manolito dando
> pa'lante,
> se hizo el amo
> del corral
> en un instante.

—A éste —dijo el Faraón a Plinio y a don Lotario— cuando le pusieron María de segundo nombre, no creáis que no fue adivinación.
Los del pantalón ceñido aplaudían y jaleaban al imitador de estrellas, que sosteniéndose como podía, se había puesto de pie y taconeaba en el pasillo del coche.
La gente, mirando hacia atrás e incorporada en los asientos, reía o jaleaba al maricón, que seguía:

> Lolita de mis amores
> tienes las piernas torcías.
> ...Si las tuvieras derechas
> quizá no me gustarías.
> Y dale al riñón.
> Y dale al costal.
> Y dame una copa
> que me siento mal.

—¡Ole ahí tu gracia, resalao! —gritó una mujer.
Con esta buena acogida, el Caracolillo se crecía y miraba hacia el Faraón haciendo guiños y sacando la lengua, como si fueran figuras de su baile. Pero se le notaba la puñetera intención y la gente se reía.
El Faraón, hecho el longuis, fumaba oteando por la ventanilla. La papada, su juego de pechos mantecosos y la barriga de cúpula maestra, formaban una cordillera de curvas temblorosas.

> Los vinos de Tomelloso
> son vinos para quemar.
> Él se tomó una copita
> y lo tienen que apagar.

Pasado Pedro Muñoz, que por allí llaman «Perrote», amainó el folklore y Plinio pegó la hebra con doña María de los Remedios. Don Lotario cabeceaba bajo el sombrero y el Faraón roncaba calderones suavísimos.
Doña María Remedios hablaba de cosecha y pedriscos, pero de cuando en cuando sus ojos soltaban brillos extraños. Plinio, que estuvo tentado de pensar mal, en seguida puso las cosas en su sitio, porque a la señora, al contado de candelearle los ojos, se le subía una fogata de sangre cuello arriba hasta la misma raíz de los pelos negros. La pobre, para disimular aquel oleaje de su finitud paridora, se abanicaba y decía:
—¡Hace un bochorno!
—Sí hace, sí —coreaba Plinio—, aunque otra le quedaba en respective a la temperatura y al epicentro de su origen.
Cuando le pasaba la flama, la tez de doña María de

los Remedios volvía a su albura lechal, a su lustre ala-
bastro. Y sonreía apaciguada, con los ojos gachones y
asomando unos dientes golosinos entre sus labios de
muy hermoso corte. Sin el acaloro respiraba con ritmo
puntual y bajo la tela del vestido oscuro se adivinaban
los mamelones sedosos, un poco tendidos y otro poco
sonrojados, pero todavía en sazón. También, cuando se
rebullía en el asiento, se alzaba un oleaje tibio de carne
lavada y perfumada, pero con su aquel natural.

En el transcurso del coloquio doña María Remedios
tomó unas pastillas, que Plinio supuso serían para la
atenuación de aquellas incandescencias otoñales. A veces, después del encendido, los rubios pelillos del labio
se le perlaban de sudor menudo, y daban apetitosidad
de fruta escandida a aquel dibujo de boca. De todas
formas a Plinio le daba melancolía el ver a la pobre
«con fuego matar sus fogueras».

El marido de doña María Remedios, natural de Tarancón, murió después de la guerra. Llevaban pocos años
casados. Ella se quedó en Madrid, y según la cuenta,
viuda y sin compromiso, vivía con su madre. Como ni
se casó ni buscó alivio, según sus amistades del pueblo,
la pobre estaba acabando su biografía del gusto luego de
tan largo puente de inoperancia.

Pasaban veloces entre los árboles de aquel trozo de carretera, árboles con las hojas ya pajizas y los troncos
cenicientos. Los pueblos, aligerados por la emigración
masiva, soportaban la soledad tristona del que ve pasar
a muchos y a ninguno quedarse. Caserones abandonados
entre señales de tráfico y carteles publicitarios. Bares
para camioneros. Surtidores de gasolina. Sentadas en las
puertas, las viejas veían pasar los camiones y tractores

con cara de no comprender nada. Niños que salían de la escuela rural y miraban a los coches con nostalgia. Viejos, niños, mujeres, anuncios de Coca-Cola. Otra vez la carretera desnuda, llena de curvas hasta Villarrubia de Santiago, donde se hacía un alto en el viaje.

Los mariquitas del coche de cuando en cuando se animaban, cantaban corto y gritaban largo. O hacían ademanes entre gitanos y burlescos. Doña María Remedios suspiraba. El Faraón roncaba. A don Lotario se le caía la barbilla y Plinio sentía en la tubería de sus huesos el medroso mensaje del otoño. «En septiembre, se tiemble», que decía el viejo médico don Gonzalo, el de la barba blanca y el hablar pastoso… «Se tiemble…» En el asiento se notaba muy pegado a los huesos, al llamador de su corazón todavía animado en su compás de compasillo. Y pensaba en la fragilidad de eso que llamamos vivir. La declinación del paisaje, la quietud del cielo nublado y la desgana de los árboles, le hacían recordar rodales de su vida pasada, semblantes de hombres reflejados en los espejos de los casinos; bigotes y barbas tras las nubes de humo de los cigarros antiguos; talles de mujeres con falda hasta los pies, que bailaban en el salón del Círculo Liberal; y nombres que ya están escritos en nichos o panteones señoritos. Le parecía a Plinio sentir en aquellos instantes que la vida se iba como en un «gota a gota». Se largaba sin tener donde asirse, sin un remedio de fuente milagrosa y sempiterna que nos vuelva a aquellas lozanías. Menuda injusticia la de la naturaleza. Primero, tan tanto y luego, tan na. Que somos como una especie de colador de los días. Cada uno nos loda un agujerillo, hasta dejarnos macizos, sin recibo ya para lo nuevo. Sólo aplicados a aque-

llas viejas ideas y sensaciones que se nos quedaron sin
salida ni respiro. Cada día se participa menos de lo
externo y se hunde uno en la tertulia interior de sus
vividuras y cachos de recuerdo. Con los años nos hacemos baúl cerrado, gabinete sin puertas, odre sin espita,
hasta devenir en licor tan fuerte y concentrado, en caldo
tan negro y pervertido, que nos altera los últimos mo-
tores, quema los hilos del cerebro, perfora el tinto corazón y nos deja talmente como una cosa. Plinio sentía
que su oficio policiaco, su dale a la cabeza y al pesquis,
era buen antídoto contra la melancolía del ir muriendo.
Cuando tenía «caso» se olvidaba de sus años y perezas,
de su inclinación a la remembranza... Desde hacía algún tiempo sólo se fijaba en las personas mayores para
buscarles en el gesto, pelo, ademanes y renuncios, simi-
litudes con su otoño propio. Los jóvenes le parecían
crías de otra especie, de otra encarnadura; logrados por
no sabía qué invento o composición...
A doña María de los Remedios le subió la sangre de
nuevo. La pobre, al sentirla inundar su cara, despatarró
las narices. El terco sudor le orló los pelillos del labio
de arriba y las orillas de la frente. En las mujeres, la
otoñada de la vida no sólo se manifiesta en el estanca-
miento de las sensaciones y recuerdos, en la rebinadura
de las pasadas biografías, sino también en aquella gue-
rrilla de acaloros, vertedura de caldos y seguros encogi-
mientos del papo despidiente. La resaca de la historia
femenina redunda en las carnestolendas y entresijos,
como un deterioro físico. El humor en ellas es pura
biología.
De pronto a Plinio le asaltó una extraña sensación, un
pálpito pinchador. Aquellas oleadas de sangre de la

34

dama, ciertos respingos del perfil, el control de sus pechos casi azúcar, y no sé qué retracción de sus palabras, le daban indicios de falta de natural; de cobertura... De vivir en gran parte en otro mundo. Se olvidó el guardia de sus saudades e introspecciones, afiló entre párpados los ojos y decidió observar con más atención las reacciones de aquella mujer que llevaba todo el otoño del mundo entre sus carnes suaves, de teta.

Más pueblos en silencio cabe el río negro de la carretera. Río que se va y no vuelve. Río que invita a la partida, a dejar aquellos casucones y barbechos cubiertos de óxido; a dejar las mulas con moscas, a la vieja que se orina en el colchón de borra; la gallina que picotea en el ejido, el casinón con carteles de toros verdirrojos, la puta veterana riendo histérica en el portal, el salón de billares con un tocadiscos que suena a maquinaria, el paseíllo sin luces donde se magrean las parejas mocetas; y el coro de beatas con ojos color de sopa que haldean bajo los soportales, con el reclinatorio arrastras. Hay que abandonar de una vez —piensan los mozos— a ese alcalde orondo que fuma un puro, sentado en el pasillo con aire triunfador. Hay que dejar de ver todos los días esa calle dedicada a una señora llamada Conrada, la que regaló un altar a la parroquia. No hay que volver a esa tienda de comestibles, con alpargatas y muñones de cerdo, que huele a almuerzo del siglo XIX. Todos los ojos que se clavan tristes en el río de la carretera y en los coches que pasan por ella, piensan en este acabamiento de tantos pueblos nacidos por la ley antigua del señorío o el convento, del retazo de feudo o encomienda, incapaces ya de tomar la estatura de nuestro tiempo. En España las cosas nunca se quitan a tiempo. Acaban pudriéndose en el basurero de la inercia, faltas de iniciativas nuevas y generosas. El español tiene mucha imaginación para salvar el momento, ninguna para variar el camino.

Se despabilaron los durmientes pasado Aranjuez y le dieron unos vaivenes a la bota de Braulio. Echaron pitos y dijo el Faraón a Plinio en voz baja:

—Todavía está buena la María de los Remedios. A ver si la ligas, macho.

La señora, más refrescada tal vez por el oreo del río vecino, miraba con ojos apacibles el paisaje. Plinio se fijó en la manera que tenía de sujetar el bolso con las dos manos. En la forma de espaciar los muslos en su asiento, en no sabía qué trasfondo de los ojos que espejaban algo muy ausente. Y sobre todo en aquel sudorcillo del bigote, tan vital, que lo hacían morro lleno de dulce, fuellecillo de suspiros color claro, de lengua que de vez en cuando se salía de su globo de humedades para chupar el aire. Aquella nariz, que con ritmo de corazón se ahuecaba aspirando un mundo que no estaba allí mismo...

Llegaban a Madrid. El Caracolillo, reanimado, volvió a las coplas y al palmoteo. Paró el coche junto a la estación de Atocha. En la calle Tortosa. Revuelo. Gentes en pie apeando maletas. Plinio se despidió de María de los Remedios que parecía esperar a que amainase la marea. Al descender del coche, el Faraón, como que no hacía nada, le dio un panzazo a Caracolillo Puro. Y el Caracolillo, poniendo toda su mala idea en los incisivos y en el guiñar de sus ojos, habló ronquete y con mala leche: «hijo de caballo blanco, gordón asqueroso».

—Ay pupa, mama —saltó el otro riéndose y volviéndole la espalda.

Los tres tomaron un taxi hasta el Hotel Central, en Alcalá, 4. Siempre iban allí los tomelloseros viejos. Siempre el mismo portal con las fotografías de Kaulak. El portero que sonreía. El calmo ascensor. En el comedor y el recibidor no faltaba algún tomellosero o familias enteras que se turnaban para que aquel hotel soleroso no perdiera tan constante presencia. Al Central se va para bodas y entierros, para enfermos y negocios, para exámenes y sanisidros, para hacerse la ropa de invierno y la de verano, para gastarse las primicias de la venta del vino. Para visitar al huésped de turno, para pedir la novia del estudiante que se enamoró en Madrid, para buscar la influencia.

Se despidieron del Faraón y cada cual pasó a la habitación que les designó don Eustasio.

Media hora después Plinio y don Lotario estaban en la puerta sin saber muy bien qué partido tomar. No eran las ocho de la noche. Por fin, para no perder tiempo decidieron ir a la Dirección General de Seguridad a ver si estaba todavía el amigo comisario, don Anselmo Petales y entrar en acción.

El llegar hasta su despacho no fue cosa fácil. Tuvieron que llenar un volante, enseñar la citación, pasar por varios controles entre guardias y conserjes, hasta que posaron en un pequeño antedespacho.

En seguida de anunciarlos salió don Anselmo sonriendo y con las manos extendidas hacia los dos.

Los tres tomaron asiento en un tresillo descolorido y madurísimo. Don Anselmo, hombre más bien rechoncho, con cara de pueblo y siempre sonriente, les contó el caso. Una lámpara de cristales, muy alta, con dos bombillas fundidas, bañaba el despacho de amarillo vino. Don Anselmo Perales hablaba con el cigarrillo mal enganchado en el rincón del labio, pero no se le caía. A veces sacaba la lengua o encogía la nariz y el cigarrillo le seguía adherido al vértice de la boca. El hombre contaba las cosas muy bien, sin énfasis. Sólo que a lo mejor de pronto se callaba, un poco como si recordase otro sucedido parecido. Pero en seguida recuperaba el hilo, enderezaba los ojos hacia los oyentes y volvía a su son.

—¿Ustedes recuerdan a don Norberto Peláez Correa, que fue notario en Tomelloso allá por los años veinte?

—Claro que sí —dijo Plinio.

—Amiguísimo mío —añadió el veterinario— gran persona. Muy chapao a la antigua, pero gran persona.

—¿Y recuerdan también a sus dos hijas gemelas?

—Claro —volvió don Lotario— las hermanas coloradas.

—¿Cómo coloradas?

—Es que eran pelirrojas y muy sonrosadillas y la gente de allí les llamaba las hermanas coloradas.

—Yo creo que lo que les decían, don Lotario, era las gemelas coloradas —añadió Plinio pensativo.

—Puede ser... No me acuerdo bien... Siempre iban juntas, vestidas igual, cogiditas del brazo. Por entonces ya tenían veinte años y cumplidos.

—Eran muy simpáticas y educadas —comentó el Jefe con cierta nostalgia.

38

—Pero allí no tuvieron suerte —dijo don Lotario— no tuvieron pretendientes... No sé, tal vez los posibles novios pensaban que se tenían que casar con las dos a la vez.

—Bueno y que nunca salían solas. Siempre con sus padres. No iban a bailes ni a reuniones de juventud. Y bastantico míseras.

Don Anselmo se rió de la última aclaración de Plinio, y dijo: —Bueno, pues esas dos hermanas o gemelas coloradas, han desaparecido.

—¿Las dos a la vez? —preguntó con extrañeza el veterinario.

—Así tenía que ser —aclaró Plinio—. ¿Y cómo ha ocurrido?

—Hace tres días, a eso de las tres y media de la tarde salieron de su casa y hasta ahora.

—¿Seguían solteras? —indagó el Jefe.

—Sí... Eran mujeres de vida normal y recogida. Muy míseras como usted dice. Con pocas y buenas amistades... Que casi nunca salían de su barrio... Viven ahí en la calle de Augusto Figueroa, en una casa antigua que hay casi esquina a Barquillo... Y han desaparecido sin dejar rastro ni sospecha. Hicimos las primeras diligencias y no ha salido ninguna luz... Como además siempre están rodeadas de gente de Tomelloso, porque parece que tienen muy buen recuerdo del pueblo de ustedes, yo me acordé del gran Manuel González y de don Lotario. Me dije: es un caso pintiparado para ellos. Y esto es todo.

Plinio se pasó la mano por la mejilla con aire de pensar lo que iba a decir a seguido:

—Lo que usted no se da cuenta, don Anselmo, es que yo, vamos, nosotros, no conocemos este ambiente. Somos pobres sabuesos de un pueblo vinatero y Madrid nos viene ancho para el oficio. Ustedes tienen otras técnicas y medios que no conocemos. Yo soy policía de artesanía, don Anselmo. A mí, así que me saca usted de la Puerta del Sol y de la Gran Vía... pa qué le voy a explicar.

—Bueno, bueno, no vengan con evasivas. Ustedes van a tener todas las ayudas que necesiten. Basta un telefonazo y le mando lo que quiera. Aquí lo importante es inteligencia y tiempo sobrado y a ustedes les sobra.

—No, si por intentarlo, nada se pierde... —dijo don Lotario.

—Hombre, por intentarlo sí, pero ya que nos dan esta oportunidad en la capital, estamos en la obligación de hacer algo curioso.

—Y lo harán, Manuel, lo harán. No me defraude... Aquí tienen la llave del piso. Desde que usted me dio la conformidad nadie ha vuelto allí. El agente Jiménez, que les presentaré en seguida, les llevará hasta allí y les explicará lo que precisen. Estoy seguro que antes de una semana me trae usted resuelto el caso.

—Que Dios le oiga, don Anselmo... y le haga caso.

La casa de las hermanas coloradas

Mientras el agente Jiménez Pandorado fue por un coche, Plinio y don Lotario quedaron en la puerta de la Dirección General de Seguridad que da a la calle de Correos. Ambos con las manos en los bolsillos del pantalón, como dejados caer, instintivamente insolidarios con aquella marabunta de automóviles, luces y gentes. Un poco destemplados por el viaje, sentían sobre sus rostros aquellos reflejos, sombras de cuerpos y palabras cortadas, como algo muy ajeno y difícil de amar. Se sentían cosas en aquel mundo apretado y ruidoso.

—Manuel, debo estar un poco viejo —dijo de pronto el veterinario.

—¿Por qué?

—Porque desde hace un tiempo siempre me estoy preguntando cuál es el secreto de la vida —dijo con voz opaca—. Debe ser que la muerte me ronda... O tal vez influencias del puñetero Braulio.

Plinio se pasó la mano por las cejas y luego de breve silencio, dijo con voz sentenciosa:

—Eso no es señal de vejez, sino de cordura. Yo rebino lo mismo desde hace años. Bastanticos. Braulio tiene razón en parte.

—¿Quieres decir entonces que soy un poquito retrasado?

Plinio se sonrió:

—No es eso, maestro, es que cada cual tiene su momento para todas las cosas.

—¿Y ya lo has superado?

—No. Cuando llega uno a esa perplejidad no la salta en jamás de los jamases... Lo que pasa es que se aguanta.

Unos jovenzuelos vestidos con levitones, melenas y pantalones de campana pasaron impetuosos, riéndose como si fueran a algo maravilloso.

—Fíjate qué optimismo...

Quedaron un rato callados, empozados en sus cavilaciones filosóficas. Fue Plinio el que rompió al cabo de un poco:

—Parece que las estoy viendo...

—¿Qué, Manuel?

—A las gemelas coloradas... Con unos trajes blancos, riéndose, cogidas del brazo, por el Paseo de la Estación, una mañana de verano. Llevaban un perrillo.

—Ni el padre ni la madre eran pelirrojos.

—Les vendría de algún abuelo... O un choque de sangres.

—Eso del choque de sangre está bien... Genes, decimos los científicos.

—Pues choque de genes.

—Hombre, si los genes chocan o no ya no lo sé.

Así estaban cuando llegó el agente Jiménez con un panzón que no correspondía a su juventud.

—Hasta dentro de un cuarto de hora o cosa así no tenemos coche.

—Pues vamos dando un paseo —dijo Plinio.

—Déjese usted de paseos que a mí me pesa mucho el buche. Nos bebemos unas cervezas aquí enfrente, en «La Tropical».

A don Lotario le cayó bien la oferta.

—Hala, pago yo.

—Perdón, amigo, pero estas cañas son mías. Usted si quiere paga otras o lo que tomemos con ellas.

—De acuerdo hombre, yo pago los percebes.

—Pues ya puede usted preparar el bolsillo...

—No importa.

Aprovecharon un claro para cruzar la calle.

A medida que la cerveza caía en los vasos y que el camarero preparaba los racimos de percebes, don Lotario perdió sus melancolías y el agente Jiménez se frotó las manos.

—Cuando el mundo esté bien hecho —dijo don Lotario mientras le quitaba la uña al dedo de un percebe— viviremos casi exclusivamente de la mar. Porque en ella hay companajes y riquezas para todos. El mar está sin explorar. A los hombres les da miedo y sólo aprovechan las playas y cuatro pescaícos de nada.

Jiménez, sin dejar de beber y comer, se rió y movió afirmativamente la cabeza.

—Es verdad —comentó—, en la tierra hay poca cosa y cuesta mucho trabajo conseguirla.

—Entonces usted, don Lotario, cree que la tierra ya está muy vista.

—Vistísima, Manuel. Más percebes, por favor.

Liando estaban los cigarros cuando un «gris» les avisó que ya tenían el coche.

Jiménez junto al chófer, y los de Tomelloso detrás, emprendieron carrera.

Los dejó el coche junto a la puerta de una antigua casa de la calle de Augusto Figueroa. Desde el portal mal alumbrado, con desconchones y humedades, vieron que en la portería había una niña rubia leyendo un tebeo. Subieron por la escalera anchurosa, de escalones sua-

ves. En los descansillos de cada piso había un banco
antiguo, de nogal barnizado, como ofreciendo descanso
o lugar de coloquio. Tras los desconchones recientes
del zócalo aparecían retazos de decoración modernista,
como orlas de un libro de Rubén Darío. Bromazos del
destino. Aquellos dibujos y colores finiseculares, emer-
gían para hacer un corte de mangas a los snob que han
vuelto a descubrir los posters de los tiempos de Max
Estella.

Ya en el descansillo del segundo Jiménez pidió el llavín y abrió sin titubeos. Al entrar, en el recibidor, no-
taron un refrior húmedo. Había una consola negra cuyo espejo soleroso aparecía salpullido de lunares negros,
verdes y dorados. El tiempo se llevó el azogue y sacaba
al aire la viruela mortal. Al mirarse uno aparecía con la
cara tan revieja y purulenta como el propio espejo.
Además daba a las imágenes una especial lejanía, como si tirase de ellas hacia un vértice lejano. Los tres
hombres ante aquel espejo se pensaron en el fondo
de un estrecho callejón que se marchaba.

Jiménez pasó delante encendiendo luces y abriendo
puertas. El piso era inmenso. Olía a cerrado. Se sucedían
las habitaciones grandísimas con altos ventanales, an-
chísimos balcones, gruesos muros. Todo él puesto al
gusto del último tercio del siglo pasado, ni lujoso ni
corriente, ni sobrio ni recargado. Se veía que cada mueble y cada objeto estaba en su sitio desde tiempo inme-
morial. Las tapicerías, lamidas por el tiempo, parecían
cachos de sol antiquísimo, de sanguina desvahída, de
celeste casi blanco. Pañitos de encaje y almohadas disi-
mulaban un poco aquellos tintes otoñizos. Sobre los
muebles del gran comedor, platería que seguramente

44

procedía de regalos de boda de la época de la reina Regente, bodegones de aves muertas y de frutos color caldera de cobre. Se veían también óleos de caballeros enlevitados y barbudos, con alguna medalla o banda; de señoras graves con cara de virgo puro. Fotografías con figuras hieráticas vencidas por la luz y las miradas. En las alcobas, mesillas de noche altísimas, mesillas en cueros; armarios de lunas descomunales que se tragaban toda la habitación, que se dejaban habitar por manojos de imágenes, cortinas y puertas al fondo. Coquetas como un gran abrazo con espejitos y pomos color de Rastro. Cruces con cristos patéticos. Lavabos con jofaina y jarro pintados de ramas verdes y amarillas. Percheros de pies como espinazos negros. Relojes cercanos al techo. Galerías talladas, con cortinas de damasco y terciopelo fatigado, sin nervio. Y un despacho con anaqueles altos y anchos, cargados de libros jurídicos y colecciones de revistas en tomos encuadernados. En los trozos libres de pared, títulos, diplomas y una vitrina con medallas y cruces efímeras, color herraje de ataúd exhumado.

Cómodas y armarios estaban cerrados con llave que sin duda las dos hermanas se llevaban cuando salían.

Parecía una casa en la que se hubiesen muerto todos a la vez. Que nadie volvería a abrir aquellos embozos, a sacudir las alfombras de pie de cama, a tocar el gramófono de altavoz de palmera, a meterse en el baño de cuerpo y medio, color yema de huevo; a sacar los anafres, a ponerse los camisones de dormir con florecillas lila, a hurgar en los costureros con almohadilla verde; a mover los donpedros y los irrigadores del cuarto trastero, a poner las figuras del belén, a contar

45

las sortijas; mirar los recordatorios incluidos en los libros de misa; acariciar los pomos de las puertas o poner la televisión nueva y detonante que había en el cuarto de estar, cubierta con un tapete de encaje del año de la polka. Jiménez les señaló fotografías en las que aparecían las hermanas Peláez a distintas edades. Tan parejas, tan panochas, con sus sonrisas de medio lado, tan menudas... tan cerca de los pies, con aquellas manecillas siempre en actitudes rítmicas. Plinio y don Lotario las reconocieron en seguida, hicieron los comentarios del caso y se detuvieron especialmente ante una solemne fotografía de don·Norberto Peláez y Correa con toga, birrete y un código densísimo en la diestra. Debía ser de recién licenciado. En otra, ya de la edad aproximada en que se vino de notario a Madrid, aparecía con su esposa y las dos hijas en la glorieta de Tomelloso, junto a la fuente de Lorencete.

—Me acuerdo como si lo estuviera viendo —dijo don Lotario— por los Paseos del Hospital, del brazo de su señora, rubiasca ella, y las mocetas delante cogidas del brazo, riéndose... La señora era vasca, de gran esqueleto, pechugona, pero en fuerte, de piernas largas y cutis sedoso. Don Norberto era de Madrid.

—Y no era pechugón —comentó bromista el agente Jiménez. Luego les señaló una fotografía que había sobre la mesa del despacho.

Don Lotario se acercó al retrato en el que aparecía la señora de don Norberto, muy joven. Debajo había una dedicatoria: «A Norberto, Alicia».

—Es ella, sí.

Sobre el sillón de la mesa del despacho un horrendo retrato al óleo de don Norberto.

Siguieron el examen del piso, con comentarios leves y evocaciones, hasta que Jiménez, impaciente, miró el reloj y dijo:

—Bueno, señores, yo tengo que marcharme. Como les ha dicho el comisario, el caso está en sus manos. Aquí tienen la llave del piso y la lista de las diligencias hechas. Yo estoy a su disposición en todo momento. A ver si averiguan pronto el paradero de esas gemelas encarnadas o coloradas como ustedes dicen.

Y sin más les tendió la mano y salió de naja.

Ya solos, dijo Plinio:

—Vamos al cuarto de estar que me ha parecido ver una mesa camilla con brasero eléctrico, que yo me noto destemplado en este bodegón.

Apagaron las luces y fueron hacia allá. Al pasar ante el teléfono que estaba en el pasillo Plinio cogió el cuaderno de direcciones.

Encendieron el brasero y una lámpara de mesa y se sentaron en amor y compaña. Liaron sus «caldos» y Plinio, con los primeros humos, se caló las gafas y empezó a ojear el cuaderno con su acostumbrada cachaza. En la lista de diligencias que le entregó el agente Jiménez, se veía poca labor y facilona.

El veterinario, con el sombrero hasta las cejas, el rostro astuto y el cigarrillo en la comisura, miraba a todos los rincones de aquella pieza, la más pequeña de la casa, pero en la que sin duda debían hacer su menuda y solitaria vida las hermanas coloradas. Según la información de Jiménez, no tenían más servicio que la asistenta que venía un día sí y otro no para lavar y hacer la limpieza. El resto de la semana permanecían solas las huérfanas del notario, según contó al comisario la propia asistenta, que fue la que descubrió la desaparición de sus viejas señoritas.

Llamaba la atención en aquel cuarto, que lo más visible de cada pared estaba cubierto de pequeñas y medianas fotografías enmarcadas, de familiares y amigos. Debían estar allí para tener siempre presente lo que fue lo más y mejor de su vida.

Don Lotario empezó un examen detenido mientras Plinio seguía con el cuaderno de los teléfonos. Muchas de las fotos estaban ya en pleno crepúsculo de sus sepias. Pronto, descoloridas por la luz, serían cartulinas pajizas sin perfiles ni manchas. Don Lotario pasaba rápido sobre los rostros de gentes desconocidas para él y pensaba que el recuerdo de las personas al poco de su muerte se despegaba de las memorias amigas y familiares como las sepias de aquellos retratos. Y pronto llegaba el día, que en todas las cabezas que nos retrataron y corazones que nos quisieron, no quedaba absolutamente ningún rabo de recuerdo. Y más luego, hechas partijas de nuestros papeles, enseres y trajes, desmontado el nicho para otros vecinos y rota la lápida, lo que fue nuestra vida y presencia, nuestra palabra y dengue, quedaban tan fuera de la realidad, tan aire, como antes de haber nacido. Y recordó al propósito, que cierta vez que desolaron el piso de la sala de su casa, halló en el envés de una de aquellas baldosas de mármol antiguo, que en tiempos debió ser piedra de nicho, esta escritura: «Justo Martínez Lo...». (1802-1837). Obsesionado por el hallazgo, durante meses indagó en el pueblo entre «Lobos, López y Lorenzos». Entre Martínez y Justos Martínez por si alguien le daba seña del amo de aquel nombre que él y sus antepasados inmediatos pisaron du-

48

rante toda la vida. Y fracasó. Que el archivo parroquial lo quemaron durante la guerra y el civil no alcanzaba tan lejos. O sea —se decía— que el tal Justo Martínez Lo... vivió treinta y cinco años sobre esta cáscara despectiva sin haber dejado la más liviana pestaña de memoria.

—«¡Justo Martínez Lo...! —gritó de pronto más atento a la realidad de su pensamiento que a la de fuera— sólo queda de ti en este valle de legañosos tu nombre cojo, que por una casual yo conservo en la memoria.» Al oírle aquel especie de planto, Plinio levantó los ojos del cuadernillo y quedó mirándole sobre los lentes. Pero como don Lotario continuó su examen sin darse por enterado del efecto de su recitación, el guardia, con gesto de no entender, volvió a sus teléfonos.

Hasta bien pasado un rato no habló don Lotario para decir:

—Mira Manuel, aquí hay más fotos del pueblo.

Se levantó y fue a mirar donde le señalaba el albéitar.

—Fíjate: están en la puerta del Ayuntamiento con el alcalde Francisco Carretero.

—Qué gordo estaba entonces el hermano Francisco.

—Debió ser un día señalado, porque los dos parecen muy bien trajeaos y Francisco lleva la vara.

—Oiga usted, don Lotario, ¿quién es un tal Justo Martínez Lo...?

—¡Coño! ¿Y tú cómo sabes ese nombre?

—Lo acaba usted de mentar hace un momento.

—¿Yo?

—Sí señor, usted ha dicho en voz alta: Justo Martínez Lo... Presente y qué sé yo qué retahíla.

—Habré dicho: ausente.

—No recuerdo bien lo que siguió. Pero ya hace usted tertulia consigo mismo como aquel viajante catalán que iba al Círculo Liberal antaño, y se vendía a sí mismo la mercancía entre café y café. ¿No se acuerda usted?

—Sí hombre, ¡no me voy a acordar! Si una noche se lió a bofetadas con un cacho de aire a la vez que le decía: Toma Melitona, por puta. Toma, toma.

—Y cuando se tomaba seis u ocho copas de coñac... que se tomaba más cada noche, parecía que hablaba con mucha gente a la vez. Cuanto más coñac bebía con más señores debatía. Ramoncillo Marín le llamaba el de la tertulia espiritual.

—...Pues usted anda por el mismo camino conversando con ese Justo Martínez...

Don Lotario se rió y contó a Plinio la historia de la baldosa de su casa.

Cuando acabaron estos devaneos, los dos amigos se pusieron a llamar a los teléfonos que venían en el cuadernillo de acuerdo con un plan que se hizo el guardia.

El primer teléfono correspondía a una tienda de ultramarinos. Don Lotario tomó la dirección que le dictó Plinio. Al segundo no contestó nadie. El tercero era de la casa donde avisaban a la asistenta, según explicaron. El cuarto, de la casa de don Jacinto Amat, confesor de las dos hermanas. Plinio pidió que se pusiese el cura y aprovechó para pedirle una entrevista. Se citaron para el día siguiente en el café «Universal». Continuaron un buen rato con las llamadas hasta sacar una lista de gentes entre las que estaban una modista, un herbolario, el practicante, la lechería y gentes por el estilo. De todas maneras, a la vista de lo que ya sabían se hicieron el plan de trabajo para el otro día, y se disponían a marcharse a cenar al hotel cuando sonó el timbre de la puerta.

—Coño, Manuel, a que son las hermanas coloradas y nos quedamos sin caso —dijo el «vete» con todo el dolor de su alma.

Plinio no pudo evitar la carcajada y tosiendo por ella y el humo del cigarro que le llegó hasta las más estrechas angosturas de los bronquios, salió a abrir.

Era una mujer reseca y nerviosa, todavía joven, pero maltratada por el trabajo y tal vez la necesidad.

—Soy Gertrudis, la asistenta de las señoritas —dijo muy redicha.

Y como a pesar de la poca luz reconoció a Plinio, añadió:

—Anda, Dios mío, si es el Jefe Plinio.

—Pero, Gertrudis, no sabía que vivías en Madrid.

—Sí, señor, desde hace dos años. Como todo el mundo. ¡Atiza, y don Lotario aquí también! —añadió gozosa al verlo asomar—. ¡Cuando yo digo...! Qué gusto me da verlos. Así al pronto vestío de chaqueta no me apercibí, pero en cuanto que le oí hablar... ¿Y qué hacen ustés aquí?

—Nada. Que me han llamado a ver si aclaro la desaparición de tus amas.

—Ángela María. Pues yo es que he ido anca mi otra ama, donde voy algunos días, y me han dicho que me han llamao dende aquí. Y me he dicho, pues voy al contao... Como están cerquita, no sea que vaya a haber algún nuevo estropicio.

—No hay nada nuevo. Anda, siéntate.

51

—Si quieren ustés primero les sirvo unas cervezas, que
están ahí en la nevera y se van a echar a perder. Y también hay jamón.

—Pues muy bien —dijo don Lotario—, pero tráete también para ti.

—¡Ay qué gusto que me da verlos! ¡Qué gusto y qué
gusto! —se fue diciendo por el largo pasillo.

Cuando iban a medias con el jamón y la cerveza, sentados los tres al amorcillo del brasero, empezó Plinio
su interrogatorio:

—¿Y tú cómo caíste en esta casa?

—Vaya, porque las señoritas siempre quieren pa to gente del pueblo. Aquí se come de tó lo de allí: morcillas,
chorizos de Catalino, vino de González Fernández, queso de la Inocencia Torres. Y yo les hago de cuando en
cuando gachas, galianos, migas con uvas. Ya digo, de
tó. Le tomaron el gusto cuando vivieron allí... Y muy
buenas que son las señoritas. Buenas a carta cabal. Más
listas que cardona. Y movídicas, muy movídicas. Siempre de acá pallá. Limpias como los chorros del oro. Todos los días se lavotean de arriba abajo sin dejarse rodal.
Y de primores los que se quiera. No tienen sacio, mire
usted. Pa lavarse y trabajar no tienen sacio. Como son
medias, piensan igual y hacen igual. Yo, muchas veces,
sobre todo vistas en camisón, no sé cuál es una y cuál
es otra. Una, ustés me entienden, es más nerviosa y
dicharachera. La otra más mansa, con más pachorra,
pero se mueven igualico y hacen los mismos gestos. Yo,
¿sabe usted, Manuel, por qué las distingo? Porque una
de ellas, la señorita Alicia, tiene muy fea la uña del
dedo gordo de la mano derecha. Se conoce que la
mudó.

52

—Oye —le cortó Plinio—. ¿Y tú qué crees que puede haber pasado?

—Ni ajo. Ya se lo dije a los pulicías de aquí de Madrid. Ni ajo. Robarles no les han robao, porque sus cuartos, que deben ser bastanticos, los tienen en el Banco. Aquí después de irse ellas no han tocao manos. Además, ¿qué les voy a decir? Ya lo sabrán ustedes, ellas salieron tan campantes y por lo demás son un alma de Dios, ¿quién iba a malquererlas? Y en tocante a las ansias, ya no están para trotar colchones. Qué lástima. Más castas son que San José bendito.

—¿Y de la gente que venía por aquí?

—Conozco a to el mundo que viene por aquí. Toas gentes como Dios manda. Muchos de Tomelloso. Qué les voy a decir a ustés. Esto es un misterio más grande que el de la Encarnación.

—He notado que están todos los muebles cerrados con llave.

—Ah, eso sí. Aunque en la casa sólo estaban ellas .. Vamos, y yo que es como si fuera de la familia, tó lo tenían siempre cerraíco. Ellas mismas se reían de su afán.

—¿Y dónde guardan las llaves?

—Toas en el cajón derecho de la coqueta grande.

—¿Y la del cajón de la coqueta?

—En su bolso. Una cada una. Pero no van ustés a encontrar na sospechoso. Pierdan cuidao.

La Gertrudis se expresaba con ademanes radicales y esquemáticos. Su verbo, aun mal pronunciado, rascaba como una rúbrica incisiva. A veces levantaba en el aire su mano deformada por el trabajo, con el índice muy derecho. Y cuando escuchaba, sus ojos hundidos en la

53

carne mate y sin jugo se movían como azogue, sin pestañeo.

—¿Las dos eran solteras y sin compromiso?

—¡Uh, qué lástima! Pues claro. La María tuvo un novio, su único novio, que desapareció en la guerra. A la otra, según creo, nadie le dijo ajo. Guapas, la verdad, no han sido. Y además a mí siempre me parecieron mujeres de poco... vamos, de poco calor... Y ustés me entienden.

Don Lotario se sonrió.

—Ea, pos si es la verdad. A las mujeres calientes, aunque sean mayores, se les nota el trajín de la sangre. Pero éstas...

—Bueno —dijo Plinio apurando la cerveza—, como tendremos que preguntarte cosas de cuando en cuando, te llamaré a ese teléfono.

—Eso es. Yo voy a esa casa todos los días. Ustedes me llaman y vengo como una bicicleta, porque es ahí mismo, en Gravina. Pa lo que necesiten, aquí está la Gertrudis. Y más siendo quienes son. ¡Pues no es na, Plinio y don Lotario!

Cansados del viaje decidieron no salir aquella noche, y después de cenar en el hotel, se pasaron al saloncillo que hay conforme se entra a la derecha por ver si venía el Faraón y fumarse un cigarro antes de irse a la cama.

En un sillón había cierta señora muy mayor, con aspecto de extranjera, que tenía un pekinés sobre el halda. En otro sillón, un negro joven leyendo un libro en inglés.

Desde que entraron, la señora del perro no les quitaba ojo. Por fin, al cabo de un rato les preguntó con acento francés:

—¿Ustedes también son de Tomelloso?

—Sí, señora —contestó don Lotario—. ¿En qué lo ha notado?

—Porque todos los que vienen a este hotel son de ese pueblo.

—Menos ése —dijo señalando al negro con disimulo.

—No. Ni yo tampoco, pero este perrito, sí.

—¿Sí?

—Sí. Me lo regaló una niña de Tomelloso. Es mi hijito.

Y quedó callada acariciando suavemente al pekinés, que parecía muy a gusto.

—Yo no tengo más familia que este «pegito». Todos murieron en Francia.

—¿Y hace mucho tiempo que vive usted en España?

—Cinco años.

—¿Le gusta nuestro país?

—No. Pero da lo mismo morir en un sitio que en otro.

Se hizo un silencio tan denso que hasta el negro lo notó y levantó del libro sus ojos de loza blanca.

Y la señora francesa, con el perro bajo el brazo, se levantó muy digna, hizo una inclinación de cabeza y se marchó.

Don Lotario hizo un gesto de extrañeza a Plinio. El negro volvió a su lectura arrellanándose en el sillón.

Asomó don Eustasio a ver quiénes quedaban en el saloncillo. Por encima de las gafas miró al negro. Charlaron un rato con él, que les contó cosas de la señora

francesa, y en vista de que no venía el Faraón, boste-
zando, se fueron a sus dormitorios que estaban en el
piso superior.

A primera hora de la mañana volvieron a Augusto Figueroa. Con ayuda de un agente que enviaron de la
Dirección, abrieron el buzón y el cajón de la coqueta
donde estaban todas las llaves de la casa. Y, paciente-
mente, empezaron el examen de ropas, cartas, fotos, recuerdos, armarios, cómodas y comodines por si encontraban algo que les diese señal.
De cuanto pasó por sus manos y ante sus ojos durante
la mañana, la única cosa que llamó la atención de Plinio
y de don Lotario fue un feto, como de pocas semanas,
conservado en un frasco de alcohol. Estaba en un rincón
del estante más alto del armario de tres cuerpos, que
había en la alcoba que debió ser de los señores Peláez.
—Será una reliquia familiar —dijo don Lotario.
Plinio dio la razón a don Lotario y confirmaron aquella
condición de relicarias que debían tener las hermanas
Peláez, porque también hallaron en cajas diversas ma-
tas de pelo, dientes de leche, un braguero de quebrado
y un guante femenino con quemaduras.
—Sí... deben ser gentes muy recordadoras y muer-
teras.
Pasado el mediodía llamó la Gertrudis a avisarles que
venía «al contao» a echarles unas cervecillas.
—No creas que esto de venir a Madrid y estar todo el
día metido en este pisanco... —dijo de pronto don Lo-

tario con aire de pataleta, mientras se asomaba al balcón.

Plinio quedó mirándolo con cara de «gagá»:

—Pues qué quiere usted que hagamos, ¿ir a Pasapoga? Hemos venido a trabajar.

—Sí, hombre, pero todo se puede hacer a la vez. Por ejemplo, darse un paseo por el Rastro, tomar un caldo en Lhardy, ir al Retiro un ratejo... Qué sé yo... A mí es que no me gusta trabajar así bajo cubierto.

—Pues lo que sea de aquí ha de salir... Y tiempo tendremos. Cuando acabemos el caso, dedicamos un día al folklore.

Plinio recordó el armario grande de un cuarto contiguo a la cocina y se fue hacia allá con el humor un poco averiado. Don Lotario continuó un rato ante el balcón lleno de sol y de claras fachadas, con cara mohína, y por fin, arrastrando los pies y con maldita la gana, fue donde estaba el Jefe.

Había conseguido abrir el gran armario. Estaba totalmente lleno de muñecos y muñecas de distintos tamaños, épocas y calidad. Todos limpios, bien trajeados y colocados con un orden casi aburrido. Docenas de ojos de cristal mirando a aquellos hombres. Manos alzadas con los dedos abiertos. Sonrisas congeladas. Labios rojos y muchas cabecillas rubias. Plinio contemplaba aquel muñequerío con ternura. Allí estaba, en múltiples figuras de china, cartón y plástico, simbolizada la maternidad frustrada de las hermanas coloradas. Y a sus sesenta años largos, se las imaginaba en las tardes solaces, junto a aquel almacén de peponas, canturreándoles, mudándoles vestidos, durmiéndolas con nanas reviejas y quizás en un descuido, arrimándoselas al calor de sus

57

tetas pasas, a sus labios barbecheros o acunándolas en sus haldas sin pecado. Tal vez por la noche se llevaban alguna, la preferida, hasta el embozo frío de su cama para intentar calentarlas con sus costillares tallados, con el blancor de su camisón, con la pelirroja hoquedad de sus sobacos. Todos los niños y niñas que no parieron y pensaron estaban multiplicados en aquel armario. Unos con chupetes, otras con lacitos, otras con un sombrero de playa inverosímil... Y Plinio trasladó el pensamiento a su hija, a su pobre hija, ya madura, que tal vez quedase sin matrimonio, soñando también en partos clamorosos, en hijos como capullones arrebujados en mantillas, en babas, besos y llantos nocherniegos. Una mujer con el papo intonso y la barriga sin creación es el ciprés más triste y entristecedor del mundo. Hay que darle su juego a la barriga y sudar en las noches entre abrazos y suspiros chillados; hay que parir de cuando en cuando echando cuerpos, placentas, licores y gritos. Hay, coño, que darle a la mitad del cuerpo de abajo lo que es suyo y no pasarse las noches como un busto de mármol sobre el embozo.

—¿Qué haces tan serio mirando esas muñecas? —le preguntó don Lotario al guardia.

—Nada. Pensaba.

Sonó el timbre. Fue don Lotario. Era la Gertrudis. Llegó con sus pasos tiesos y, después de dar los buenos días, preguntó sin malicia qué habían hecho allí toda la mañana. Plinio le contó con naturalidad las cosas, muebles, rincones y habitaciones que habían inspeccionado.

La Gertrudis, dándoselas de avisada, empezó a hacerles un examen de inspecciones:

—¿Han visto ustés el armario hondo...? ¿Y la cómoda

grande...? ¿Y la despensa...? ¿Y el armario de «los niños»...? ¿Y los bajos de la librería...? ¿Y...?
A cada demanda de la retahíla, Plinio decía que sí con la cabeza. Cuando la Gertrudis se dio por vencida, fue a por las cervezas. Plinio, sentado en el sillón, bostezó. Don Lotario volvió al balcón de sus añoranzas.
—Pero hay una cosa que de seguro, de seguro no han visto ustés —dijo la mujer cuando entraba con las cervezas.
—¿El qué?
—¿Que el qué...? El cuartejo de los espíritus.
—¿Y qué hay en ese cuarto?
—Ay, mire usted, nunca lo vide.
—Y lo que hay en los armarios, consolas, mesillas, baúles y demás, ¿lo has visto alguna vez?
—Tampoco, no señor. Ellas son muy guardadoras.
No se volvió a hablar más del asunto hasta que los tres con mucha pausa y regodeo acabaron con las cervezas y el jamón. Así que los hombres encendieron los pitos, dijo el Jefe:
—Venga, vamos a ver ese cuarto de las ánimas del purgatorio.
—De los espíritus, Manuel, no sea usted hereje.
Entre el armario grande isabelino y la puerta de la alcoba que daba a un gabinetillo de pocas luces, había una cortina clara que tapaba un callejoncillo, en el que se veía otro armarito de sabina que ya habían examinado. Tenía ropas usadas y cosas de lana.
—¿Dónde está el cuarto de los fantasmas? Ese armario ya lo hemos visto.
—De los espíritus, Manuel. Está detrás del armario. Vamos a desarrimarlo y verá.

En efecto, al apartar el armario, vieron una puertecilla cubierta con el mismo papel de las paredes de todo el dormitorio. Papel antiguo, de regusto modernista, un poco tétrico.

—¿Y por qué le llamaban el cuarto de los espíritus?

—Pues no lo sé. Mire usted... Cuando apartábamos el armario para limpiar, ellas siempre lo llamaban así.

—¿Pero en broma?

—No, señor; muy requeteserias.

Probaron largamente con las llaves más aparentes que había en el cajón de la coqueta, hasta que hallaron la cabal.

Abrió don Lotario. Era un cuartichín mal iluminado por un ventanillo alto que daba al cuarto del carbón y olía a lugar cerrado y a naftalina. Dieron a un interruptor que había junto a la puerta. Y resultó que el cuarto era mucho mayor de lo que podía apreciarse a la luz lavácea del ventanuco. En él no había otra cosa que ocho o diez maniquíes de cartón y alguno de mimbre, cubiertos con ropas de distintas épocas. Lo curioso era que sobre el cuello de cada uno, a manera de cabeza, habían puesto la fotografía ampliada de una cara. Formaban un pelotón absurdo, de invención pueril. Un maniquí correspondía a don Norberto vestido de chaqué, sepa Dios por qué. Otro, a doña Alicia con abrigo negro de pieles. Otros, de familiares barbudos o con bucles, que ya habían visto en los retratos que cubrían el cuarto de estar, vestidos de levita o faldas hasta los pies. Entre todos destacaba el maniquí cubierto con un uniforme militar de los años treinta, que tenía por cabeza el retrato ampliado de un joven con los ojos un poco de lechón. Sobre el pecho del uniforme entre algunas insignias republicanas habían cosido un corazón de almohadilla, en el que se leían bordados con letras amarillas estas razones: «María Peláez, mi amor eterno».

—Ah, éste será el novio de la señorita María, el que desapareció en la guerra.

Plinio y don Lotario reían tiernamente contemplando las figuras de aquel museo inefable, mientras la Gertrudis no salía de su extrañeza:

—¡Bendita sea la Virgen de Peñarroya y qué mortandad han puesto aquí! Con razón le llamaban el cuarto de los espíritus. Si esto es pa mear y no echar gota... Yo lo que no sé es cómo conseguirían el uniforme del novio de la señorita María. Porque ella jamás vio hombre en pelota. Eso, fijo como la vista.

—Hombre, lo traería él... O lo comprarían ellas.

—No sé, no sé. Me escama mucho. Ropa de ajeno en esta casa.

Los maniquíes estaban colocados por orden cronológico. Sólo quedaba fuera de las ringlas genealógicas el militar del corazón cosido.

Don Jacinto Amat y José M.ª Perales

Como no había más novedades y eran casi las dos, se fueron a comer al hotel. Tomaron unas cervezas en «Navazo» y subieron en el ascensor lento. El Faraón no comía allí y se sentaron solos en una mesa. En la próxima había un matrimonio mayor y una joven que hablaban de bodas. Y en otra un señor solo comía sin mirar al plato, mientras leía el periódico.

Apenas liquidaron el postre se cruzaron al café «Universal», donde se habían citado con el cura. Como era muy temprano, encontraron mesa a la entrada, junto a un ventanal. Desde ella se veía muy bien el tráfago de la Puerta del Sol y principios de la calle de Alcalá. Justo frente a ellos, el paso de peatones que traía y llevaba gentes de Alcalá hacia la Carrera de San Jerónimo, Espoz y Mina y Carretas.

—Cuántas personas y qué ajenas unas de otras —comentó Plinio pensativo—. Fíjese en todos esos que vienen hacia acá por el paso de peatones, rozándose unos con otros y sin mirarse. Como si fuesen cosas. Son gentes que viven por dentro, cada uno en sus cavilaciones, y por fuera no hacen otra cosa que andar, moverse, enajenados. Todos parecen forasteros entre sí.

—Es verdad, en los pueblos convivimos más. Aquí las personas están colocadas sobre la misma ciudad, pero no se conocen ni parece que quieran conocerse.

—Mire usted aquél que está ayudando a cruzar al ciego. Lo lleva del brazo pero sin mirarlo. Dentro de un rato no se acuerda si cruzó a un ciego o una cesta.

—Sólo miran a las tías buenas. Fíjate qué cosecha de ojos lleva aquella tremendona pegada a sus piernas... y a lo de más arriba.

—Sí, menos mal. Eso es lo único que todavía interrumpe la frialdad de las ciudades como estas... —comentó Plinio—. Aunque he oído decir que por ahí por Europa, ni las miran.

—Lo que es feo es ese oso que han puesto ahí, en el centro. Chaparrote y escaldao. Cuando los concejales se ponen artistas es pa temerles —siguió don Lotario—. Tú lo sabes mejor que yo. En la decoración de las ciudades no debían intervenir los políticos, que en general son bastos o van a lo suyo. Debía haber peritos en esas cosas que los metieran en cintura. Que un alcalde o un concejal joroba a un pueblo en un amén y no hay quien le diga media... Cuidao con el oso de la puñeta, qué calamidad.

—Tampoco las fuentes son mancas.

—Más bien, son feísimas.

—Tú fíjate un sitio, digamos histórico, como es la Puerta del Sol, que dejen a los ediles de turno lucir sus fantasías.

—Lo primero que hacen es cargarse los árboles.

—Lo segundo joder las plazas haciendo esos aparcamientos que no resuelven nada y lo dejan todo lleno de túneles con entradas horrendas.

—Pero amigo, el negocio es el negocio —comentó don Lotario con melancolía—. Cuando un español ve la manera de hacer cuartos se carga una plaza y una ciudad entera. Como no haya quien ponga veto...

—Dicen que los españoles son muy amigos de las cosas antiguas. Mentira pura. Aquí no se tiene instinto de

63

lo viejo nada más que en materia de ideas, que en eso sí somos más antiguos que Matusalén, pero lo viejo, bonito y valioso, nadie lo entiende. Que lo parta un rayo.

—Coño Manuel, te estás enfadando.

—Es que son ideas que las llevo muy dentro, aunque yo no soy un finolis. Pero respeto siempre la obra de los antepasados.

—En este café algunas veces tocaba una orquesta de mujeres. Todas tenían cara y caderas de amas de casa y cuando estaban tocando se hablaban en voz baja, tal vez para decirse que tenían la compra por hacer o un chico con sarampión.

—Me río porque este comentario me lo hizo usted en otro viaje que estuvimos aquí.

Ahora el estrado de la orquesta estaba vacío, cubierto con cortinas rosa y doseles con borlas.

Detrás de la barra se veían dos grandes batidoras de cristal, automáticas, que movían pausadas zumo de naranja la una y de limón la otra.

—Toda la tarde moviendo esos zumos —dijo don Lotario de pronto—. Yo creo que con un batidito era bastante, ¿no crees?

—Será para despertar la sed de la clientela. Hoy para hacerle a uno gastar cuartos se recurre a todas las argucias —comentó Plinio.

Compraron unos «farias». Poco a poco se llenaba el café. Hombres con pinta de pueblo iban formando tertulias. Algunos se sentaban con el sombrero o la boina encasquetados. Parecían ricotes que vivían de las rentas que tenían en el pueblo, jubilados o arrimados a los hijos. Muchos de ellos tomaban posturas abandonadas, se rascaban la cabeza sin descubrirse, como solía hacer Plinio; o con la cara entre las manos bostezaban a todo diámetro. Abundaban los trajes marrones y los sombreros verdes. Hablaban con pausa, alzando las manos con ademán sentencioso, con aire despectivo o de flamenquismo trasnochado. De las tertulias próximas les llegaban retazos de conversación salpicados con nombres de fincas: «El prado del señor cura», «La casa de la linde vieja». Y cantidades de compra, venta o hipotecas. Algunos parecían abuelos que debían vivir malamente con la nuera y no sé cuántos nietos, y se venían allí a matar la tarde y parte de la noche. Se les veía solitarios, poniendo mucho reposo en todas las operaciones de mover el café, echar el azúcar, cucharearlo y encender el cigarro. Era el único trabajo que iban a hacer hasta la hora de la cena, y debían estirarlo hasta lo más. Algunos, con las gafas en los riñones de la nariz, todavía le daban vueltas y revueltas al periódico de la mañana. No era raro ver en estas tertulias a algún joven con cara de recién llegado a Madrid que, desambientado, hacía corro con los mayores de su pueblo o familia. En una mesa había dos mujeres con grandes bolsos, moños y jerseis negros, que con poco disimulo dejaban caer los párpados y dormitaban sobre la papada. Una de ellas, con no sé qué sobresalto, se despertó de pronto, y echó mano al bolso grande de plástico que tenía sobre la mesa. Al ver que todo estaba en orden, volvió a la modorra.

—Esto recuerda mucho un casino de pueblo —dijo don Lotario.

—A base de Puerta del Sol, pero igualico... Es que no se quieren convencer los listos de que la mayor parte

65

de los españoles son así... Mejor dicho —añadió con guasa— somos así.

—Sí, somos hijos del terruño y aledaños del carro, ahora tractor. Vienes a Madrid y te parece que todos los españoles son oficinistas. Y no señor, lo más de España es labradora, que apenas sabe leer y escribir, que dice que cree en Dios y no va a la iglesia y piensan que la monarquía se diferencia de la república porque en ésta el rey va de paisano. Y no le demos vueltas que no hay más cera que la que luce. España es de los pueblos menos cultos de Europa porque alguien ha puesto mucho empeño en que así sea —concluyó don Lotario con aire de mitin.

—Pues ha llegado un tiempo en que nos las están dando todas en el mismo carrillo.

—Y lo que te rondaré morena. Y menos mal que a los que ganan en otros países les ha dado por venir a éste a tomar el sol, que si no estábamos todavía siendo la nación productora por excelencia de limpiabotas y sardinas en lata.

—Y menos mal también que se han ido muchos miles por ahí a hacer de maleteros y limpiar tornillos...

—Resumiendo, como decía aquél —concluyó don Lotario— que nosotros que siempre hemos sido tan nacionales, la poca mejora que tenemos es debida a los extranjeros. Te digo que es pá echarse y no pegar el ojo.

—Mire usted, éste debe ser el cura que nos busca —dijo Plinio señalando a un sacerdote cuellicorto que oteaba levantando mucho las narices porque era de párpados muy caidones.

—¿Es usted don Jacinto Amat? —le dijo Plinio levantándose muy fino.

66

Se saludaron y el guardia hizo la presentación del veterinario. De verdad que al pobre don Jacinto no había manera de que se le quedasen los párpados en su sitio. Se le caían como persianas locas y para mirar, como quedó dicho, tenía que levantar la cara como si atisbase por una rendija más bien alta. El caso es que ya sentado, el subepárpados y subetesta se le notaba menos, porque en vez de mirar de frente lo hacía de reojo. Se conoce que por la rinconera del ojo con la sien, la vista encontraba mayor acomodo. Muy moreno, de pelo casi azul de puro oscuro, llevaba una sotana regular de nueva, porque le pardeaban los talares.

—Pues ustedes dirán en qué puedo servirles —preguntó luego de un preámbulo de cortesías y de pedir café.

—Como le indiqué por teléfono, la Dirección de Seguridad nos ha encargado la investigación del caso de las hermanas Peláez.

—Ya sé, ya sé. Me lo han dicho en la Dirección. No se extrañen ustedes de que me haya procurado una ratificación... Nunca se sabe en estos casos, nunca se sabe.

—Ha hecho usted bien —respondió Plinio muy moderado y pasándose la lengua por los labios—. Bueno. ¿Y qué sospecha usted de esta extraña desaparición?

—De verdad, amigo González, que no sé qué pensar. Porque ellas, las dos, son unas verdaderas santas. Con estos secuestros se suele perseguir dinero o venganza. Aquí de robo, nada. Nadie tocó, como usted sabe, cosa alguna. Sus ahorros están en el Banco. Venganza ¿de quién? Ellas son unas santas, lo que se dice unas santas. Aquí hay un misterio muy raro.

—En el mundo del delito ocurren casos que al principio son difíciles de entender, pero todo acaba mostrando su porqué muy corriente. Por eso yo he pensado que usted, que al parecer las conoce muy bien, así como a las personas que las rodean, a lo mejor puede darnos algún indicio.

—Claro que las conozco. Soy su confesor hace muchos años. Y lo fui de su madre.

—Yo creí que usted era más joven.

—El pelo negro engaña, pero voy para los setenta. Unas benditas, le digo que son unas verdaderas benditas. En esa casa nunca ocurrió nada anormal. Vidas trasparentes como el cristal las de Alicia y María.

—¿Usted sabe que en esa casa hay un feto en alcohol? —preguntó Plinio en plan de sondeo.

El cura empezó a reír con suficiencia y alzando muchísimo la cabeza, porque por lo visto con el reír los párpados se le bajaban más de la cuenta.

—Ya lo creo que lo sé. El feto fue de un aborto de la santa de doña Alicia, la madre. La pobre toda su vida deseó un niño. Como se le malogró, guardó en el frasco lo que pudo. Entre ellas —sólo yo lo sabía— al feto le llamaban Norbertito. Me preguntaron mil veces si era pecado guardar un feto. Yo, claro está, les dije que no.

—Entonces, ¿también sabe usted lo del cuarto de los espíritus?

—¿Cómo no? Y en el mejor sentido, me he reído mucho de ellas por esa invención. Las pobres pasaban muchos ratos en el cuarto hablando con sus antepasados.

—¿Y ese militar que hay en el museo con un corazón de trapo cosido en la guerrera?

68

—No pierde usted detalle, amigo González. Esa fue la única sombra, no digamos negra, pero sí grisantona en la historia de la familia.

—Explíqueme, por favor.

—Fue el novio de María con gran disgusto de todos. No es que fuese mala persona. Dios me libre, pero a los padres... y a mí, nos sentó fatal.

—¿Por qué?

—Cosas de entonces. Era de la cáscara amarga. Usted me entiende.

—Pero qué, ¿comunista, anarquista?

—No, republicano a secas. Tal vez un poco radical. De Martínez Barrios o Azaña. Poca cosa, pero ya sabe usted, entonces de Gil Robles hacia la izquierda todos eran del mismo corte. No iba a misa, votó a las izquierdas en febrero del treinta y seis, y se fue de oficial con los rojos.

—¿Qué profesión tenía?

—Veterinario. Un veterinario republicano. El colmo.

—Hombre —saltó don Lotario—, ¿y por qué los veterinarios no podemos ser republicanos?

—No sé, porque los veterinarios y los boticarios siempre me parecieron gente de orden.

—¿Y qué pasó de él? —cortó Plinio.

—No se sabe. A la familia Peláez le cogió la guerra en San Sebastián y él se quedó en Madrid. No volvieron a tener noticias.

—¿Y la familia de él?

—Su padre era militar... republicano también y desapareció al acabar la guerra. La madre murió y un hermano creo que está en Méjico.

—Entiendo.

69

—Pero María estuvo muy colada. Y proyectaban casarse el mismo año treinta y seis. Era buen chico. Y un infeliz como todos los republicanos, las cosas como son. Pero ya sabe usted. En un hogar tradicional, a la española, un republicano, por bueno que sea, siempre es una monserga… Conmigo no se metía nunca, esa es la verdad. Se conformaba con no ir a misa y me estrechaba la mano sin más ceremonia. Yo le hice algunas recomendaciones y él no las tomaba a mal. Me oía con mucha educación, pero en cuanto me descuidaba, desviaba el tema… Pero, en fin, esto del novio es agua pasada y no creo que tenga que ver con el caso.

—Desde luego.

—Yo pensé si las habrían robado para pedir un rescate por ellas. Como son ricotas. Pero nadie ha pedido nada… Si aquella tarde antes de salir de casa hubieran tenido alguna duda me habrían consultado. Por la mañana las vi en la iglesia y charlamos un rato. Iban tan contentas como siempre… Y tan relimpias.

Plinio y don Lotario se miraron como si no viniese a cuento aquello de afirmar el cura la relimpiez de las Peláez. El cura, tal vez también sorprendido por la colocación de su adjetivo, quedó mirándolos muy serio bajo los párpados rendijeros.

Al fin reaccionó y dijo:

—Es que son las mujeres más aseadas que he visto en mi vida. Lucha que te lucha contra el polvo, las manchas y el desorden. Todo en aquel piso siempre parecía nuevo y recién puesto. ¿No se han fijado ustedes? Y eso que lo han visto después de varios días de abandono… Tan limpias eran por fuera como por dentro —casi suspiró.

Plinio sacó la cajetilla de «caldo» con cara de desánimo. Estaba visto que el cura no daba más luces. Liaron todos. Hubo un largo silencio. El Jefe de vez en cuando se llevaba la mano a la corbata como para cerciorarse de que estaba allí. Acostumbrado al uniforme ceñido, se encontraba demasiado suelto.

Uno de los hombres de la tertulia de la mesa próxima, que llevaba sortija verde y sombrero del mismo color, decía:

—Fíjate, toda la vida creyendo que tenía acidez de estómago y ayer voy al médico, al mejor de Madrid, y toma del frasco, me dice que no, que lo que tengo es falta de ácidos. Y que beba coñac y coma picante... Después de estar quince años haciendo el franciscano. Mil setecientas pesetas me cobró el andova. Eso son oficios y lo demás gachamiga. Mil setecientas pesetas por decirme que beba coñac.

—Me estoy acordando ahora de una cosa —dijo el cura de pronto, al tiempo que se pasaba los dedos por los párpados perezosos—. Pero vamos, que tampoco se me alcanza que pueda haber influido en este percance... Hace unos años ellas quisieron adoptar un niño. Es natural. El ansia de maternidad, ya se sabe.

—Claro, no se iban a conformar con el feto Norbertito toda la vida —salió de pronto don Lotario con humor inoportuno.

El cura lo miró sin comprender del todo. Plinio se contuvo la risa a duras penas. Don Lotario quedó confuso y don Jacinto continuó como si quisiera olvidar aquel despropósito.

—Anduvieron, mejor dicho, anduvimos en tratos con el Hospicio, pero estaba todo tan complicado, hacían falta tantos requisitos, que desistieron. Después entraron en relación para quedarse con cierta niña que había tenido una de la Solaña con su suegro.

—¿Cómo con su suegro? —volvió a cortar don Lotario que no se hacía de sí aquella tarde.

—Sí señor, con su suegro. Las cosas de la vida. Se le murió el marido muy joven y la infeliz hizo coyunda con el suegro. Claro, como ella tiene otros hijos que le dejó el marido, y el suegro sigue viviendo en la casa, pensó ceder al hijito. Pero quería demasiado dinero y unas condiciones muy particulares. No pueden imaginarse lo orgulloso que el hombre estaba de su hazaña. Menudo sinvergüenza.

—Qué cosa. Ser uno hijo de su abuelo —soliqueó don Lotario.

—Después no intentaron más gestiones —continuó, sin hacerle maldita gracia el chiste del veterinario—. Pero tampoco creo que tenga esto nada que ver con el caso.

Plinio encogió los hombros y añadió con pereza:

—Eso nunca se sabe. ¿Conoce usted la dirección de esa gente?

—Sólo recuerdo que viven por Caño Roto. Además su primo lo sabe.

—¿Su primo?

—Sí, su primo, José María Peláez, que viene a ser su administrador y las asesora en cosas de Banco, acciones y eso.

—¿Es hombre de negocios?

—En parte sí. Más bien rentista y sobre todo filatélico. Lo quieren mucho y les lleva todo muy bien. Estaba en París. Llega esta tarde. Pensaba estar más tiempo, pero en vista de la desaparición de las primas le avisé para que lo dejase todo. Luego de estar con ustedes pensaba ir a su casa.

—Le acompañaremos —dijo Plinio con decisión.

—Muy bien.

Plinio se levantó y fue hacia los servicios. Pasado el tabladillo de la orquesta, a la izquierda, había una especie de salón mal alumbrado. En algunas mesas se veían hombres con la cara rodeada de periódico o mirando el menear de la cucharilla en el café. Parecían algunos de ellos solitarios de clases pasivas, con los ojos entornados, el pelo blanco y polvo de caspa en las telas. Allí estaban respirando semitiniebla y humo, dejando los últimos recuelos de su vida. Uno de ellos, como si oyese el canto de un pájaro soñado, miraba al techo con los ojos transidos, transidos como santo de cuadro de alcoba. A lo mejor, una fábula de su infancia, un arrebato de su juventud, o la misma noche de bodas creía ver proyectadas en aquel techo raso color miel. Sobre la cabeza de otro subían unas volutas de humo en forma de coliflores que hacían una pesadísima rotación. Allí debían estar los que no tenían tertulia ni amigos, los que huían del recuadro de luz de las ventanas, los meditamodorros, los que preferían pensar en los rabos más lucidos de su biografía. Otro caballero dormitaba medio escurrido en el diván, mientras un niño pequeño a su lado se había encasquetado un sombrero marrón, y quieto, se entretenía en oler la parte que le caía sobre las narices. Había colillas de cigarros por todos sitios que parecían moverse como saltamontes disimulados. Amontonadas en los rincones, sombras como hombres arrugados; y, sentados en los divanes, hombres con hechura de sombras. Plinio recordó el «cuarto de los espíritus» de la casa de las Peláez.

Entre tanto, don Lotario no sabía qué hablar con el confesor don Jacinto Amat. Se veía claro que el clérigo no disimulaba su adversión por el albéitar. Éste miraba a la calle con obstinación. El cura sacó el breviario en demostración de ausencia. Don Lotario, al verlo de reojo, se le hinchó la nariz y empezó a canturrear el himno de Riego. Don Jacinto hizo como que no lo oía y le echó un cuarto de espalda.

Una señora, ya en la cochera de los cincuenta, rubia ella y de bastante buen ver, con abrigo de terciopelo y una mirada como de gachí fatal, tomaba café en la barra. Los de la tertulia próxima le echaban ojos y decían:

—Muy buen cuerpo.

—Muy buen cuerpo, sí señor —corearon otros.

El cura volvió los ojos hacia ellos, y como bajo los párpados cierros su mirar resultaba impertinente, uno de los piropeadores, engallado, arreció la voz vengativo:

—Pero que muy buen cuerpo.

La del abrigo que oyó el último mensaje, semivolvió el perfil sonriendo y echó una ojeada con aquellos ojos de mostillo que Dios le dio.

—Y a la hembra le gusta el halago —dijo el de la voz de aceite frito.

—Le gusta... le gusta... le gusta —añadió otro tertuliano guiñando el ojo hacia donde el sacerdote.

Todos rieron. El cura respiró fuerte y dijo un latinajo inaudible.

Plinio volvió con el traje lleno de arrugas y cara de jubilado también. Se sacudió la ceniza del cigarrón que

74

le moteaba por todos sitios y quedó pensativo mirando a la calle. El hombre no se aclaraba en el asunto de las Peláez. El no haberse enterado hasta hacía un rato de que las desaparecidas tenían un primo administrador le irritó mucho. En los pueblos —repensaba— cada persona es un ser redondo, completo, parte de otra cosa más gorda, también completa, que es una familia. Allí a todo el mundo se le conoce de cuerpo entero, de familia entera. Pero aquí en las capitales a la gente se la columbra a cachos, a refilones. Y a las familias enteras tal vez nunca. En los pueblos puedes enterarte en un rato de la biografía completa de cada sujeto. Aquí tienes que componerla como un rompecabezas. Allí, la vida de cada persona es como una novela que vas abultando cada día con las noticias que él mismo te da o los próximos te allegan. Aquí a lo más sólo se sabe el título de los capítulos. Allí, te sientas en la terraza del San Fernando, y apenas cruza un individuo, la cabeza rebina toda su historia, sus dichas y desdichas, sus cojeras y demasías, sus cuernos y sus muertos, sus ganancias y pedriscos, la fecha de cuando se rompió el brazo, le mordió el mastín o tuvo la nieta con apendicitis. Y si me apuras, hasta recuerdas dónde tienen el nicho, en qué lonja compran y qué barbero les raspa la cureña cada sábado. Aquí no se ven más que sombras, gentes que no se miran ni se hablan, carteles de hombres sin noticia caliente. Mujeres que sólo te llaman la atención por la colocación de sus carnes y el respingo del caderamen... Por eso en Madrid, ser policía es una cosa científica y mecánica. Hay que empezar por averiguar quién es quién. En el pueblo el ser policía es ejercicio humanísimo, porque hay que rebuscar aquel rincón último de

75

los que conocemos. Los pueblos son libros. Las ciudades periódicos mentirosos...

—Ésta quiere guerra —seguía el de la voz de aceite friéndose, mirando a la gachona de los ojos mariposos.

—Sí quiere, sí, pero a lo mejor pagando.

—O no. O es caprichosa y le apetece matar la tarde.

—Coño, pues dile una frase.

Así estaban las cosas cuando entró un joven muy bien trajeado que debía ser el que ella esperaba.

—Se acabó la función —dijo el de la voz.

—Ya me extrañaba a mí que viniera de rebusca. Hay mucho compromiso en ese cuerpo para andar a lo que salga.

—Bueno señores, ¿me acompañan entonces a casa de José María Peláez?

—Vamos.

Quedaron en la Puerta del Sol a la espera de un taxi. Al cura, de pie y en la calle, se le notaba menos la caída de párpados. El chorro de gente que una vez avanzó desde el paso de peatones, por pocas se lleva por delante a don Lotario, que tuvo que hacer un equilibrio de cine cómico. El cura levantaba la mano a todos los taxis. No debía distinguir si iban ocupados. El veterinario se reía a hurtadillas cada vez que ocurría. Plinio miró hacia los balcones del hotel fronterizo, y sintió la comenzón de irse a la cama sin más primo, ni más cena, ni más na. No llegaba un taxi libre. Don Lotario le dio con el codo a Plinio. Un viejecillo no mal vestido registraba en una papelera. Miraba papel por papel. Unos se los guardaba en el bolsillo y otros los tiraba con aire distraído. Se le veían papeles asomados por todos los bolsillos.

76

—¿Qué buscará? —dijo el «vete».

—No sé... Y quizás él tampoco —le contestó Plinio filosófico y caidón.

Cuando acabó la selección, el vejete echó una carrera torpe hasta la próxima papelera, sin preocuparse si lo observaban.

Por fin consiguieron un taxi y fueron hacia Claudio Coello. El portero les dijo que ya había llegado el señorito José María. Una doncella muy delgada les pasó desde el recibidor a un despacho muy grande. Tras una mesa larga había un hombre en batín de seda verde, mirando sellos con una lupa. Sería cincuentón, con barba cerrada y gafillas de oro con lentes en forma de medio huevo. Para recibirlos hizo ademán de levantarse, pero no se levantó, como si estuviese atado al sillón. Por encima de las gafas miraba a los visitantes, inexpresivo, con la boca muy prieta, fruncida.

Don Jacinto presentó a los justicias de Tomelloso. José María Peláez hizo una vaga inclinación de cabeza y les ofreció asiento con el ademán. Hay que decir que en vez de echarles la mano les concedió la punta de los dedos.

Don Jacinto, con la cabeza muy alzada resumió la desaparición de las primas, y explicó la misión de Plinio y su amigo. El primo lo escuchaba siempre inexpresivo, y de vez en cuando echaba un reojo a los sellos que tenía sobre la mesa.

Cuando acabó el cura, después de un breve silencio, el primo dijo su primera frase con aire casi de enfado y en voz muy comida:

—Pues no sé qué habrán querido hacer con las primas.

77

Por todos sitios había álbums de sellos. Los visitantes, juntos en el mismo sofá, único asiento del despacho aparte del sillón del primo, estaban bastante estrechos por cierto. Eran muebles modernos y bonitos, pero pocos. Todo el espacio era para los sellos.

Plinio después de otro silencio le preguntó con severidad:

—¿Y cómo en seguida de enterarse usted de la desaparición de sus primas no regresó de París?

El primo miró a Plinio como si en aquel instante reparase en su presencia. Luego al cura, más luego a los sellos, y al fin se encogió de hombros de manera casi cómica y dijo mirando al suelo:

—¿Qué podía hacer yo...?

—Darnos alguna pista, por ejemplo.

—...No tengo pistas, palabra.

Plinio, mientras, se puso de pie. Los otros le imitaron después de hacer un esfuerzo para despegarse del sillón.

—Supongo que por el momento no se moverá usted de Madrid.

—No creo. Tengo mucho que hacer aquí —y señaló los sellos.

También se levantó José María de su sillón, aunque muy despacio, por una especie de lentitud mental. Y fue tras ellos con las manos en los bolsillos de la bata y la cabeza hacia el suelo. A pesar de su relativa juventud y no mal tipo, tenía lentitudes de anciano. Ya en el recibidor dijo en voz baja, como para sí:

—Yo nunca he sido aficionado a las cosas de detectives y no sé qué decirles.

—No se trata de cosas policiacas, sino de cosas de sus primas —respondió Plinio.

—Así puestos a pensar —dijo rascándose la cabeza entrecana y como haciendo un gran esfuerzo —lo único que se me ocurre decir es que tenían una pistola.

—¿Cómo una pistola? —saltó Plinio ya un poco en tensión.

—Sí, que tenían una pistola del tío.

—Bueno, ¿y qué?

—¿Que si está en la casa…?

El cura miró a Plinio con cara de sorpresa:

—¿Una pistola ellas?

—Eso dice. ¿Y dónde la tenían?

—Debajo del colchón de la cama de la tía Alicia.

—La verdad es que no hemos mirado bajo los colchones.

—Pues yo creí que los policías lo miraban todo.

—¿Por qué no hace usted el favor de acompañarnos a la casa de sus primas a ver si recuerda algo más?

—Bueno.

Y sin sacarse las manos de los bolsillos quedó mirando al suelo. Todos esperaron a ver por dónde rompía. Por fin se quitó las gafas de medio huevo, fue a la percha, se vistió una gabardina y un sombrero y dijo:

—Bueno, ya estoy.

—¿Pero no te quitas la bata? —le preguntó el cura.

—No…

Hicieron el viajecito en taxi sin hablar. Subieron. La casa parecía más fría. El primo, apenas entraron, como si de pronto tuviera prisa, quiero decir cierta prisa, sin decir palabra echó a andar hacia el dormitorio de sus primas. Todos, en hilera, iban tras él. Encendió la luz de la mesilla, se arrodilló a los pies de una cama, metió las manos entre los dos colchones de lana y empezó a buscar a tientas, mientras miraba al techo. Por fin sacó una caja de cartón. Sin abrirla la sopesó.

—Está vacía.

Plinio tomó la caja sin abrir. Era de cartón corriente con restos de una etiqueta. La sonó. La abrió. Sólo había un cargador. Se miraron entre sí.

—Cuando murió el tío pensaron tirarla... Pero luego, como estaban solas, por si les daba miedo, la guardaron.

—Nunca me dijeron que tenían pistola —exclamó el cura con cierto aire de contrariedad.

—Pues por algo grave salieron a la calle si se llevaron el arma —dijo Plinio mirando a uno y a otro sin dejar la caja y el cargador.

—Es que claro, don Jacinto, no se lo iban a decir a usted todo —dijo el veterinario.

Don Jacinto alzó la cabeza más de lo acostumbrado para descubrir una mirada fulminativa a don Lotario, que naturalmente no tuvo ningún efecto por la condición tapadera de sus párpados.

—Muy amable —comentó el clérigo molesto y con sequedad.

—¿Qué piensa usted, don José María? —preguntó Plinio al primo que todavía seguía de rodillas junto a la cama.

—Las primas son bastante impetuosas —dijo al tiempo que se incorporaba.

—¿Y eso qué quiere decir? —siguió el guardia.

—Que... les dan prontos.

Y volvió a callar con las manos en los bolsillos, la mirada en el suelo y la boca apretada.

—Por favor, don José María —pidió Plinio—, expli-

80

que usted lo de los prontos... Les dan prontos ¿para qué?

—Pues... para todo.

—Lleva razón José María —aclaró el cura—, les dan prontos para hacer obras de caridad, para llevar el bien...

—Algo así... O para comprarse una tarta —remató José María.

Todos se miraron entre sí y no pudieron evitar la risa, incluso el cura. Sólo el primo seguía con las manos en los bolsillos y mirando al suelo.

—José María quiere decir que son impetuosas como un niño, pero siempre para cosas buenas o inocentes. Son unas santas.

—Con pistola —volvió el veterinario con el mal café que le inspiraba el sacerdote.

—Con pistola, sí, señor veterinario impertinente, con pistola y unos corazones como catedrales.

—Por favor, don Lotario —le reconvino el guardia.

—¿Dan ustés su permiso? —se oyó una voz.

Todos miraron hacia la puerta de la alcoba. Era la portera, pequeñaja, con cara de asustada, de inocentemente asustada.

—Ustés perdonen y buenas noches, que no he dicho ná, pero los vi subir y me dije: así que bajen voy a decirles a los señores un recuerdo que tengo aquí clavao toa la tarde. Pero como no bajaban, pues digo subo y se lo digo. Lo cual que he encontrao la puerta abierta y telenda telenda me he entrao hasta aquí... Que miren ustés, desde que desaparecieron las pobres señoritas tos los de la casa, de la portería quiero decir, estamos dándole vueltas a la cabeza a ver si caemos en qué percance

81

les puede haber ocurrido. Porque miren ustés, que unas personas tan rebuenísimas, que las conocemos de toda la vidisma, porque el señorito Norberto cuando se vino de notario, me entiende usted, de Tomelloso, trajo a mi padre que en paz descanse a la portería, y de siempre nos hemos tratao divinamente, y las señoritas y yo como quien dice nos hemos criao con los mismos baberos, porque en Tomelloso mi madre ya asistía a la casa del señorito Norberto, pues que no es cosa vista lo que ha pasao... que hay que ver el disgusto que ya nos llevamos con el aborto de la señora Alicia, al que tienen enfrascao... El feto Norbertillo y no le digo a ustés cuando se murió aquel santo señor con tantas medallas, padre de las señoritas, que aún parece que lo veo en la caja...

—Pero bueno, ¿cuál es ese recuerdo que ha tenido usted toda la tarde en la cabeza y que iba a contarnos? —le cortó Plinio.

—¿El recuerdo? Ay Dios mío, Jefe Plinio, con lo que lo quería mi padre, que Dios albergue, que usted se acordará de él, Andrés Sánchez el Meacubas, con perdón... lo que tenemos hablao y cuando esta mañana lo vide subir porque he estao dos días en el pueblo de mi prima, sabe usted, y me dijo la Gertrudis que estaban ustés en el ajo de las señoritas... Porque nosotras vamos todos los años al pueblo para el día de todos los Santos, para hermosear un poco las sepulturillas de los fenecidos de la familia, que nadie queda ya de los nuestros en aquel lugar...

—Sí hija mía sí, pero a ver si nos dices qué recuerdo es ése.

—Lleva usted razón Manuel, que se me va la palabra

al cielo… y qué gusto de verlo aquí y también a don
Lotario… Que las señoritas la última tarde que salieron, pues que tomaron un taxi, fíjese usted, un taxi,
ellas que siempre iban alredor de la casa, porque de
este barrio no salían como no fuese algo muy sonao…
Ellas a la iglesia de Santa Bárbara, a la de San José,
a la confituría de Hidalgo, a Riofrío, a Mónico, a los
teatros de la vecindad… Pero mire usted, Manuel,
aquella tarde, que salen, se plantan en la puerta y al
primer taxi que pasó que le echan mano. Y yo me dije:
¿qué pasará que han cogío un taxi?

—¿Y no le dijeron nada?

—Nadica. Ya se lo conté a los otros policías más señoritos… quiero decir, vamos más de Madrid que vinieron los primeros. Cogieron el taxi, y ¡hala! Se lo dije
a mi hermana Feliciana que casi no ve, ¿pues dónde
irán las señoritas que han montao en un taxi con tanta
asura?

—Bueno… pero vamos a ver ¿qué es lo nuevo que nos
tenías que decir y te ha pasao toda la tarde, porque lo
de que tomaron un taxi ya lo sabíamos?

—¿Pues quién os lo ha dicho? —preguntó perpleja.

—Pues los otros policías más señoritos como tú dices
que te preguntaron primero.

—Anda, claro. ¿Pero le han dicho que iban así de
acelerás?

—No… recuerdo.

—Pues eso es lo que yo tenía clavao. Eso, coñis, que
iban muy acelerás.

Cuando Plinio y don Lotario se pudieron deshacer del cura miracielos, del primo sellista y de la cansinísima portera, se acercaron un momento a cambiar impresiones con el comisario en el café «Lión» y después calle de Alcalá adelante, con pasos cortos, bajaron hacia su hotel.

—¿Sabe usted lo que le digo, don Lotario? —habló Plinio mientras esperaban en el cruce de Gran Vía que el disco se pusiera verde—, que este caso de las hermanas Peláez no me emociona lo que se dice ná.

—Hombre, pues ahora ya con la desaparición de la pistola, el caso se está poniendo más cícato, como dicen en nuestro pueblo.

—Y le digo también —continuó, sin hacer caso de la observación de don Lotario— que Madrid me cae gordísimo... ¿Qué me importa a mí que hayan desaparecido dos rancias como las hermanas Peláez? ¿Qué más me da si se las ha llevado un enano o se las ha comido un mico? Me es igual...

—Por Dios, Manuel, no despotriques. Para una ocasión que te dan los de la capital de lucirte, de aparecer a los ojos del mundo como un policía universal, te pones así.

—A mí me la trae floja la policía universal.

—Valga lo de la flojedá. Pero ¿y tu pueblo? ¿Es que vas a dejar mal a Tomelloso con lo que todos esperan de nosotros?

—Pero don Lotario de mi alma ¿no se da usted cuenta de que aquí no hay material? ¿De que éste es un caso de aficionados, de esos que no se aclaran nunca? ¿Pero no comprende usted, señor curagatos, que la detectivesca de Madrid, con el conqué de darme una oportunidad,

84

se han quitado el mochuelo de encima? Éstas son dos solteronas tontorronas, tan tontorronas como su primo el de los sellos, que a lo mejor se han caído a una alcantarilla o se las ha llevado la grúa con el taxi puesto, quien sabe.

—Manuel, calla, coño. Que nunca te he visto tan cima, y perdona. Madrid te desnaturaliza. Digas tú lo que quieras éste no es un caso vulgar. Ni el primo es tan tonto como tú dices, otra cosa es que sea despistao; ni ellas son tan despreciables, aparte de que se han criado en nuestro pueblo y recordándolo viven, y esto importa mucho para nosotros. Despéjate, por Dios y por los santos, que aquí hay madera y de la fina… Y si no, al tiempo.

—Es usted como un muchacho.

—Y tú, esta tarde al menos, un rollo.

En estas tan agrias iban, cuando oyeron, ya muy cerca del hotel, un vozarrón que les decía:

—¿Dónde van los sabuesos del Tomelloso?

Era el Faraón que también volvía al hotel. Por cierto que al oír el grito de éste, varios transeúntes se volvieron sonriendo.

—Llevo dos días sin verles, coño. ¿Dónde se meten?

—Hombre, el Faraón —exclamó don Lotario contentísimo.

—Que nos vamos a cenar al hotel de don Eustasio —dijo Plinio a manera de saludo desabrido.

—Y yo también… pero sin ganas. ¿Oye y qué mosca te ha picao que vas con esa jeta, jefe? Por lo visto como aquí nadie te hace saludos ni reverencias te sientes achicao y se te sube el vinagre.

—Sí está un poquillo modorro, sí. ¿Y cómo es que vas

85

a comer sin ganas, tú que te has comido toda la carne del mundo?

—Hombre, sin ganas de comer, no. Eso sería impropio. Sin ganas de ir al hotel. Que yo cuando vengo a Madrid me apetece la variación en todo. Bastantica rutina tenemos en el pueblo. Pero como no he encontrao a nadie conocido, pues que me venía más cabreao que una mona, porque esta noche a mí el cuerpo me pedía distracción. Me he comprao esta corbata ye-yé para entrar en acción, pero que si quieres.

Y enseñó una corbata azul con grandísimos lunares de varios colores espectrales.

—Y ahora que ya estoy con vosotros —continuó sin dejar de mostrar la corbata— pues vamos a echar por ahí un poco de francisquilla.

Plinio miraba la corbata con desgana.

—Parece la bandera de Chile —dijo don Lotario.

—¿Es que es así?

—Yo no me acuerdo, pero debe de ser rarísima.

—Estás insinuando que nos vayamos a tomar unas copas —dijo Plinio con cara de niño enfadado.

—No estoy insinuándolo. Estoy dando una orden. Para que aprendas. Tomamos unas copas con un algo. Luego otras copas con otro algo, así hasta ciento. Luego una cena como Dios manda, y más deluego, adonde fuere, siempre y cuando que haya visualidad, ¿hace...? Venga Manuel, anímate, que así vestío de paisano pareces un hermano tuyo menos listo.

Don Lotario empezó a reír con tanta gana, que Plinio se contagió, echó un tercio de labios y el Faraón, riendo también, se pasaba las manecillas por el barrigón mirando con descaro a los transeúntes.

—Anda niña, que aunque vayas vestida de zapato, yo te echaba los reyes, vaya si te los echaba —dijo a una chica que llevaba un abrigo de cuero muy corto—. Venga, gendarmes, empecemos la romería del trinque por la calle de la Cruz, que si Dios nos da fuerzas llegaremos a la de Echegaray, donde siempre hay sorpresas.

Sin más preámbulos fueron hasta Sol para empezar el itinerario faraónico.

—Desde que Madrid se ha hecho tan grande, ha perdido la alegría. Ahora, la gente que se cree bien —y ya lo cree hasta el último mono— no va a las tascas y a los bares con luces y voces. Prefieren unos sitios elegantes de muy poquita luz, con parejas achuchándose y venga de tomar whisky, que vale un riñón y sabe a zapato viejo... Ahora vengo de estar con unos señoritingos que quieren embotellar vino y me han tenido dos horas en un «snack» —que no sé lo que quiere decir— con musiquilla de fondo. He salido con el corazón y los bolsillos llenos de sombras. ¡Jesús, qué gafería!

Plinio se detuvo ante el escaparate de una zapatería de señoras.

—¿Qué miras, Manuel?

—Es que tengo que llevarles zapatos a la mujer y a la chica... pero todos los que veo me parecen muy modernos. ¿Sabéis lo que me pasa? Que sólo tengo en la cabeza el tipo de zapatos que llevaba mi madre y mis hermanas; vamos: zapatos y botas, y en los que llevan ahora mis mujeres no me fijo nunca.

—Oye, igualico me pasa a mí con las bragas —saltó el Faraón.

—¿Cómo con las bragas?

—Hombre, sí, que siempre que me imagino a una tremenda en paños menores, la veo con los pantalones que llevaban en mi mocedad y no con estas cortedades de ahora, aunque sean más comprometedoras. Tú me entiendes.

—Lleváis razón los dos —añadió don Lotario con cierta melancolía—. Es que cuando llega uno a cierta edad ya no ve lo que tiene delante sino lo que vio en los tiempos que veía.

—Vaya trabalenguas, maestro don Lotario —rezongó el Faraón.

—Trabalenguas pero muy claro. Que ya no hacemos más que mirar, pero no vemos más que lo que tenemos dentro, en la recámara de la juventud, cuando mirábamos para ver —ayudó Plinio.

—Quiquilicuatre, Manuel. Lo mismo que se sigue comiendo y no se crece. Antes todo te alimentaba y daba lustre. Ahora todo te agostiza.

—Bueno, señores, menos viejalidades y más orgullo, que llegamos a la Ostrería. No me vayan a dar la noche con sus senequeces. Vamos a entrar en juego como en los tiempos mozos, que el lustre va por dentro. Que yo entreforros me siento tan caldoso y prieto como endenantes. Luego, un puñao de bicarbonato y a dormir al tachún.

Nada más entrar en la Ostrería y mientras pedían y no pedían, el Faraón empezó a picar en todos los mariscos que tenían a mano. Y como puso cara de alarma un mocete que había a su cuido, le dijo con aquel aire sentencioso que le dio fama en el pueblo:

—Muchacho, tú, tranquilo y contabiliza de cabeza, que

aquí los presentes somos todos de derechas y con el vino recién vendido.

Bebían y comían con mucho regocijo, ante la expectación de la parroquia, ya desacostumbrada a ver gentes de pueblo en pleno ejercicio. Aparte de que el Faraón, como siempre, procuraba dar el mayor empaque posible a todas sus palabras y ademanes.

—¿Por qué —dijo de pronto— a pesar de ser tan terreneros nos gustan tanto los bichos de la mar? Yo veo una liebre o un cordero y me pongo caneloso, pero con los mariscos enloquezco.

Como los clientes reían las cosas del Faraón, el hombre se engrandecía. Y Plinio, un poco cohibido, sacó y ofreció el «caldo» para paliar el número.

—Pero Manuel, si las ostras que he pedido superan incluso el tabaco. Venga muchacho, echa vino hasta que se te duerma la muñeca.

Liaron Plinio y don Lotario con su pausa de siempre, mientras el Faraón sorbía de la ostra con sus labios gordezuelos.

Siguieron haciendo visitas por cuantos lugares convidatorios encontraban y al entrar en «La Chuleta», oyeron un coro de voces que los llamaba con mucho júbilo:

—¡Faraón! ¡Faraón! ¡Atiza, y Plinio de paisano! ¡Y don Lotario!

Eran tres estudiantes del pueblo que estaban en una mesa con unas chicas extranjeras. Todos parecían muy alegres y bebidos. Saludaron con muchos abrazos y ausiones a los recién llegados y les presentaron a las extrañas.

—¿Estos son los libros que estudiáis vosotros, gavilla?

89

—les dijo el Faraón señalando a las chicas más con la barriga que con el dedo.

—Venga, siéntese con nosotros.

—¿Y os las sabéis ya bien sabías u os falta algo por estudiar?

Una de ellas que era altísima, muy rubia y más bien corpulenta, miraba al Faraón con cara entre de susto y gracia.

—Esta jara tiene mucho que aprender ¿eh Junípero? No hay más que ver el columneo —dijo mirándole unos muslos descomunales que la minifalda permitía ver en toda su longitud.

Plinio, con un cigarro entre los labios, sonreía con timidez. Don Lotario, muy renovalio y sin quitarse el sombrero, parpadeaba inquieto, mirando a unas y a otras.

Pidieron más vino, y una de las chicas, delgada, con la nariz aguileña que resultó suiza, dijo que le trajesen cococochas.

—Cocochas, eso es precisamente lo que hay que pedir, señorita, cocochas. ¡Cocochas para todos! —gritó el Faraón al camarero.

—Cocochas —repitió la chica con cara infantil.

—Sí hija mía, cocochas te vamos a dar esta noche hasta que se te ponga el ombligo a semejante altura. Todos reían lagrimosos con las desmesuras del Faraón. Y la suiza, daba palmas.

—Faraón, eres el tío más grande de la Mancha —le dijo Junípero López.

—¿Farraón? —preguntó la tercera turista que era una francesa pequeña y rubiasca.

—Sí señorita yo soy el Farrraón.

90

Y poniéndose en pie y arremangándose la chaquetilla sobre el trasero cubero empezó a bailar:

—«Soy de la tierra del farraón».

Entre estas estaban cuando llegó una mujer ofreciendo claveles. El Faraón los compró todos y empezó a dejarlos caer sobre las chicas.

—Ha enloquecido del todo —dijo don Lotario a Plinio.

—Venga, claveles de España para la extranjería. Venga, pónselo ahí en la canal, que son más sosas que la calabaza —añadió entre dientes ofreciendo un clavel a Zoilo Cornejo.

Ya eran otra vez espectáculo. Todos se volvían a ver al gordo.

Las chicas se dejaron colocar los claveles donde el Faraón quiso, y comían cocochas y le daban al vino contentísimas y en confianza.

—Cuando salgamos de aquí os voy a enseñar la casa, que está ahí al lao, donde me desvirgaron por séptima vez —dijo el Faraón de pronto.

—Desvirgar… ¿qué es desvirgar? —dijo la alemana alta.

—Cococha, muchacha, no seas cococha…

A Serafín Martínez, el tercer estudiante, el calvo, de la pura risa se le salían los companages por las comisuras. La francesa pequeña le dio unas manotadas en la espalda, aunque el hombre parecía más atento que a otras cosas a la topografía y complexión de la alemana grandota.

—¿De qué andan ustedes por aquí? —preguntó Junípero en un alto de las risas.

—A descubrir el asesinato de Prim que todavía está en el alero —dijo el Faraón.

—¿Tú también diquelas de poli, Faraón? —le preguntó Zoilo.

—Ca, yo vengo para las relaciones públicas. ¿Y a ti qué te pasa Serafín, que estás tan distraído? ¿Es que no te hace caso esta cococha tan bien armada?

Serafín bajó los ojos con sonrisa a medias y la alemana miró a unos y a otros sin comprender.

—No hombre, no —dijo Junípero— si se le da como Dios, está triste porque al llegar ahora a su residencia, que es una de las mejores de Madrid, se ha encontrado con una falta muy triste.

—¿Pues qué te ha pasao, hijo mío? —le preguntó el Faraón simulando seriedad.

Serafín se rió bajando los ojos.

—Cosas de éste —dijo al fin.

—A ver, a ver, explícate.

—Pues ná —aclaró Junípero que estaba deseándolo— que la gobernanta de la residencia, que es más antigua que andar palante, ha conseguido del director, que también debe ser godo puro, que quiten los bidés del cuarto de baño de cada habitación.

—¿Que quiten los bidés? —preguntó el Faraón con cómica exageración.

Serafín asintió con la cabeza.

—¿Y por qué? ¿Qué pecado han cometido vuestros culos?

Todos, incluso ellas, empezaron a reír.

—Venga ¿por qué?

—No nos han dado explicaciones.

—Y este pobre, que es tan cuidadoso de las bajuras del cuerpo —glosó Junípero— pues que está muy disgustao.

92

—Y con razón —dijo el corredor de vinos con mucho aparato.

—Deben creer que esa guitarra sólo la usan los pecadores…

—Es que en este país —continuó el Faraón— todo lo que va de medio cuerpo pa abajo está muy mal visto… Oye, se me está ocurriendo una cosa. ¿El director y esa señora que gobierna la residencia conocen a tu padre?

—No… —dijo Serafín con espectación.

—Fenómeno, te digo que fenómeno… Si para estas cosas yo soy un genio. Ya lo saben bien Manuel y don Lotario…

—Pero, bueno… ¿qué piensa usted? —se arriesgó Serafín.

—Chitón, macho. Secreto de estado.

—No jorobes, que tú eres capaz de armar una zapatiesta por lucirte y si me largan de la residencia, mi padre me quita de estudiar y me mete en la bodega.

—Que no hombre, que no. Que yo, si bien es verdad que busco el lucimiento, siempre es sin deterioro del embromado.

—Que no me fío, Faraón.

—Tú tranquilo. Palabra de honor que todo saldrá como el arroz con leche.

—Antonio, Antonio —le reconvino Plinio— que todos te conocemos.

—Porque me conocéis, precisamente, debéis saber que habrá regocijo general, sin quebranto para Serafín ni para nadie.

Comiendo chuletillas asadas e intentando que Antonio el Faraón contara su proyecto, entre risas y recuerdos de su biografía de bromista, cuya culminación está cronicada en «El reinado de Witiza», estuvieron hasta la media noche, en que Plinio y don Lotario marcharon al hotel y el Faraón siguió con los estudiantes por el barrio del vino.

Secreto ministerial

Acostumbrados a desayunar de pie en la buñolería de
la Rocío, no se avenían a hacerlo en el comedor del
hotel. Don Lotario se lo adivinó a Plinio el segundo día
de hospedaje y le propuso ir a «Riesgo». Allí, de pie
ante la barra, aunque por la elegancia no había com-
paración con el mostrador de la Rocío, el desayuno tenía
otros compás... Plinio incluso tuvo el imposible presen-
timiento, cuando estaba con los churros entre las manos,
de que se presentase Maleza a dar aviso de un nuevo
caso más movidito que el de las hermanas coloradas.
Como en Tomelloso, tomaban churros, unos churros
bastante asépticos, pero churros al fin. Allí mismo encendieron el «faria» y fumeteando miraban a unos y a
otros como en espera de que alguien los saludase. No
había caso. La gente pasaba delante de ellos como si fuesen muebles. La misma camarera les sirvió sin mirarlos.
Don Lotario sentía ganas de pedir a voces: «un buenos
días, por Dios», «un qué tal se ha descansado, por la
Virgen». Llegó un momento en el que tenían detrás una
fila de gente esperando que acabasen aquellos cacha-
zudos. Ellos chupaban del puro mirando al infinito y
dándole al café su copero. Y los de atrás, venga de
mirarlos impacientes, con sus trajes iguales, con sus
relojes de pulsera, con sus caras de empleados que apa-
rentaban prisa. Por fin, al darse cuenta de aquella molesta espera, se miraron los dos de Tomelloso con cara
de culpa, pagaron y marcharon sin decir palabra. Echaron calle de Alcalá arriba.

En la puerta de la casa de las Peláez encontraron a la Gertrudis:

—Pues ná, que he venío por si necesitaban alguna cosa.

—Sube y limpia un poco.

La Gertrudis empezó a trapear de mala manera y Plinio sentado junto a la camilla del gabinete hojeaba el cuadernillo de direcciones telefónicas... Más que hojearlo, con las gafas a media nariz y el puro entre los dientes, parecía olfatearlo en busca del número o el nombre que oliese a clave.

Don Lotario, también inseguro, paseaba por la habitación con las manos atrás y el gesto vacío. Luego mandó a la Gertrudis por el periódico y se puso a leer lo que nunca leía. Plinio de vez en cuando hacía una anotación en cierto papel. Debían ser los teléfonos que le faltaba por llamar. Con frecuencia entraba la Gertrudis con ganas de pegar la hebra, pero al verlos tan desganados volvía a su labor.

Sonó el teléfono y acudió don Lotario con cierta ansiedad. Cuando volvió, Plinio le consultó con los ojos.

—Nada, el Faraón de la puñeta que sigue empeñao en lo del bidé. Dice que ya lo ha comprao y que viene a recogerme al portal para que vayamos a la Residencia. ¡Qué tío! Por una broma lo deja todo.

—Estoy seguro que va a ser un buen número.

—Hombre, ya lo sé. Pero me da no sé qué dejarte solo.

—Ande, ande y no se preocupe por mí. Pero tenga cuidado no lo meta en un berenjenal, que el Faraón, como usted sabe, no se anda con chiquitas y lleva las bromas hasta la misma raya del infierno.

96

—Aquí no hay caso. Bueno, en el hotel nos vemos a la hora de la comida.

—Vaya usted con Dios, y que todo salga de mucha risa.

Había algo que a Plinio le había llamado la atención desde la primera vez que miró el cuaderno de direcciones. En un renglón de la página de la «M» se leía: «Ministerio X. Señor Novillo. N.° .... (tres llamadas).»

Dos veces había marcado aquel número y nadie contestó. Lo de las tres llamadas no lo entendía. Plinio, con el cuaderno entre las manos, fue hasta donde estaba la Gertrudis.

—¿Oye Gertrudis, tú sabes quién es un tal señor Novillo del Ministerio de X que viene aquí?

—Sí, Manuel. Claro que lo sé. Muy amigo de las señoritas. Y además les hace las cosas de punto la señorita Palmira.

—¿Y quién es la señorita Palmira?

—La secretaria del señor Novillo. Y él les hace marcos.

—¿Es que él además del Ministerio tiene un taller de marcos y ella de hacer punto?

—No, Manuel, los talleres los tienen en el Ministerio.

—¿En el Ministerio de X?

—Claro.

—No entiendo nada. ¿Y tienen mucha relación con tus señoritas?

97

—Muchísima. Son uña y carne. Allí pasan ellas muy buenos ratos.

—¿Y este señor Novillo y su secretaria Palmira saben que han desaparecido las señoritas?

—No sé qué le diga, Jefe.

—Pues voy a visitarlos a ver qué cuentan.

—No puede usted ir solo.

—¿Cómo que no?

—Porque no atinaría con la oficina.

—Voy al Ministerio, pregunto…

—Nadie se lo dice. Nadie sabe dónde están. Tuve que ir yo seis u ocho veces con las señoritas para aprenderme el camino… Yo iré con usted aunque no les va a dar gusto. Claro que siendo policía y tratándose de lo que se trata…

—Qué raro. Pues anda, quítate el mandil y vamos ahora mismo.

—Al contao estoy lista —replicó la Gertrudis que toda la mañana estuvo buscando pretextos para no limpiar.

Cuando llegaron a la puerta del Ministerio después de hacer el viaje en metro, la Gertrudis, muy pizpireta y mandona le dijo al Jefe:

—Sígame usted, pero haciéndose el distraído.

Plinio se encogió de hombros y echó tras ella.

Razón llevaba la Gertrudis. Un cuarto de hora largo tardaron en atravesar el edificio, subir una escalera arrinconada, como de servicio, empinadísima, hasta un cuarto. Cruzar grandes desvanes, o tal parecían, que debían ser almacenes de desechos: papeles, libros, cuadros, cajas, escaleras de mano, anaqueles volcados, rollos de papel de embalaje y cuerda, listones, un banco

98

de carpintero. Llegaron por fin a una puerta bajita, que parecía de despensa de pueblo, de la que salía una escalerilla estrecha y desconchada. Luego unas habitaciones oscuras y bajas, con estufas oxidadas, cartelones de la guerra, sacos llenos de no se sabía qué, antiguas prensas de copiar cartas, baleos peludos. Al cabo de aquel nuevo trasteo, una escalerilla de madera pegada a la pared, que tuvieron que subir a la luz del mechero de Plinio. Salieron a una especie de andamio de madera que iba por el tejado de pizarra, junto a las chimeneas, hasta llegar a una bohardilla. Bajaron una rampa de madera, muy gruesa, salvaron un hueco cubierto con un trozo de alfombra que hacía de cortina, y luego de andar algunos pasos hasta un habitáculo completamente oscuro, la Gertrudis dio tres golpes secos con los nudillos en una puerta diminuta. Esperaron unos segundos. Al fin de ellos se oyeron como respuesta, otros tres golpes. Gertrudis repitió la llamada. En seguida se oyó el rechinar del pestillo de una cerradura grande. Se entreabrió la puerta tres dedos. En el listón de luz que formó su apertura aparecieron unas gafas y una nariz.

—¿Quién? —dijo el de las gafas.

—Yo, la Gertrudis, con un policía. Ha pasado una desgracia.

Al oír aquello y ver a Plinio, el de las gafas cerró la puerta de un golpe seco.

—Se ha asustao el pobrecito. Si ya lo decía yo.

—¿Qué hacemos? —le preguntó Plinio en voz baja.

—Espere usted. Estarán hablando.

Debían hablar mucho porque no abrían.

—Vuelve a llamar —ordenó Plinio.

La mujer dio los tres golpes secos, como antes. Casi en seguida volvió a abrirse la puerta y aparecieron las gafas y las narices del hombre.

—Pasa tú sola y que espere el hombre —dijo con voz silbante.

—Aguárdeme usted Manuel un momentico.

Se abrió la puerta lo justo para dejar entrar el perfil de la Gertrudis y echaron la llave en cuanto estuvo dentro.

Manuel, casi a tientas encendió un «celta» —no estaba la cosa para liar «caldos»— y apoyado en el muro se puso de espera. La plática debía ser laboriosa. Se le enfriaban los pies y por un momento tuvo la impresión de que no iba a salir jamás de aquella tumba de don Rodrigo. Y se rió acordándose de los versos del romance de la penitencia de don Rodrigo que gustaba deformar don Rosendo, el profesor de historia del Colegio, cuando estaba de humor:

> *Ya me comen, ya me comen*
> *por do más pecado había,*
> *a una cuarta del ombligo*
> *y a un jeme de la rodilla.*

Aburrido echó otro «celta». Le jorobaba no llevar cinturón donde enganchar los pulgares como solía ser su comodidad cuando esperaba.

Por fin, cuando ya pataleaba de frío, oyó el chirriar seco de la cerradura. La puerta se abrió tres cuartos y apareció en él la figura de Novillo, que resultó más bien alto, cenceño, descarnado, con una chaqueta vieja y un mandil azul de artesano.

100

—Pase usted, haga el favor.

Era una pieza encamarada y más bien grande, con unos ventanucos alargados sobre las vigas de aire, que dejaban entrar muy poca luz. Se completaba la iluminación con dos flexos, uno cerca de una máquina de tricotar, que movía una mujer muy gorda y con lentes y el otro sobre la marquetera donde debía trabajar Novillo. En un rincón había un antiguo pupitre deble y altísimo, con banquetas arrimadas. Sobre él, pocos libros de cuentas y unos papeles abarquillados. La Gertrudis, con cara de disgusto, hacía como que miraba con mucha atención el jaleo de la máquina de tricotar que meneaba la gorda Palmira.

Apenas entró Plinio, Novillo volvió a cerrar la puerta con dos vueltas de llave y le ofreció asiento en una vieja silla de enea, que estaba en el centro mismo de la habitación como destinada a un acusado. Novillo se recostó en el borde de la marquetera y observaba a Plinio con semblante de notable desagrado. Tenía el hombre cara de ave vieja, calvo, la nariz generosa que se dijo y unas cuerdas collares de mucho relieve. El aserrín le cubría las cejas y el poco pelo que se prestaba de una a otra ladera de la cabeza.

Plinio reparó en un teléfono primitivo, de la época del tango, que había junto al pupitre; y en una máquina de escribir esquelética, cubierta con una bayeta verde oscura, que dormitaba en un rincón.

Novillo, que no rompía a hablar, que parecía estar pensando por donde salir, por fin, como anuncio cordial, ofreció de su petaca a Plinio. Liaron ambos con la pausa debida, y ya entre lumbres, le dijo Novillo después de sentarse sobre la banqueta alta de la marquetera:

—Ya me ha contado Gertrudis la desaparición de las hijas de Peláez. No sabía una palabra. Usted dirá en qué puedo servirle.

—Sólo deseo que me cuente usted lo que sepa de ellas a ver si columbro alguna pista.

—No le puedo decir cosa que le dé pistas. Las conozco de toda la vida. Su padre, precisamente, me proporcionó el destino que tengo en este Ministerio. Y son gente muy normal y buena.

Novillo hablaba todavía con un dejillo madrileño de sainete antañón.

Plinio, al oír lo del «destino en este Ministerio» volvió a echar un vistazo cauteloso al montón de chapas y tablerillos que había junto a él, al aserrín que todo lo cubría, a las manos encallecidas de Novillo, al cazo de la cola que se calentaba en el hornillo eléctrico y a un banco pequeño de carpintero.

—Lo comprendo... pero en la vida de todas las personas —dijo Plinio refiriéndose a las hermanas coloradas— hay un resquicio que puede explicar muchas cosas.

—Pues que me aspen, caballero, si yo he guipao ese resquicio... Además, natural, que a mí no me contaban todos sus negocios.

—¿Qué tipo de relación tenía usted con ellas?

—Ya le dije, vieja amistad y algún trabajillo que otro que nos encargaban para ellas o para sus amistades. Ellas querían mucho a cuantos tratamos a sus padres... Querían y quieren, porque nada demasiado malo puede haberles ocurrido.

—¿Usted sabe que las señoritas Peláez ocultaban una pistola que se llevaron en su última salida?

—¿Cómo? —saltó la Gertrudis que no perdía ripio.

102

—¿Eh, no lo sabía usted, Novillo? —continuó el guardia sin hacer caso a la asistenta.

—No señor, ni idea. ¿Por qué iba a saberlo?

—¿Y dónde estaba esa pistola? —volvió a preguntar la Gertrudis con las manos en las caderas y aproximándose a Plinio.

—Parece mentira que no lo sepas. Debajo del colchón de una de las camas de tus señoritas.

—¡Angela María! —respiró la Gertrudis— ¡Cómo lo iba yo a saber antonces! Yo en jamás de los jamases toqué sus camas. Ni sus camas ni sus cosas de comer. Ellas no dejaban que se acercase nadie a sus apaños de cuerpo y boca. ¡Menudas son! Limpias y relimpias hasta la asquerosidad.

—Bien, pues esa pistola no está en su sitio. Sólo queda la caja donde la guardaban.

—¿Y quién sabía lo de la pistola? —tornó la asistenta con ojos astutos.

—Su primo José María Peláez —contestó Plinio de mala gana.

—Pues nada, ya digo, de las pistolas ni idea —se defendió Novillo.

—Pero usted que las conoce de tantos años, ¿no puede imaginarse qué causa podía echarlas a la calle a toda prisa y con una pistola en el bolso?

—Ese tipo de reacciones no le va a su buen natural... A ver si es que les pusieron un anónimo pidiéndoles dinero...

—Plinio lo miró algo sorprendido.

—Sí —siguió el funcionario marquetero—, a lo mejor fueron a llevar la tela a donde les decía el anónimo, y zas, que las atraparon.

Plinio, reaccionó y movió la cabeza escéptico.

—No se ha notado falta de dinero en la casa ni en los bancos.

—Pero, señor mío —exclamó Novillo satisfecho de su perspicacia—, a esas cosas no se lleva parné; se llevan recortes de periódico en un sobre.

—¿Las cree usted tan valientes como para ir a hacerles frente a los del anónimo?

—Pues oiga, no me extrañaría. ¿Y a ti, Palmira? —dijo mirando a la gorda tricotadora y secretaria, que oía embobada con la máquina en reposo.

—A mí tampoco, que nerviositas son muy nerviositas y echadas para adelante.

—Ni a mí —terció la Gertrudis—, que a veces son polvorilla pura.

—Ya oye usted —ratificó el marquetero bastante satisfecho—. Hay mayoría.

Plinio se pasó la mano por la barba y quedó mirando al vacío con los ojos entornados. Por fin meneó la cabeza y dijo:

—Cuando a uno le piden dinero por un anónimo y no lo quiere dar, avisa a la policía o dice a alguien donde va.

—¿Y si quien lo pide es un sujeto, o puede ser un sujeto que a ellas no les interesa publicar? —abundó Novillo ya en plan sabuesísimo.

—¿Por ejemplo? —le atacó Plinio mirándole a los ojos.

—Hombre... por ejemplo... yo no sé. Es un suponer. No es que apunte yo que ellas tienen un tapadillo. Usted comprenda.

—Es que la reacción que usted dice vale a base que

104

me indique la persona o personas que podían provocarla.

—Yo, que quiere usted, muy amigo muy amigo, pero sus últimos secretos, si es que los tienen, ni idea. Comprenda.

—Bien —remitió Plinio—. Yo lo que deseaba, amigo Novillo, es conocerle y estar en contacto con usted. Le ruego que haga memoria a ver si le surge algún recuerdo que pueda dar una miaja de luz... Vendré a verle alguna que otra vez.

Novillo se pasó la mano por la nuca, miró con fijeza al Jefe y añadió:

—Yo tendré mucho gusto en ver al señor cuando lo desee... Pero en otra parte. Me llama usted a uno de estos dos teléfonos, y voy donde diga. Se lo agradeceré mucho, de verdad. —Y le escribió un papel.

—Está bien —dijo Plinio echando una mirada comprensiva a la marquetera— si lo necesito le telefonearé a uno de estos teléfonos... con tres llamadas.

—El de abajo es el de mi casa.

—Vamos Gertrudis.

Dio Plinio la mano a Novillo y guiados por la astuta asistenta volvieron al laberinto.

—No sabe usted cómo se han puesto los dos conmigo por haberle traído aquí. Aunque les he dicho que usted era policía y que me había obligado, por pocas me muerden... Claro, no quieren que nadie les descubra el chollo —dijo la Gertrudis mientras llevaba a Plinio por aquel dédalo ministerial.

—¿Y llevan así mucho tiempo?

—Desde mucho antes de la guerra, oí decir a las señoritas.

105

—¿Y él, está casao?

—Es viudo. Pero para mí, y que Dios me perdone, que siempre estuvo liao con la Palmira, que lleva en la oficina tanto tiempo como él.

—¡Qué mundo, Dios mío! —comentó Plinio cuando ya llegaban a parte frecuentada.

Plinio dijo a la Gertrudis que volviera a la limpieza del piso y estuviese atenta por si daban algún recado, que él iría después. Y cuando desapareció la mujer por la boca del metro, echó a andar a lo lobo, calle adelante, recreándose en su propia desgana, en su nostalgia del pueblo. Nostalgia infantil que en el fondo le daba risa. Al mismo tiempo se sentía excitado. Claro que era como una excitación histórica, no referida a hembras actuales, sino a otras que llevaba en el imaginero desde los años de su mocedad. Mozas vendimiadoras y de cuneta. Entre cales lumbreras... en «Quitamiedos»...

Una siesta lejana en el Atajadero. Callejones oscuros de su época de soldado.

Las mujeres salían de las tiendas, tan orondas, tan ausentes de lo absoluto, de la verdadera murga que es la vida. Siempre pegadas a su hoja de morera, con sus ideas pequeñitas sonándoles en la cabeza, como las perras en una alcancía de barro.

Y vio una cafetería muy lujosa, grandísima y solitaria. Entró sin pensarlo. Se apoyó en la barra y pidió un cortado. Una musiquilla de fondo parecía anunciar que de allí a poco iba a ver baile o cosa así. Le gustó aquella paz. Sólo estaban las gentes que servían vestidas de amarillo verdoso.

Le pareció que ya llevaba meses en Madrid. Que fue en otra estación del año el viaje en el coche de línea, junto a doña María de los Remedios, la del climaterio, la del vello rubio sobre el labio goloson. Junto a Caracolillo Puro, el de las desavenencias del sexo y el sombrero cordobés.

Repitió el café y acabó por sentirse cercado, pero no por la gente, como cuando el desayuno, sino por la indiferencia de los pocos que tenía alrededor. No se acostumbraba a que no «lo viesen», a no hacer bulto —como él decía... «Tiene uno metido el pueblo hasta las cañas de los huesos, hasta el último rodal del pecho. Soy un paleto de cuerpo entero, un paleto aterido por aquel aire, aquellas voces, aquellos ojos y aquellos alientos. No hay tierra buena ni mala. No hay más que la de uno. Con la tierra pasa lo que con la madre o con los hijos. El que vive lejos de sus solares vive con medio corazón perdido. Le falta ese anclaje profundo del terreno que todavía no se sabe qué es.»

Salió. Anduvo mucho rato mirando escaparates, echando ráfagas de ojos a ciertas maduronas que salían de las peluquerías con los cuellos tiesos. Ya en la calle de Prim, donde está la Organización Nacional de Ciegos, se tropezaba con invidentes por todos lados que pedían que les ayudasen a cruzar la calle, que les tomasen un taxi, y ofrecían sus tiras «iguales», con voces sostenidas, monótonas. Voces no alteradas por reflejos de imágenes ni luces. Voces mecánicas para ser escuchadas por ellos mismos, como una cayada más que les comunicaba con el exterior. Los ciegos vocean desde lo absoluto, llamando a otras tinieblas. Las suyas son voces «solas», que no esperan respuesta de gestos o de ojos. Voces rápidas, insistentes, que contienen algo más que el mero texto de su pregón. Avisos articulados de su presencia, de su estar. Testimonios para ellos mismos de que están fuera, de que están a la vista de otros, de que hacen bulto y no están solos en la tiniebla.

La monorrimia de las voces de los ciegos que venden es como la luz de un faro marino. Las voces de los videntes sufren interrupciones y desganas, son arrítmicas, a cada nada interrumpidas por la imagen, el estupor, el sueño, la pincelada cómica, el saludo. Son voces con ojos. Los ciegos, por no ver ni verse, emiten unas voces sin colores, sin tonos, ni semitonos; sin agudos ni calderones. Voces abstractas de un disco rayado, en la cámara negra.

Plinio sentía una escalofriante ternura por aquellos ciegos. Admiraba su conformidad, que desde la luz parece imposible. Y pensaba en las extrañas reservas que la naturaleza tiene para reemplazar la parte del mundo que nos llega por los ojos. Cuando los veía reír, contarse sus cosas dándose manotadas, salir abrazados y eufóricos de la taberna «El Saúco», intentaba adivinar cuál era el repertorio de sus sensaciones, de sus imágenes inventadas, de sus percepciones por el camino de los otros sentidos. No sentía lástima de los ciegos, sí cariño, sí ávida curiosidad; deseo de llegar a su mundo, suyísimo, creado por antenas impensables.

Ya en la calle del Barquillo todavía le dio pereza volver al trabajo, al piso de las hermanas coloradas. ¿Qué iba a hacer en él? No se le ocurría ninguna operación.

Le daba hastío continuar llamando a los números que traía el cuadernillo, del que hasta ahora tan poco sacó en limpio. Entró en la cafetería «Riofrío» para alargar la mañana con otro «cortao».

Se sentó en una mesa que había vacía junto al ventanal, pidió el café y quedó mirando la melancólica calle de los ciegos. «El mundo —rumiaba con los párpados blandos y el gesto leve— es un turbio mapa de calles de ciegos, una red infinita de cegueras, de obras y voces de ciegos. Cada uno somos ciego a nuestro modo y manera. Tenemos ojos y sensibilidades para unas cosas y somos piedra total para otras. Tenemos luces milagrosas para canales y venas de agua que otros no ven e ignoramos las arterias y canales que son maestros para tantos... Cada cual somos vaso de alguien que de verdad ignoramos en gran parte. Semejes de unos vecinos que nos metieron en los entrehilos de la carne al darnos el ser. Morada de un sujeto con muchas partes de su rostro, oscuras. Con muchos movimientos de sus manos, ignorados... Somos espectadores deficientes de nosotros mismos, semiciegos de nuestra total hechura.»

Un ciego joven y una moza ciega se pararon junto al ventanal donde Plinio tomaba café. Hablaban los dos a la vez. No podía oírlos. Se habían encontrado sin verse, se habían encontrado oliéndose, se habían reconocido por el sonar del bastón y se pararon justo donde debían, a la distancia que era menester y uno frente a otro, empezaron a hablar a la vez. Ahora, sin dejar sus báculos blancos, suavemente, muy suavemente, se acariciaban las manos con las puntas de los dedos, con la superficie apenas de las yemas de los dedos, sin dejar de hablar

109

los cuatro labios, los cuatro ojos alzados, como si esperasen del cielo el reflejo de la figura que cada cual tenía ante sí. Era tierno verlos detrás del cristal, hablando a la vez, como dos pájaros pían, con los tactos rozados y los ojos arriba. Hablaban menudo, medio riéndose, con las caras muy juntas, seguros de su gracia y de su sol, ausentes de ser un espectáculo sin réplica posible... Hubo un momento en que la mano de él empezó a palpar el brazo de ella suavemente, temblorosa, a ras de tejido. Ella se la tomó con una levedad imposible, la subió hasta sus labios y no se sabía si le daba besos muy delgados o es que no dejaba de hablar, ahora a la mano, a las orejillas de los poros de la mano... O si meneaba los labios para besarle y hablarle junta, estremecidamente a la vez. Plinio se abstrajo un momento de emoción y cayó en la cuenta por primera vez que el cieguecillo y la cieguecilla, sobre todo él, eran feos. Muy jóvenes y feos. Delgados. Él, con un cuello muy largo y la nariz geométrica; ella, rosada de tez y pelirroja. Pero por su divina ceguera estaban más allá de estos obstáculos, de esos inconvenientes de normales, de videntes. Si eran ciegos de nacimiento, ¿cómo se imaginaban la belleza? ¿Cómo se «veían» el uno al otro? ¿Qué clase de hermosura creaba, dibujaba, metía por los poros del corazón el mero tacto y la palabra mera? Allí estaban ungidos como los amantes puramente visuales, atados por sus hilos sin luz, ella besándole, hablándole en la mano, con el filo de la boca apenas; él, en un extraño trance de sonrisa, sin dejar de mover los labios, como en rezo, que se le iba por la cara arriba hasta aquel imaginero de dulzuras que él se sabía, que el cielo se sabía... Les faltaba el don de

ver lo bello… que puede imaginarse por los delgados
hilos del corazón, de su ternura, de sus poros en flor.
Pero también les falta —y es suerte— ocasión de ver
lo feo, tanta fealdad como hay en el mundo, tanto
horror, tortura y formas heladas, como hay en los seres que ven y hablan mirando. Viejo tema, ahora concentrado en la calle de Prim.

A Plinio le dio el patatús del deber. Era un esclavo del
deber, de sus deberes. Aunque no tuviese nada que hacer, siempre estaba pensando en lo que debía hacer.
Madrid, el espectáculo desilusionador, vital, nostalgia-
dor, modorro y excitante de Madrid, a veces, demasia-
das veces, le mandaba al cielo el santo de su preocupación profesional, de su pudor de Jefe de la G.M.T.
Pero no podía dejarse vencer por tanto desvío, por tantas blanduras y divagaciones de situación… Debía averiguar qué pasó con las hermanas Peláez, había que
hallarlas vivas o muertas, como con toda razón pedía
don Lotario. Y en un rasgo de energía, pagó el café y
se echó a la calle. No pudo resistir la tentación de
aproximarse a la pareja de ciegos enamorados y escuchar lo que hablaban. De cerca, sin el cristal por medio, le parecieron menos importantes, más estrechos y
bajos, más color de cosa. No entendió nada. Hablaban
con una especie de siseo, de palabras jabón, ovaladas,
como una carcamusa de besos y suspiros. De pronto
callaron y tensaron sus caras. Debían haber advertido
su sombra, su respiro, el sol que les quitaba. La caricia
quedó suspendida y los ojos con los párpados caídos.
Todo el cuerpo de ellos escuchaba, esperaba la marcha
de una sensación extraña y molesta. Plinio cruzó a la
esquina de enfrente. Desde allí vio que en seguida se

calentó el gesto de la pareja y volvían a moverse sus labios, a alzarse los ojos, a besar los dedos a los dedos. Con las manos en la espalda marchó hacia la casa de las hermanas Peláez.

Rezaba en la puerta que la casa tenía más de cien años. Por aquellas escaleras anchas y bajas, en tan largo tiempo, habrían subido legiones de muertos, de inquilinos ya del arrabal, del más allá de esta temporada. Subieron o bajaron pensarosos, el último día, mirando al suelo, con la mano casi transparente sobre el pasamanos. Carteros con bigotes, a cuestas el morral de los papeles; mujeres haldoneando con disnea, mocitas a lo Cañabate con tacones y huellas en los muslos de dedos menestrales, de dedos señoritos; militares. Señoras con la misa y la miseria, con el reclinatorio arrastras. Unos niños marineritos que se creyeron inmortales. Cubos de la basura isabelina, con hojas de «La Flaca» y «La Gorda» y oraciones milagrosas del padre Claret. Más de un siglo tenía aquel puente de madera. Ataúdes a hombros. Un pregón que rasgaba el portal cada sábado de 1898. La vuelta del teatro tantas veces y subida de los escalones canturreando la mejor canción del último sainete. Un abrazo precipitado en ese descansillo. Tal vez el inicio de un jadeo. Y tras los desconchones de la pintura del zócalo de la escalera, sobre un paño de humedad, renacían los viejos motivos modernistas que ya vio Plinio el primer día. Los viejos inquilinos no volverían, se los llevó la parca, pero sí volvían aquellos rosetones verde-rosas, pintados cuando el siglo moría ahogado para España en las aguas de Santiago de Cuba. En el campo se borran las huellas de los que vivieron, pero en las ciudades y en las casas,

112

obra de los hombres, todo tiende a quedar, a estar bien hecho. Todo es cocción de recuerdos, de cosas idas, de melancolías tumbarias, de desecación de las carnes e inercia de los huesos. ¿Quién se acuerda en el campo de la muerte, de los idos? Las nuevas mieses, los pámpanos a estreno, el flamante mantillo de la tierra, las margaritas que deja cada noche la varia composición de las nubes, el aire que cambia de flecha, las recientes golondrinas, como los niños, olvidan pronto lo que pasó, lo que ha ocurrido y lo aparejan todo para la fecha nueva. Pero, ¡ay, viejo!, en las ciudades todo es molino de nostalgias, de testimonios temerosos, escaleras por donde tantos bajaron, camas con varias generaciones de partos y estirados, cortinas de damasco que secaron tanta lágrima furtiva, armarios con ropillas de unos niños que fueron senadores y hoy calzan el cardo borriquero en el osario... Cada generación debía estrenar una ciudad, sin el polvo del fue, sin los bidés usados, sin el recuerdo de la muerte tan bien hecho y repetido, sin esa cuerda cotosa de seda roja que sirve para librar a los balcones de las cortinas. Que cada generación tuviese su ciudad sin cementerios, con todas las cosas flamantes, como chorros de oro; sin fotografías de bigotudos sonrientes, sin esos guardapelos de rubios cuya segura calavera es tiesto de raíces. Qué escalofrío cuando se encuentran en el fondo del arca unos calzoncillos largos, color telón de cine, con cintas y un zurcido pequeñito que le hizo la bisabuela. Las ciudades, los pueblos y las casas, como los campos, debían vestirse totalmente de limpio para cada generación. Sin esas estatuas de hombres de piedra o de bronce que pasan tanto frío, que las mean de noche, que les pintan bigotes y gritos inútiles de política y protesta. Sin museos llenos de fantasmas con golas —sí, señor, estamos conformes, que están muy bien pintados—, pero que nos meten por los cráteres de los ojos: la «imagen espantosa de la muerte», las rodadas de las galeras del pasado tan triste como ahora; la molienda de tantas miríadas de cuerpos, de ansias, de amores, de envidias, de cuernos, de entierros, de duelos, de pechos marchitos, de basura humana. Sin museos chorreando temblores de jóvenes lindísimas que sonríen desde hace cuatro siglos sobre la tela de la muerte del cuadro de la vida que fue, que se ha acabado, como nosotros: el sabio, el listo, el aparvado, la reculona, el jorobado, el que fusiló, el monje onanista, el que tuvo el pene sensacional, el de la mano de siete dedos, el santo que chupaba el aire intacto, la virgen del pueblo que murió sin jamás desapartar los muslos, la maestra fornicadora que obsequió con su papo a repúblicas de orteras. Museos con mascarillas de escayola de famosos hechas un minuto después de su último sorbo de aire. Tan prietas de cara, tan juntos los labios, con los ojos cerrados con alicates. Mascarillas hechas por señores escultores académicos, ya mascarillas en otros museos llenos de vitrinas, con polvo y cartas antiguas pidiendo prestado; y condecoraciones oxidadas y cintas como hojas secas. Museos con zapatillas de las grandes bailarinas, sedas arrugaditas, pasas, con las que bailó delante del rey, su majestad, muerto de merengue también en bálsamos y hueso entre los cuatro tabiques de su regio, magnífico y dorado panteón. Museos con retratos de bufones de culo muy bajo, de sonrisa de cacho de tierra y dientes forjados de azufre negruzco. Cuadros de batallas

114

inútiles, de soldados que vocean por causas que Dios no recuerda. Batallas de muertos y caballos heridos, de espadas simplísimas, con crepúsculos de cuajarón, igualitos que los de ahora, sobre aquellos hombres tan raros con plumas y lanzas y males gálicos en sus chorras sucísimas por amores con mozas de risa, qué leche. O ese señor rey pintado en un cuadro, tan negro, tan pegado ferozmente a unas ideas-pasiones que ya son puro flato, mandanga podrida, verdín de los cantos. Reyes que murieron mordidos de gatos o a lavatibazos o a sangrías rarísimas, con vómitos pardos, con la barba sucia, con el pecho cubierto de falsas reliquias, con el culo viejo a la vista de los ojos tristes, de los rostros pálidos de los cortesanos. Jodiendas arcaicas pintadas en telas enormes, con disimulo y metáfora, de ojos perdidos y vientres de trigo y pechos que cantan romances antiguos. Pero no el pecado, ni espasmos, ni gritos rompiendo la noche, ni sexo caliente, ni sudor de axilas, sino muerte muerte. El pobre hombre siempre tiende al recuerdo, a hacer vivir lo que fue, para hacerse la ilusión de que así no se morirá del todo... Y conserva cuadros de bodegones con manzanas que se comió un gorrino del Renacimiento o asquerosas piezas de caza muertas, cuello abajo, color corteza de árboles. O perros mastines de hace muchos siglos, pero que no dan lástima, porque ellos no se ven en museos ni tienen cómodas antiguas con rabos de sus antepasados, ni les importa lo que son ni si hubo ayer. Son vidas perfectas, metidas entre el hocico y el rabo, siempre iguales, sin más allás metafísicos ni más acás futuriles. Como decía Braulio. Eso debían ser las vidas buenas, ser lo que se es, sin memorias ni esperanzas, resueltas en sí mismas, como cosa que se siente y no se piensa, que es sólo lo que está en uno aquí y ahora. Gozo y dolor que no se sabe cómo empezó ni cómo acabará. Eso sí que es vida, cabrones, eso sí que es estar al pairo de la mera naturaleza, sin el sombrón desde que naces del acabarse, de la finitud, mordiéndote los sesos y los caños del corazón desde que tienes aliento. Ese solo estar sin proyecciones sí que debe ser ricura verdadera.

Cuando Plinio llegó al piso, la Gertrudis tenía retenida a Dolores Arniches, la costurera. Estaba sentada junto a la mesa camilla. Era una mujer delgada, con gafas y la mirada sin norte. Apenas saludó. Se conformaba con navegar los ojos por una zona próxima al Plinio. Gertrudis explicó que Dolores cosía en la casa un día por semana. Y el último que estuvo fue cuando desaparecieron las hermanas coloradas.

—Que le cuente, que le cuente ella.

Y la Dolores empezó a contar con voz de escolar que dice su tema, inmóviles manos y ojos, sin otra vibración que la de los labios finos, resecos, de corteza de pan.

—Pues sí, señor policía, vine como todos los días a eso de las once. Me dieron el desayuno como siempre en el cuarto de costura. Y me puse a mi labor. Ellas entraban, salían, me acompañaban a ratos, decían sus cosas. Llegó la hora de la comida y también como siempre… ya vengo aquí hace veinte años, me sirvieron en el cuarto de la costura. Siempre como sola y luego, duermo un poquitín en el sofá. Ellas también se recostarían, aunque no las vi porque no me moví de mi sitio. Hasta que

116

si serían las tres y media de la tarde cuando sonó el teléfono. Y ahí empezó la cosa. Desde mi sitio oí que lo cogía una de ellas, no sé cuál. Que dio unos gritos de sorpresa. Por la distancia no entendí lo que dijo. Sí sé que se puso en seguida la otra, la que fuese. Y también oí que hacía ausiones y preguntas que no me llegaban. Estuve tentada de asomarme al pasillo para oír algo, pero no me atreví.

—Pero las ausiones que usted dice, ¿eran de alegría, de tristeza... o de miedo? —preguntó Plinio.

—No lo puedo decir. No eran corrientes. Más bien de extrañeza, de mucha prisa.

—¿Y fue larga la conversación?

—No, señor, muy corta... Así que colgaron el teléfono las oí corretear por el pasillo. Debieron ir al baño —por lo que luego vi—, a arreglarse a su alcoba, las dos a la vez, todo muy ligero. También oí que hablaban entre ellas, así, precipitadas. ¿Usted me entiende? Una media hora después, pasó la señorita Alicia al cuarto de costura y, sin casi mirarme, dejó la merienda cena y la paga sobre la mesa y me dijo: «Nos tenemos que ir en seguida a un negocio urgente —dijo la palabra "negocio", me acuerdo muy bien—; cuando termines, Dolores, si no hemos venido, apagas las luces y tiras de la puerta. Hasta el lunes». No me dieron tiempo a preguntar nada. Las dos, que la señorita María la esperaba en el pasillo, salieron a buen paso, cerraron la puerta del piso... y hasta ahora, que la Gertrudis me ha contado que no volvieron.

La Dolores dio por terminada su comunicación y quedó mirando con sus ojos descentrados a los alrededores de Plinio.

—¿No oyó ningún nombre ni palabra que pudiera darle indicio de qué «negocio» trataban?

—No señor. Ya sabe usted que el teléfono queda en la otra parte del pasillo, tan largo. Normalmente no se oyen ni que hablan. Esta vez, como lo hacían con tanto acelero y extrañeza, sí que oí lo que dijo

—Y ustedes que llevan tanto tiempo en la casa, ¿no tienen una idea de quién podría llamarlas para causarles tanto desasosiego?

—Dándole vueltas a la cabeza —dijo la Dolores— estamos desde hace una hora, mire usted. ¿Quién podría ser? ¿Quién podría ser para armarles ese telele..? Porque conociéndolas, no crea usted que ellas se movían por cosa de nada. Que eran o son —Dios lo quiera— muy repensás y muy suyas para tomar determinación. Que no las mueve un pelo de aire, ni se echan a la calle por cualquier recadito. Desde luego. Debía ser un negocio muy superior el que les dijeron. Yo nunca las había visto tan nerviosas... Y cuando dieron las seis, como me quedé sin faena —siempre me estoy hasta las ocho—, me marché. Tampoco era raro que no hubieran vuelto. Y hasta hoy.

Llamaba la atención en la costurera, que cuando dejaba de hablar, se quedaba en la misma actitud que cuando hablaba. Mejor dicho, rompía a platicar y su semblante no alteraba el reposo aparte de aquel vibrar de labios que se dijo. Que los ojos seguían igual de desclavados, las manos tan quietas, la cabeza inclinadilla por tanto uso de costura y el cuerpo sin moverse; con ademán del que quiere levantarse del asiento, pero resulta que no se levanta.

Se hizo silencio. Plinio daba paseos fumeteando y mo-

118

liendo el magín. Dolores en el borde del sofá, la Gertrudis con sus ojos de siempre, viva y el mohín rubricado, seguía los ires y venires del guardia, en espera de razón. Y como pasó un rato y no rompió, saltó ella:

—Si quiere usted le traigo una cervecilla, que nosotras nos vamos si no manda otra cosa.

—Andad con Dios, que yo me quedo un rato a esperar a don Lotario.

—¿Le traigo la cerveza o no?

—No, que acabo de tomar café ahí al lado.

A eso de las dos llamó el veterinario y dijo que habían acabado muy ricamente el negocio del bidé, que ya se lo contarían de noche cómo quedaron. Lo llamaban desde Alcalá de Henares donde había ido con el Faraón a un negocio de sus vinos. Plinio quedó conforme, marchó al hotel, almorzó y después de charlar un rato con algunos paisanos en el saloncillo, ante la testigo francesa y silenciosa del perro pekinés, que ocupaba el mismo sillón de siempre, decidió echarse la siesta.

Se encontraba muy desanimado y cuando las cosas se ponen así, lo mejor es pasarse el borrador del sueño.

Una luz encendida

A la caída de la tarde se despertó confuso. No atinaba
a saber dónde estaba. «¿Qué habitación era aquella?
¿Qué pueblo? ¿Qué hacía allí?» El ruido de los coches lo regresó poco a poco el cerebro a Madrid, al
Hotel Central, al caso de las hermanas coloradas. Se
quedó un rato con la cabeza fija en la almohada y los
ojos en las rendijas del balcón por donde entraban las
últimas claridades de la tarde. Encendió un «celta» y
quedó con él entre los labios y ambas manos entrelaza-
das bajo la nuca. Echó un vistazo a las mangas de su
pijama azul, y sintió salirle una media sonrisa. «Tenía
gracia, él, Manuel González, guardia municipal de Tomelloso, de la virula familia de "los Plinios", vestido
con pijama. Era el primero de su generación que se en-
camaba así. Y todo por el dichoso viaje a Madrid. Por
las hermanas Peláez. ¿Por qué creyó su hija que era
necesario ponerse pijama para acostarse en Madrid?»
Se vistió despacio y bajó al recibidor. Echó un vistazo
a los periódicos de la noche que había sobre una mesa.
«Sin noticias de las desaparecidas hermanas Peláez»,
rezaba el titular de última página de uno de los diarios
más esparavaneros. Y seguía: «Nos informan en la
Dirección General de Seguridad que se continúa sin
noticias del paradero de las señoritas Alicià y María
Peláez, desaparecidas de su domicilio de Augusto Figueroa el pasado sábado, según informamos. Parece
ser que se ha encargado especialmente del caso un famoso colaborador de la B.I.C. cuyo nombre no nos ha

sido revelado. Se tiene, no obstante, la impresión de que las pistas que se siguen darán fruto inmediato».

Manuel quedó pensativo. Le había hecho gracia lo de «famoso colaborador de la B.I.C.». Qué contento se iba a poner don Lotario.

Tras el mostrador de recepción apareció don Eustasio, el dueño del Central, que mirándole sobre las lunetas le dijo a manera de saludo:

—Por cierto, Manuel, le llamaron por teléfono a eso de las seis.

—¿Quién?

—No dio nombre. Preguntó por usted y al decirle que dormía, colgó.

—¿Voz de hombre o de mujer?

—De hombre.

Dándose un paseo Alcalá arriba, volvió a la casa de Augusto Figueroa. Desde el portal vio que, como era frecuente, no había nadie en la portería. Abrió el buzón y entre varios folletos de propaganda y un aviso a las señoritas Peláez para que ocupasen una mesa petitoria en la iglesia de San José, encontró una carta en cuyo sobre se leía: «A los señores policías que intervienen en el caso de las hermanas Peláez». Plinio se caló las gafas y allí mismo, junto a la escalera, rasgó el sobre. Contenía una sola cuartilla de papel muy corriente y escrito con rotulador rojo: «Yo he raptado a las hermanas Peláez. Venganza. Nunca las encontraréis. Imbéciles. El Gato Montés». Plinio releyó el papel, hizo un gesto ambiguo, se lo guardó en el bolsillo y subió la escalera lentamente. Al abrir el piso vio con sorpresa que estaba encendida la luz del gabinete o cuarto de estar, que tenía puerta al mismo recibidor. Entró. No

121

había nadie. Estaba totalmente seguro de que por la mañana no encendió aquella luz. Hacía un sol hermoso, y por la ventana, que daba a un corral almacén de materiales eléctricos, entraba mucha claridad. No, no encendió la luz. Si el día era bueno, en aquella habitación podía estarse con luz natural hasta bien entrada la tarde. Escuchó hacia el interior de la casa. Nada se oía. Lentamente, con los cinco sentidos en tensión, empezó a recorrerse el piso. En una casa tan grande era difícil reparar en cualquier detalle menudo... «¿Y con qué llave habían abierto el piso? Según la cuenta había tres: las que tenían cada una de las hermanas en su bolso respectivo y la que siempre dejaban en la portería, que ahora tenía él en su poder.» Plinio encendía luces mirando hacia todos lados con los ojos guiñados y todas las antenas de su pálpito bien desplegadas. No se atrevía a tocar nada. Cada mueble estaba en su sitio. Todos los cajones y puertas cerrados. Nada se notaba forzado. «Es raro —pensaba—, quien estuvo aquí sólo dejó el testimonio más visible: la luz de la habitación que está más a mano. Debió ser persona muy concentrada, atenta a algo muy concreto. Conocedora de la casa, de su orden, de su ritmo y de la situación en que quedó todo después de la intervención policiaca. ¿Con qué prisa o distracción marchó el visitante para olvidarse apagar aquella luz?» Plinio cayó en la cuenta de que debían haber venido ya bien andada la tarde, si no habría sido innecesario encender aquella luz. «¿Se cercioraron de mi ausencia con la llamada telefónica al hotel? ¿O lo que buscaban estaba en el gabinete? ¿Qué cosa importante podía haber en aquel sitio, de paso y sin escondites? Lo más probable es que fuese la primera habitación por donde pasó, o la última... El juego debía de estar entre los asiduos de la casa». Por su memoria pasaron rápidamente los semblantes y nombres de todos los interrogados, de todos los próximos a las hermanas Peláez que él conocía... Y el texto del anónimo tontorrón firmado por «El Gato Montés...» Claro, que no era fácil. Así que salen en los periódicos estas noticias de raptos, robos y crímenes, en seguida llegan anónimos cretinos. Él lo sabía por larga experiencia. Sus autores son ladrones o criminales impotentes o en potencia, que se desfogan con cartitas sin firmar. Lo que sí tendría gracia es que aquel «caso» de aspecto simplón, doméstico, de dos hermanas solteronas, histeriquillas y tiernamente ridículas según la cuenta, de pronto diese la cara con aquella misteriosa complicación y echase por tierra su concepto de las personas hasta ahora consultadas y conocidas... «Bueno, ¡puñeto!, ¿y por qué este accidente va a cargar el caso de misterio y quitarle el aire vecindón que me pareció tener desde el primer momento...? Pero caso vecindón, ¿por qué...? ¡Ay que coño!, y qué lío me estoy haciendo... El que parezca casero por la clase de gente que lo rodea, no quiere decir que no haya intervenido, vaya usted a saber por qué, un sujeto retorcido...» Le llevaría el anónimo del Gato Montés al comisario no fuese él a estar equivocado.

Fue a la nevera, tomó una loncha de jamón, se la comió empujándola con los dedos, y bebió un buen trago de una frasca de tinto que allí había más que mediada. Acabó. Satisfecho, eructó suavemente y a la misma luz que salía del frigorífico abierto, lió un «caldo» con calma. Encendió, cerró con el pie la puerta del armariete

123

frío, y reemprendió el recorrido de aquel pisanco. Al cabo del paseo volvió a entrar en el despacho reliquia de don Norberto, y encendió la lámpara de bronce con tulipas en forma de tarros de botica, y empezó a pasear otra vez la mirada por cada una de las cosas de aquella pieza recargada. Sobre el sillón de la mesa, retratado al óleo con una tiesez de leño, lo miraba don Norberto. Tenía la boca fruncida, con los labios muy sólidos y acorchados para mayor gravedad de notario. Sentado, apoyaba la mano derecha sobre una mesa que parecía la misma que estaba bajo su retrato. Éste, como tantas veces ocurre con esta clase de pinturas, no parecía de don Norberto, a quien Plinio conoció muy bien, sino de una mala estatua policromada del notario que fue de Tomelloso y luego de Madrid. Los malos pintores, en trance de hacer un retrato, parece que primeramente esculpen el modelo con no sé qué clase de barro colo-reado, y luego lo copian en el lienzo. Los falsos pintores como los falsos escritores, no saben ver directamente lo que desean pintar o escribir. Y lo que hacen es recor-dar borrosamente lo que otros pintaron o escribieron, y adecuarlo a lo que ellos quieren pintar o escribir. «A su manera, pensaba Plinio que el verdadero artista es el que sabe comunicarse con las cosas y los tipos, y luego trasladar a los demás esa comunicación. Es decir, ha-cérselas ver como él las vio, porque sin él, los otros —lectores y espectadores— no las verían. Y el mal artista, ni se "comunica", ni sabe comunicar a los otros, si no se refiere, torpemente, a otros comunicados y co-municadores anteriores.» Remirando aquel retrato ho-rrendo y pensando en aquellos fáciles símiles, Plinio reparó en seguida en algo que sólo a una sensibilidad sa-

124

buesa como la suya podía sorprenderle: «Aquel cuadro había sido movido últimamente». Al filo de la parte derecha de la moldura de su marco, se apreciaba una línea clara en la pared, que se estrechaba hacia arriba. La pared, oscurecida por la luz, el polvo y el humo de la calefacción, blanqueaba al hilo del marco, dibujando aquella cuñita. Plinio, después de mirarlo un poco, levantó el retrato por su base. En efecto, debajo del cuadro se veía el muro en su color prístino, en el que fue pintado. La envarada figura de don Norberto se tragó el humo, el polvo y la luz destinados a aquel recuadro de pared que el retrato cubría. Digo que vio el recuadro claro... y casi en el centro del mismo, una caja de caudales empotrada... «Coño, qué pena, si estuviese aquí don Lotario, diría que mis pálpitos han llegado al no va más de la preponderancia.» «A pesar de haber dormido siesta estoy en forma. Dios mío, dame suerte por la Gregoria y por mi hija.»

Pero Dios no le dio suerte, porque el cuadro no se dejaba descolgar. No tenía, como suele ocurrir, cáncamos enganchados en una o dos alcayatas. Parecía estar prendido en la pared, con una especie de pernio, gozne o no sabía qué ingeniosidad. No había forma de apearlo. Se le cansaban los brazos de sostenerlo en alto, el cigarro iba a quemarle el labio, y tuvo que volver el cuadro a su vertical para tomar aliento y dejar la colilla. Al cabo de un ratillo tornó a alzarlo con una mano, con la otra encendió el mechero y lo metió bajo la rampa que formaba el retrato sobre el muro, por ver si columbraba alguna apoyatura. Y en seguida apreció que en el recuadro claro había dos desconchones de pintura, hechos por algo que allí rozaba con frecuencia. Y ahora, mi-

rando la trasera del bastidor a la altura de los desconchones, descubrió que, pegadas a los listones verticales
del lienzo, había dos varetas metálicas muy finas, abati-
bles, que al apoyarse en el muro, sobre las rozaduras
precisamente, permitían que el retrato quedase despe-
gado por la parte baja, a una distancia suficiente para
poder abrir la caja de caudales.

Astuto don Norberto o astutas coloradas. La caja, muy
sencilla, no tenía combinación alguna. Sólo la bocallave
tapada con un disco niquelado y un pomo muy chato
para tirar de la puerta. Plinio se fijó bien en el tamaño
de la bocallave y rápido fue al cajón de la coqueta a
ver si entre el montón de llaves que allí había, encontraba alguna aparente. Tomó los llaveros, volvió al despacho, probó y volvió a probar en vano. No era ninguna.
Y hacía las probaturas con mucho tiento, procurando no
tocar el pomo ni el disco de la bocallave sin la ayuda
de un pañuelo, porque a lo mejor había que recurrir al
latazo de las huellas digitales. Repasó todas. Nada, que
ninguna iba. —Se jodió el pálpito— dijo sentándose en
el sillón del notario con todas las llaves en la mano,
sin volver el cuadro a su posición vertical.

Encendió otro «celta», que no tenía el pulso para «caldos», se echó el sombrero hacia el cogote y se puso a lo
de siempre, a pensar. «Una de tres, o el visitante se llevó
la llave, está en otro sitio que él se sabía, o se la propor-
cionaron las puñeteras hermanas coloradas... a gusto
o por la puritica fuerza. No te creas, que como sea el
Novillo el que tiene secuestradas a las hermanas coloradas, allí en las cochineras del Ministerio, sería para
mingitar y no echar gramo. Que está visto que un Ministerio bien administrao vale para todo... Porque el

anticachondo del sobrino, el de los sellos, estaba en París cuando el rapto de las agüelillas… Leche, ¿y si no estaba? ¿Quién te dice a ti que no fue más allá de Torrelodones? Porque en la jilipollas de la portera, en la ráfita de la asistenta o en la mirafuera de la costurera, no me parece cuerdo echar sospecha… ¿Y en el cura? Hombre, todavía hay clases. Claro que a lo mejor estamos aquí tocando el bombardino en serio, y existe por ahí un perillán que ni hemos olido… ¿Pero quién le iba a decir a ese perillán incógnito que yo me hospedo en el Hotel Central? ¿Y si estoy o dejo de estar a determinadas horas? Le digo a usted, señor notario —siguió echando un reojo al cuadro levantado como trampilla—, que el caso se pone cada vez más cicutrino. Qué digo cicutrino, se pone precioso, relucio como un almirez. Ya estaba bien de cansinería. Pues estuviera bueno que para una vez que le dan a uno juego en Madrid fuese a ser esto la gallinica ciega…»

En este punto estaba de sus divagaciones, cuando sonó lejano el timbre del piso. Plinio se levantó, batió las patillas del cuadro, dejándolo bien enrasado, apagó, fue hasta la alcoba, guardó todas las llaves en el cajón de la coqueta y abrió la puerta. Eran el Faraón y don Lotario.

—¿Se me deja pasar al lugar del rapticidio? —preguntó el Faraón con mucha prosopopeya y la voz pastosa de quien ha bebido más de la cuenta.

—Adelante, señores.

—¿Se puede saber lo que haces aquí solo con esa cara ausente? —le preguntó el veterinario.

—Cavilando. ¿Qué quiere usted que haga? ¿Qué tal se ha dado la aventura del bidé? ¿Tan bien como me dijísteis por teléfono?

—La monda chico, la monda —dijo el Faraón riéndose con los labios pegajosos.

—No quieras imaginarte, Manuel, la cara dura que tiene aquí Ramsés de Tomelloso.

—Bah, como si no lo supiera.

—Bueno, pero ahora chitón. Prohibido contar nada. Todo queda para la cena en común. Yo lo que quiero es llamar por teléfono, porque con la coña del bidé se me ha olvidado un recao urgentísimo. ¿Dónde están los listines en esta casa, Manuel?

—Ahí en esa mesita que hay debajo del teléfono. Espera. ¿Cuál quieres, el de calles o de nombres?

—El de calles.

—Pasemos al gabinete que se verá mejor.

Entraron todos y el Faraón luego de consultar la lista y apuntar un número en la cajetilla del tabaco salió al aparato.

—¿Algún progreso, Manuel? —le preguntó don Lotario con aire paternal.

—Ya le contaré cuando. nos quedemos solos. Pero mañana a las siete quiero tener una entrevista general aquí con la asistenta, la costurera que usted no conoce, el cura, el primo y Novillo el marquetero que usted tampoco conoce. Ahora en un rato avisamos a todos.

—Me intrigas, Manuel. Estoy arrepentido de haberme ido con el gordo éste.

—Cállese, que viene.

Cuando volvió el Faraón don Lotario trajo las cervezas y Plinio, a su vez, fue a hacer las llamadas telefónicas. Plinio se incorporó a la tertulia de las cervezas sin especial entusiasmo. Su cabeza estaba en otro cine. Esta actitud de su jefe excitó a don Lotario. Cuando Plinio no atendía al presente, mala cosa Pedrete, algo penoso le rumiaba el pensadero. De manera y modo que la escena estaba montada así poco más o menos: Plinio pensaba, el veterinario permanecía fijo en él y el Faraón comisqueaba almendras y chapurreaba inconexiones graciosas.

—Ah, amigo —saltó de pronto—, ahora que me acuerdo, me tienes que enseñar ese cuarto famoso de los espíritus que me ha contado don Lotario y que debe ser ya lo cácaro.

—Otro día, Antonio —salió al quite el curamachos.

—No, ahora mismo —ratificó el guardia súbitamente regresando a la conversación, con gran sorpresa de don Lotario.

Y es que Plinio, que todo hay que decirlo, al oír mentar el cuarto de los espíritus, cayó en la cuenta de que lo había omitido en su registro general del piso, cuando vio la luz del gabinete encendida. «Cierto —repensó— que en la movición del cuadro debió consistir el objeto de la operación fantasma, pero ¡qué porras! no hubiera sobrado haberse dado un garbeo por el camarín de las peponas, que nunca se sabe dónde está el agua.»

Así es que echó a andar con paso demasiado decidido para ser motivado por la petición de Antonio. Sacó del cajón de la coqueta el llavero correspondiente, y guiados por él, entraron uno a uno por el callejón del armario de sabina.

—¡Bendito sea Dios y su Gloria celeste! —exclamó el corredor de vinos al encenderse la luz del mechinal de los mascarones—. ¡Y qué carnaval de ateridos! Pero esas hermanas están como turbinas.

Visto de segundas, a Plinio le pareció que aquello resultaba más tétrico. La vez anterior le dio sonrisa, de caricaturario de muertos, de tamborada escurialense. La muerte hecha trapo, mimbre y cartón, retrato y traje compuesto, resultaba más funeral que los propios muertos, siempre quedos, con las líneas tan tendidas, los ojos tan reposantes y las bocas tan definitivamente apretadas. Los muertos de verdad inspiran lejanía, tranquilidad de patio solitario, de agua anclada. Pero aquellos perjeños remocinaban un aliento de cadáveres esperpénticamente activos. Escaqueados en su orden genealógico, de pie, formaban una contradanza de la muerte sin música, remedo a medias de vida y sepultura.

Y no debió ser sensación privativa de Plinio, porque sus dos amigos también quedaron remisos y ojianchos. El Faraón les pasaba revista con la boca entreabierta y sin glosa.

—¡La leche! —dijo al fin al tiempo que se pasaba el dorso de la mano por los labios glotones—. Fijaros, si ése de la levita lleva alfiler de corbata y toda la pesca.

—Y gemelos —abundó, señalón, don Lotario.

—Vaya, sí. Y aquella señora un dije. Y el soldado republicano un emblema con las cabezas de Fermín Galán y García Hernández —se animó Plinio—. Las pobres les han enganchado cuanto les pareció propio.

—¿Tú te acuerdas de don Norberto, Antonio? —le preguntó don Lotario.

—No mucho, pero algo.

—Este es. Mira su retrato en el lugar de la cabeza.

—Sí, sí, ya he visto otros retratos suyos por la casa. Y el tío con su cadena de reloj y todo... Si a lo mejor también le tienen puesto el peluco.

—Vamos a verlo ahora mismo —dijo Plinio súbito,

130

acercándose y tirando del trozo de cadena que entraba en el bolsillo derecho del chaleco. Sí señor, aquí está. Le han puesto un reloj, digamos de diario, pero reloj lleva. Un Roskoff.

Le dio cuerda y se lo llevó al oído.

—Anda, leñe, y marcha.

Lo miraron todos de cerca, lo escucharon. Plinio lo volvió al bolsillo y tiró de la otra mitad de la cadena que atravesaba el ojal. Prendido de ese extremo había un llavero con una sola llave de regular tamaño. Al ver su hechura tuvo un latigazo de su nervio maestro. La contempló unos segundos sin tocarla.

—¿Y ahí qué cuelga? —inquirió el Faraón, que con don Lotario había retrocedido un poco después de ver el reloj.

—Nada... una llave —dijo Plinio volviéndola al bolsillo del muñeco.

Los inmediatos comentarios del Faraón y don Lotario no fueron verdaderamente oídos por el Jefe, que de nuevo echó a viajar su reflexiva. Casi mecánicamente registró los bolsillos, empuñaduras y escotes del resto de los trasgos, sin que le llamase la atención otra cosa, y por causas muy distintas, que unos escapularios, que sin duda por contraminar el republicanismo, habían colocado las hermanas coloradas en varios bolsillos del uniforme del novio de María, que se tragó la victoria nacional.

Plinio le guiñó el ojo a don Lotario con secretísima intención, a la vez que pedía a los dos amigos que no se movieran del espiritario, mientras él hacía una llamada telefónica muy urgente.

Llamó al comisario y luego de pedirle que para la mañana siguiente le enviase alguien para tomar unas huellas digitales, le leyó el anónimo de «El Gato Montés».

—Eso es de un chalao.

—Lo mismo he pensado yo.

—De todas formas guárdelo usted para comprobar su letra con otros de habituales. Así que sale una desgracia, ya se sabe, empieza el envío de anónimos y las llamadas por teléfono. Usted no diga nada a los periodistas hasta que el caso esté resuelto.

—Si a mí no me ha preguntado nadie. Las noticias publicadas deben haber salido de ahí.

—Sí, ya lo sé. He dado orden de guardar la más absoluta reserva... Entonces ¿tiene usted, Manuel, más esperanzas?

—Hombre, lo que se dice esperanzas... Ya sabe que yo nunca me fío de nada, pero al menos hay algo en que trabajar.

—Sólo los policías novatos presumen soluciones con mucho tiempo. Los de verdad, los que tenemos muchos casos en nuestra historia, nunca nos precipitamos. Bueno, Manuel, mañana a las diez tiene usted ahí a uno para tomar esas huellas.

—Esas posibles huellas, querrá decir.

—Exactamente, así hay que hablar.

Plinio, al colgar el auricular, se sintió despreocupado y casi contento por primera vez en aquella tarde. Eso de hablar de tú por tú a tan importante comisario, le daba mucho gusto.

Sobre la marcha hacia el cuarto de los espíritus, encendió un «celta».

—Cuando ustedes quieran, amigos.

—Le estaba diciendo a don Lotario, que a lo mejor un

132

día de estos os encontráis aquí con algún espiritejo que no esperabais.

—No entiendo.

—Hombre, está claro. Imagínate que una noche el capitán republicano se empriapa, se monta a una Norberta de éstas y a los nueve días —que los espíritus son más aceleraos— te suelta una mascarilla de cartón con las mantillas arrastra.

—Eres tremendo, Antonio. Y siempre pensando en la misma cruceta.

—Coño, lo que soy es muy gracioso. Y si no que te diga don Lotario la mañana que ha pasao conmigo.

—Ya me contarás. ¿Dónde cenamos?

—Ahí en «La Argentina» tengo citada a la gavilla de estudiantes y tremendonas para echaros el romance del bidé.

—Pues andando que tengo bastante hambre.

Ya en el principio de la escalera Plinio echó un vistazo a la portería. Como estaba la mujer, entró un momento y le preguntó si había visto subir o bajar a alguien conocido de las señoritas Peláez durante la tarde.

—Mire usted, no señor Plinio, que por una urgencia muy grande estuve toda la tarde fuera.

En la barra de «La Argentina», tomando tintos y echando risas, estaban los estudiantes y la suiza.

—¡A la paz de Dios! —dijo el Faraón al entrar con los brazos abiertos en derechura hacia la helvética que se dejó embracilar riendo muy menudo, entre feliz y tímida.

—Ven aquí hija mía que te voy a estar dando cocochas hasta que vuelvas a tu Suiza natal.

Se saludaron todos, y el Faraón, en cuanto se desencadenó de la chica, que no fue presto, preguntó:

—¿Y las otras tremendonas, dónde están?

—No han podido venir —respondió Serafín desalentado.

—¡Qué lástima! Con lo que me gusta a mí la del Partenón. ¿Entonces estamos todicos?

—Toditos —dijo la suiza riéndose tímida.

—To-di-cos, cococha, to-di-cos.

—To...di...cos.

—Así se habla. Lo del todito es jerga madrileña y tú ya eres una cococha manchega... Bueno, Serafincito, verás que he cumplido mi palabra y que ya tienes en la residencia donde sentarte al natural desnudo.

—Ya me lo dijo el director cuando fui a almorzar. Me lo dijo con mucha reserva y bajo palabra de guardar absoluto secreto.

—Un bidé con flores, Manuel, con florecillas y ramos verdes. Lo compré en el Rastro y debe ser de la época de Prim. Pero flamante, eso sí. Tú, Serafín, puedes usarlo con toda confianza.

—Sí, es muy hermoso, la verdad sea dicha —coreó Serafín.

—Vamos a comer que ya hay mesa preparada.

—Mira, cuando llegamos a la Residencia con el bidé debajo del brazo...

—Chitón, don Lotario, la exclusiva del relato es mía, que para eso he gastado mis cuartos en la sopera y hemos echado la mañana entera en el negocio.

—¿En la sopera? —preguntó la suiza

—Sopera, sí, bidé-sopera, cocochita de mis entreveros. Aquí también le decimos sopera.

Se sentaron en una mesa del fondo e hicieron el pedido entre bromas y risas.

—¿Cómo te llamas tú, hija mía? —preguntó el Faraón a la chica que tomaba nota.

—Celia, para servirle.

—Pues mira, Celia, esta señorita quiere cocochas. Ella siempre quiere cocochas.

—Lo siento señor, pero no tenemos cocochas —dijo esforzándose por mantenerse seria.

—Cómo, ¿que no hay cocochas? ¿Es posible? Pues lo siento. Nos vamos a otro sitio.

La pobre Celia no sabía si iba en broma o en serio y miraba a unos y a otros con sus ojos negros, la boca apretada y el lápiz presto, junto al blok.

—¿Qué pasa, qué pasa? —se acercó el dueño con cara complaciente.

—Que este señor quiere cocochas y como no hay, dice que se van.

—¡Ea!, qué le vamos a hacer —dijo comprendiendo la broma del Faraón.

—Es que no tener cocochas en un restaurante tan sabroso como este, es imperdonable, y esta chica se tendrá que quedar sin comer.

—Pero señorita de Dios, si tenemos otras cosas riquísimas: alcachofas a la florentina, huevos a la argentina, las mejores croquetas de Madrid...

—Bueno, bueno, menos mal que hay croquetas. Porque esa es la otra cosa que le gusta a esta preciosidad.

Cuando estuvieron todos servidos, el Faraón empezó la aventura del bidé:

—Pues como ya está dicho, esta mañana en el Rastro me compré un bidé portátil, con sus tres patas de madera estilo chipén o chipendal, que no sé muy bien como me ha dicho el hombre. Y bien envuelto en papeles y cartones, don Lotario y yo nos fuimos en un taxi a la Residencia de Serafinito. Llegamos, nos bajamos del auto y yo, claro, con el aparato debajo del brazo. A un conserje que había detrás de un mostrador le pregunté por el señor director.

—¿De parte de quién?

—Pues de parte del padre de Serafín Martínez. Es urgente.

—Muy bien. Hagan el favor de esperar unas chuscas.

—¡Qué va a decir chuscas! —saltó Junípero.

—Bueno... un momento. Y tú tranquilo que cada cual traduce a su idioma. Y allí esperamos. Vuelve al poco y nos dice que entremos en un despacho... Yo, como es natural, sin soltar mi guitarra empapelada. Detrás de una mesa había un señor calvo, con lentes de oro y nariz de pájaro que me saludó muy fino: «¿Qué tal, señor Martínez?»

—Muy bien, señor director. Tengo el gusto de presentarle a don Lotario, el médico de la familia.

—Yo no sé como no solté el trapo —cortó don Lotario— cuando la presentación. Este tan formal, con cara de ceremonia, y el director sin quitar los ojos del chisme lavador, que ahora lo tenía sobre las rodillas y que debía pesar basţantico.

—¡Coño que si pesaba!, el chipendal pesa muchísimo... Mire usted —le dije— le ruego que me perdone, pero por razones de la salud de mi hijo me he visto en la obligación de hacerle esta visita acompañado del mé-

dico de casa, para que certifique cuanto voy a contarle.
—«¿Es que está enfermo Serafín?»— Enfermo, enfermo, lo que se dice enfermo, no. Pero un poco delicao, sí señor... Ya sabe usted, la gente joven, el demonio de la carne... ¿Usted me entiende? —«No señor» —replicó el tío muy serio barruntándose algo.

—Yo creí —volvió a alternar don Lotario— que en ese momento lo echaba todo a perder. Dije: este se va a ir demasiado de la muy y verás.

—Déjese usted que yo lo hice con mucha vista. Aposta le metí el susto en el cuerpo para luego suavizar y quedar como un rey. «Le ruego que me indique de qué se trata» —me dice el «dire» con tono de muy malas sospechas. Verá usted —empecé— yo soy de derechas de toda la vida, que se lo diga sino don Lotario. Y don Lotario movió la cabeza muy serio afirmando... Que hasta he sido concejal. Y mi pobre padre también lo fue con el alcalde Carretero. Siempre respeté las normas y reglamentos vigentes en cualquier clase de organismo o establecimiento... Pero señor director, también comprendo que la salud es lo primero, y cuando ella falta, hay que transigir y permitir relajos, excepciones, bulas o como quiera llamarlos. Y la cosa es, que me ha comunicado mi hijo, que al volver de vacaciones, se han encontrado con que habían desaparecido los bidés de todas las habitaciones.

—Qué cara se le puso al tío cuando dijo la palabra bidés —cortó el veterinario.

—Se quedó pálido —recalcó el Faraón—. Me imagino que le han debido dar la murga con este asunto.

—Le han mandado anónimos y todo —comentó Serafín.

—Se quedó pálido como digo, y entornando los párpados miró el bulto, que yo entonces tenía sobre las rodillas, con fuerza de rayos X. Yo —continué— creo, señor director, que ha hecho usted muy bien en suprimir esos recipientes que todos sabemos para qué se usan. Los castos y puros, no necesitan bidés. Yo siempre me he opuesto a ellos como a guitarras del demonio. Y cuando veo uno —donde sea— no digo que me hago la señal de la cruz, pero sí me da un repelús de repugnancia que no puedo describir... Pero fíjese usted por dónde, señor director, mi pobre hijo Serafín, necesita de ese aparato. «¿Pues qué tiene Serafín?» —preguntó con una mala leche imponente.

—¿Leche? —se extrañó la suiza.

—Calla, chica, ya te explicaré yo eso —le dijo el Faraón—. Pues tiene... «Sí, ¿qué tiene Serafín?» —volvió el tío con los ojos fuera de bolsa... Pues tiene... Bueno será mejor que se lo diga don Lotario.

Y el veterinario tomó la palabra para repetir su diagnóstico:

—No es nada contagioso, no tema. Ni de origen impuro. Es una especie de ezcema, sin duda provocado por el sudor, que padece desde niño. Y aunque hemos intentado todos los remedios posibles, sólo con baños frecuentes de agua tibia en aquella parte puede evitar las molestias. Algo alérgico, usted me comprende... Desde que vinieron del pueblo, por la falta del bidé ha pasado muy malos ratos y ha tenido que ir a lavarse a casas de gente conocida.

—Cuando el hombre escuchó esta explicación de don Lotario tan rebuena y científica —continuó el Faraón— recobró el color y se le apaciguó un punto el acero de los ojos. De todas formas, después de pensarlo unos segundos, dijo: «...Sin embargo, señores, yo no puedo permitir un bidé en una habitación y en las demás no. La medida fue muy meditada antes de llevarse a cabo y no estamos dispuestos a rectificar». Y hace usted muy bien, continuó el Faraón —le dije yo—. La ley antes de todo. Y mal gobernante es el que retrocede de sus acuerdos justos. Yo lo comprendo perfectamente y si no fuese porque éste es el mejor colegio para graduados que hay en Madrid, el mejor por su pureza, santidad y vaticanismo...

—«Bueno, eso de... vaticanismo», cortó el director con cara de duda —añadió don Lotario.

—Sí, le jorobó lo de vaticanismo. Le debió oler a socialismo... Bueno, vaticanismo o no vaticanismo, arreglé yo —siguió el Faraón— dejémoslo en santidad, que en eso no le gana nadie. Y yo no me llevo a Serafín a otro sitio, porque la formación moral y rectitud que se les inculca en esta casa es para mí tan importante, que junto con aquí el doctor, hemos estado días y días dándole vueltas a la cabeza para ver cómo podíamos arreglar el negocio, sin llevarme al chico a cualquier lugar sin garantías y sin necesidad también de que el pobre pase el martirio que está pasando con el dolor de sus ingles... Y que no tenga que ir cada día a lavárselas por ahí donde Dios sepa... Por caridad, señor director, estoy seguro que la solución que traemos no puede usted rechazarla. Es un padre, el padre de hijo único el que le habla, y que ha tenido que hacer mil sacrificios para que su hijo acabe la carrera...

—Y empezó a llorar el muy sinvergüenza —colofoneó el veterinario.

Todos dieron una carcajada y los comensales volvieron la cabeza hacia ellos. —Ya lo creo que lloré —continuó el Faraón cuando volvió el silencio— lloré como un padre. Como no llorará jamás tu padre por ti, Serafín... La solución, mire usted, —seguí con lágrimas en los ojos— es este bidé portátil, un verdadero útil sanitario en el caso que estamos, que mi hijo tendrá oculto con el mayor secreto para usarlo solamente en sus curas. «¿Oculto, dónde?» —preguntó suspicaz. Yo no sé lo que pensaba el tío —añadió el Faraón con aire muy cómico— y dije: oculto en el armario, bajo llave, donde no pueda verlo absolutamente nadie, ni pueda servir de mal ejemplo a cualquier pupilo de esta casa... El tío cayó en la trampa. No tenía escape posible. Bajó los ojos y quedó pensativo... Por favor se lo pido, señor. Por Dios y todos los santos, que aquí don Lotario, si es menester, extenderá un cerrificado médico... Total, que alargué un poco el discurso y le puse la cosa tan lastimosa, que accedió bajo palabra de honor de nosotros y tuya, Serafín, de que jamás te dejes el armario abierto, no vaya a verlo cualquier sirvienta y sienta tentaciones; o cualquier residente y piense en favoritismos... Cuando acabó mi discurso, subimos los tres a tu habitación a depositar el violín. Pero éste no estaba. —Hombre, ¡cómo iba a estar! Porque si los veo suelto el trapo y se arma el follón.

—¿Follón, follón? —decía la suiza.

—Sí, hija mía, follón de follar —le saltó el Faraón. Otra vez la carcajada general inundó el lugar, mientras la suiza parpadeaba sin entender y Celia, con los ojos muy abiertos y la boca prieta, sonreía también.

—Tú, Faraón, en eso ya estás a punto de jubilarte... Si acaso una vez a la semana.

—Llevas razón, hijo mío. Una vez a la semana... santa.

140

La caja de caudales

Apenas tomaron café, Plinio y don Lotario, pretextando cansancio, dejaron al Faraón con los demás comensales, que ya tenían esbozados ciertos proyectos para acabar la velada. La suiza los despidió con ojos caramelos. Salieron por la calle de Válgame Dios, y en un minuto estuvieron de nuevo en el dichoso piso de Augusto Figueroa.

—Venga, cuenta —le urgió Plinio—, que no me ha lucido la cena pensando en lo que me ibas a decir.

—Pues va usted a tener que aguardarse otro ratico, porque más impaciente estoy yo por ver si no mentía un pálpito que tuve esta tarde en el «cuarto de los espíritus». En seguida que haga la diligencia le digo el mandado.

Fueron a la alcoba de las dos camas, sacaron el llavero de la coqueta, abrieron el cuarto de los maniquíes y Plinio, ante la curiosidad y casi baba caída de don Lotario, con las puntas de los dedos y el máximo cuidado, desabrochó el reloj de la cadena que llevaba el semeje de don Norberto en el bolsillo del chaleco; tiró de ella, y llevándola cogida con los dedos pinzados, fueron hacia el despacho. Plinio dejó la cadena sobre la mesa:

—Don Lotario, por favor, coja usted ese retrato por la parte de abajo y levántelo de la pared.

—¿Que lo alce…? ¿Y no se saldrá?

—Pierda cuidado. Así. Un poco más.

Y metiéndose entre los brazos del albéitar, bajó las dos varetas y quedó el cuadro en la forma de trampilla que se dijo.

—Puñeto, que ingenio más curioso.

Plinio, valiéndose del pañuelo, tomó la cadena con la
llave, alzó el disco que tapaba la bocallave, e intentó
abrir. Fue muy fácil. Y antes de examinar lo que había
dentro de la caja, miró a don Lotario y le echó una sonrisa.

—Veamos qué guardan aquí las gemelas sonrosadas.

—Las hermanas coloradas, Manuel.

—Es igual.

En primer término se veían unos talonarios de cheques.
Comprobó que no estaban firmados y cada cuenta corriente estaba a nombre de ambas hermanas. Un sobre
grande con acciones de varias sociedades. Un gran joyero
forrado de terciopelo azul. Lo abrió. En él, sortijas, collares, pulseras, monedas de oro y relojes de distintas
clases. Esta abundancia de joyas dejó a Plinio perplejo.
Luego, varias carteras con pólizas de seguros, valores, tes-
tamentos de antepasados y paquetes de cartas atadas con
cintas de seda.

—¿Qué ves, Manuel?

—Qué no veo, don Lotario.

—Ya me explicarás, hijo.

Después de examinar otra vez todo aquello y remirar
por los rincones, lo volvió a su lugar. Cerró la caja uti-
lizando el pañuelo, entró las patillas, bajó el cuadro y
no se molestó en colocar la llave en el bolsillo de chaleco de pelele de don Norberto. La dejó en el fondo del
cajón de la coqueta envuelta en un pañito.

Haciendo reflexiones sobre cuanto le contaba Plinio, a
paso lento, como si pasearan por la calle de la Feria de
Tomelloso en una trasnochada agostina, se fueron hacia
el hotel.

A las diez de la mañana del siguiente día, llegó un joven funcionario del gabinete de identificación de la Dirección General de Seguridad, que con mucho pulso y limpieza, y valiéndose de sangre de drago, manipuló con la llave y las partes más tocaderas de la caja.

Plinio y don Lotario, después de telefonear a unos y otros no vieron forma de reunir el consejo completo hasta el mediodía siguiente. La causa principal de este aplazamiento fue Novillo, el funcionario marquetero, que según su secretaria, la de la máquina de tricotar, ignoraba cuál sería su paradero hasta las siete y media u ocho de la tarde, que solía caer por el café «Nacional», porque estaba repartiendo encargos.

Cuando se marchó el de las huellas, volvieron a la caja de caudales, hicieron como un inventario mental y bacinearon lo suyo en los papeles y cartas. Les llamó la atención una de éstas, tiernísima, de don Norberto, fechada en Roma el año 1931. Debió ser, probablemente, el primero y último viaje del señor notario al extranjero, y estaba escrita en puro éxtasis. Todo eran exclamaciones «por las maravillas que veían sus ojos», frasecitas en italiano y tiernísimos recuerdos para sus mocitas pelirrojas.

—«¿Adónde va a parar el cariño que tenemos a nuestros convivos cuando llega la muerte? ¿En qué rincón se encierra el amor del que ya no existe?» —pensó Plinio de pronto. Aquellas cartas de don Norberto, a pesar de su jarabe sentimental y palabrillos toscanos, amor tenían; amor denso y caliente de un corazón sin recámara. Amor criado en esta torva vida a fuerza de ojeos, caricias... y lanzadas. Amor más poderoso que la tierra, ¿dónde vas? ¿Sería posible que el reducido notario, entre las paredes minerales y vegetales de su sepultura, ya no sintiese nada? ¿Es posible que todo fuese un regurgitar de químicas cerebrales? ¿Es pensable que en el trance final se rompa el dulce cruzar de las espadas y sólo quede al aire y viva, esgrimiéndose única, la espada del amor que vive, mientras la otra, la oponente, la espichada, callada, sorda y fea se oxida y pudre con aquella osamenta, los botones de hueso del chaleco, el diente y la verruga, abatida entre cardos y hierbas tenebrosas, entre gusanos sin luz y sin camino? ¿Es creíble que esa rara esencia que es el amor, la inclinación sin freno, la querencia suavísima, el hondo jugo de la vida, el ahorro de nuestro mejor vino, la sed más rica, el hambre más sin sacio, el beso siempre pensado, completísimo, se hagan agua, caldo putrefacto, tapicería de los nichos, dejando a los otros, a los amores correspondientes aquí fuera, banderas solas sin vientos que las batan, hasta la hora de la conclusión completa de estos otros amores ya sin eco?»

Se imaginaba a las hermanas coloradas pasando y repasando, en sus tardes cansinas, aquellas cartas, aquellas caricias desde lejos, aquel corazón inabrazable. «Pobre amor sin destino. Puro amor dirigido a la nube. Pobre amor y pobre todo lo que cuece el hombre, siempre tan de puntillas, papando engaños y nubes chorovitas».

Había cartas de los abuelos de las Peláez, de varios parientes, amigos y amigas, y ¿cómo no?, en un paquete breve, las de Puchades, el novio republicano de María. Las miraron por encima. Una de ellas tenía este verso

de tarjeta postal: «Dijo no sé qué amador — para ena-
morarlas, verlas. — Tú la viste y el amor — ha converti-
do al autor — en un pescador de perlas». Y luego: «Te
pienso en la butaca del teatro junto a mí, respirando
suave, con la luz del escenario en tu frente y tu mano
blanca entre las mías». Y en otra: «Las ideas de tu
padre y los que son como él —que yo respeto por su-
puesto— es conservar lo que hay, lo que tienen, lo
suyo. Mi idea es procurar la felicidad de todos, que un
día todos tengan "lo suyo", algo que conservar, incluso
una dignidad, un derecho humano común, un respeto
de todos y para todos, una libertad. ¿No ves como no
soy tan malo como dice don Jacinto?»
A Plinio se le llenó su cara, casi siempre inexpresiva,
con delgados sudores de ternura, de arrebol, de nostalgia: «Los derechos del hombre. Pobres míos. Pobres
viejos liberales, con el corazón encima del bolsillo y
aquella lírica, santurrona ingenuidad, de creer en un
derecho para todos. Qué risa, macho, qué risa y qué
retorcimiento de chilindrines. Al que dijo paz y pan, la
palabra y la regla para todos, para los ricos también,
desde que el mundo es mundo, le clavaron al aspa. La
orden y la ley... bien fabricadas, manipulosamente fabricadas, auñando en el tesoro, lo guindó siempre. Pobres tiernos, temblorosos y palabreros liberales. Siempre llega la cincha, ¡y tras!, a hacer puñetas. Y recordaba a los republicanos de su pueblo. Aquel de la
chalina, la breve melena, el libro de Blasco Ibáñez bajo el
brazo, explicando en el casino, entre un corro de sonrisas cachondas, el paraíso cercano de la igualdad, la
fraternidad, la legalidad. Ay, qué coño de hombre. Qué
ternura y tragedia al remate. Puchades, aquel novio

145

desaparecido de las hermanas coloradas, debió andar también por los cafés famosos de Madrid leyendo sus trozos de Blasco Ibáñez y de Dicenta; con el pecho inflamado por la buena nueva de la República segunda; seguro de que acabaría por convencer hasta a don Norberto. ¿Quién podía negarse a tanta hermosura de programa?»

Cerraron la caja y marcharon a comer al hotel. Excitado por estas leves meditaciones, fueron rememorando los días de la República en Tomelloso, que Paquito García Pavón, el nieto del hermano Luis el de «El Infierno», pintó en sus «Cuentos republicanos» y en «Los liberales».

Por la tarde, sin faena a la vista, decidieron echar una partida de damas sobre un tablero bruno y antiquísimo que había en la casa. Hacía mucho tiempo que no jugaban. Antaño, recién acabada la guerra, en el Casino de Tomelloso, entonces «Hogar del productor», más antes «Bar Popular» y de origen «Círculo Liberal» —que así cambian de apellido las cosas según la política que sopla y las pasiones del día—, «se daban unas caldas que pa qué» —como decía la mujer de Plinio. Pero con el tiempo, cansados de tanto cuadrito y monotonía, se pasaron al tresillo con Pérez Bermúdez, don Gerardo el boticario y Cornejo, el valdepeñero que fue torero nombrado.

Dándole a las fichas estuvieron hasta cerca de las siete, que apareció Antonio el Faraón: Liaron un cigarro y Plinio les dijo que marcharan a echar el trasnoche y ya

146

se verían a la hora de la cena. Que él pensaba darse un garbeo por el «Nacional» a ver si localizaba al funcionario marquetero. Al Faraón y a don Lotario no les disgustó la combinación. La verdad es que Plinio siempre les imponía un poco. Y quedaron en juntarse en «Gayangos» o «La chuleta» donde casi todas las noches recalaban los estudiantes y las extranjeras «buenismas».

Antes de marchar, Antonio el Faraón recordó algo y como la tarde anterior pidió permiso para dar un telefonazo. Trajo del recibidor todas las guías, y con las gafas puestas, que resultaban pequeñísimas en su caramundi, empezó a buscar en ellas sobre la mesa camilla de los jugadores de damas. Veterinario y guardia miraban al Faraón con cara de guasa por la cachaza con que pasaba las hojas del listín. Por cierto, que al dejar uno de los tomos telefónicos con la contraportada hacia arriba, los ojos casi siempre entornados de Plinio se fijaron obstinadamente en unas letras grandes y temblorosas escritas a lápiz sobre un anuncio de cerveza. Se caló las gafas y se acercó al tomo. Empezó a examinar aquel especie de jeroglífico. El Faraón marchó al teléfono repitiendo el número a media voz, y don Lotario, por encima del hombro del grande de la G.M.T., también con las gafas puestas, miró donde el jefe leía.

—Parece que pone «Villa Esperanza Chole. Calamanchel Al» —recitó el guardia.

—Villa Esperanza Chole... Eso es muy raro —explicó el veterinario sin previa consulta—. Lo de abajo debe ser Carabanchel Alto.

—Sí... ¿pero lo de Chole?

147

—¿Qué miráis con tanto afán? —preguntó el Faraón de vuelta de su llamada.

—Oye, a ver qué lees tú aquí —le dijo Plinio—. Esto parece Villa Esperanza y esto otro Carabanchel Alto. ¿Pero esto de Chole?

Se inclinó sobre la lista apoyándose en sus bracetas y en seguida aclaró:

—Eso está clarísimo, so virulos —anunció quitándose las gafas con suficiencia—. Dice: «Villa Esperanza. Chalet. Carabanchel Alto».

—¡Qué tío más sagaz! —exclamó el veterinario.

—Sí, señor, algunas veces da lumbre —abundó el guardia.

—Claro, paisanos, si eso está tirao —se coreó el gordo muy satisfecho—. Todos los chalés se llaman villa algo y por los Carabancheles todavía quedan muchos.

Plinio, fijo en la anotación, les repartió «caldos» sin mirarlos. Cuando ya echaban humo, le preguntó al veterinario:

—¿Qué piensas, Manuel, que te has quedao con esa cara de ensimismo?

—Pienso, hermano Lotario —dijo rascándose la calva—, que esta apuntación parece hecha precipitadamente, en el primer papel que se halló a mano... tal vez mientras hablaban por teléfono.

—¿Tú crees entonces...?

—Creer... Eso de creer es grave, puñeta. Se me ocurre nada más.

Don Lotario, lleno de contento por la presunción de Plinio, entornó los ojos, infló las narices y quedó mirándolo como si fuese el César Imperator.

—Manuel, estoy seguro de que este es uno de tus fa-

148

mosos pálpitos, y que hemos llegado o estamos llegando al epicentro Peláez.

—Calma, don Lotario de mis entrehilos, que en el mundo de las conjeturas del obrar ajeno —como usted sabe tan bien como yo— puede uno errar a cada paso.

—Coño, Plinio. ¿Y por qué no nos das una oportunidad aquí al señor albéitar y al que habla, para que hasta la hora de la cena nos demos un garbeíto por ese chalet Villa Esperanza a ver qué se cuaja?

—Pero puñeto, Antonio, ¿es que tú también quieres incorporarte a la G.M.T.?

—Hombre, yo nunca tuve esas aspiraciones, ni mis aficiones fueron jamás detectivescas, pero así, metío en el ambiente, siento una miaja de tentación... Además, imagínate que esta pista es falsa, pues tú no comprometes tu fama. Vamos don Lotario y yo, que somos particulares, echamos un vistazo, giramos la visitica si hay lugar, y si es la clave te damos un telefonazo al «Nacional», y allí que te presentas tú con la brigada acorazada. Que no lo es, pues todo queda en un paseíco por Madrid, que en el otoño es dulce como las pasas.

—De acuerdo, gordo. A ver si te podemos hacer cabo honorario de la G.M.T. Yo os espero en el «Nacional», que os pilla de camino... Pero anden con cuidaíco, no vayan a pasarse.

—Descuida, Manuel. Voy yo —lo encalmó el veterinario con gravedad.

—Olé los jefes del Tomelloso.

—Hecho y andando. Vamos.

Salieron los tres y se detuvieron junto al Hotel Central para que don Lotario tomase su revólver, por si las moscas, y siguieron hasta el Hotel Nacional, donde se apeó Plinio del taxi para entrar al café. Antes de seguir, el Jefe, de burla, les echó una bendición.

Pasó Plinio al amplísimo café y no localizó a Novillo el del Ministerio. Era demasiado temprano. No se encontraba con ganas de sentarse solo en una mesa. Decidió dar una vuelta por el barrio para hacer hora. Cruzó hasta la Cuesta de Moyano. El último sol rojiblanco le daba de espaldas. Con paso caído anduvo cuesta arriba, junto a las casetas de libros de lance, ya cerradas, y pintadas de azul claro desleído; escalonadas como pequeños tablados de un teatro de guiñol. Paseaban algunas parejas de novios cogidos de la mano o del bracete, con el sol penitente por mochila. Plinió pensó en las viejas casetas de la Feria de su pueblo. Casetas con turrón y juguetes, alineadas a ambos lados del Paseo de la Estación.

Un mendigo con capote de soldado pasado de moda y salpicado de cal, apoyado en la pared, fumaba una punta de puro con mucha aplicación. Plinio, distraído, se paró a contemplarlo. El mendigo, con cara de mala uva le hizo la higa y miró retador. Continuó riéndose. Había dos perros abúlicos que husmeaban junto a las casetas. Parecían viejos amigos y muy parejos de movimientos y carreritas.

Volvió por la otra acera. Junto a la Estación de Atocha había un puesto de castañas asadas. Para protegerse del sol la castañera tenía una sombrilla playera de colores chillones. Los últimos rojos del crepúsculo disfrazaban de reflejos el edificio de la estación.

Una indostaní con el traje típico y un pez tatuado en cada mano, gorda y vieja, parada junto a la estación, se reía muchísimo por lo que le decía otra india más joven vestida a la europea.

En la Glorieta, a aquella hora, la gente acudía y se arremolinaba por todos sitios. Había unos chicos modestos, con pinta de menestrales, pero con melenas y patillas, que fumeteaban y charlaban entre sí haciendo corro. Plinio observó que entre la gente joven de todas clases abundaban los trajes color beige, color cacurria como diría su compadre Braulio. Venga y venga de pantalones y chaquetas color mostaza, mostacilla, orégano, cajón de mula, miel pocha y mies vieja. Y entre los mozos peor vestidos, zapatos agudos de «chúpame la punta», como dicen los chicos.

Siguió por Delicias, como añorante, hasta la calle Tortosa, donde estaba la salida de los coches de línea que van a Tomelloso. Ya hacía rato que llegó el último coche del pueblo y no se veía gente conocida. Se paró en la esquina donde está el bar «Ferroviario» para echar un ojeo. Decidió entrar y tomarse una cerveza. Había poca gente. Le llamó la atención una chica muy joven y pintada, con botas altas doradas. Los pocos clientes del «Ferroviario» miraban a la de las botas. Ella no se estaba quieta. Se meneaba y remeneaba para no agotar la atención de los admiradores. Un hombre gordo con pinta de ferroviario que bebía solo, se sonreía con cara de guasa sin quitar los ojos de las botas de oro. La chica hablaba con una vendedora de lotería, pero más atenta a su público que a la vieja.

Plinio se cruzó al bar «El Andén», donde siempre recalaban tomelloseros residentes en Madrid, que añorantes de su pueblo y vecinos, acudían por allí a la hora de salida y llegada de los coches para ver el paisanaje.

No vio a nadie conocido y se sentó en la única mesa que había encajada en un rincón y pidió un tinto. Había junto a la barra hombres y mujeres de medio pelo que hablaban a estilo pueblo.

Los chicos que servían ponían las botellitas de cerveza con mucho ímpetu, como si quisieran herir o al menos mojar a la parroquia. Entró un negro joven y guapo con una española pequeñita y patizamba. Iban muy amartelados. Pidieron de beber. La negra parecía ella. Aquella mezcla de cosas cosmopolitas y de pueblo le gustaba a Manuel. España, sin perder su faz esperpéntica, alegre y triste a la vez, se aviene con este cosmopolitismo pintoresco que trae el tiempo.

La chica de las katiuskas doradas que pierneaba en el bar «Ferroviario» y ahora la que iba con el negro, le llevaron el pensamiento, tal vez por la fuerza del contraste, a su hija, a su única hija, a aquella varada y tierna prolongación de su genealogía. «No había tenido suerte con la pobre. Más de treinta años y soltera. Pegada a la madre, entre aquellas paredes blancas. Junto al pozo, la parra y la higuera. Era "su" otra mujer, siempre pendiente de él. La verdad es que nunca demostró grandes ganas de casarse. Cuando todas se iban de paseo o al cine, ella se quedaba con su madre, sentada en la puerta si hacía buen tiempo; oyendo la radio o cosiendo en invierno. Nunca le dio disgustos ni grandes alegrías. Parecía venida para no hacer bulto, para no desbarajar nada. Que todo lo aceptaba tal cual era, conforme con su rutina, con su vivir donde nació, con su cuerpo y con su sombra. Todo lo de fuera de su casa le parecía muy ajeno. Cantaba sola, entraba y salía. Lo hacía todo con medida y aparente lentitud, relimpia como su madre. No quería ser notada. Conforme con la vida como es... Y tal vez deseando marcharse pronto, sin dejar huella ni hueco, como un pámpano más que en su momento despega el aire y se va al socavón de las nadas. Cuando la animaban al matrimonio hacía un gesto de suave resignación y seguía en sus cosas. Hay gentes que por natura parecen no querer nada con la vida. Nada con la vida ni contra la vida. Se resignan con su compromiso, con su contrato de hospedería, como algo forzado, pero que no duele. Gentes que no pesan en la vida. Que no pesan a nadie, ni a ellos mismos... Claro que la vida —repensaba Plinio— lo mismo puede ser una cosa que otra. Lo importante es pasarla con la menor pena posible, casi notándola. Es una temporada. Todo es pasar. ¿Qué más da que el camino sea entre las cales de una casa de pueblo que en otro sitio? Lo que hace falta es notarla poco —se repetía. Tener un aliguí siempre en la cabeza que te permita discurrirla distraído. Conseguir cada cual aprenderse bien su tocata y estarse en ella hasta el silencio final. Mi tocata ha sido esta de la justicia. La de ella, la paz de sus tiestos y de sus lumbres; la claridad de su enjalbiegue. Hay quien para vivir necesita la guerra, la mudanza y el susto. Como si sólo vivieran ellos. Ella, mi pobre ella, sus silencios, su ir y venir, su placidez, sus cubos de agua, su holgada modestia, sus cancioncillas y el repensar de cada noche. Todos, furiosos y pacíficos, acabamos por hacer de nuestra vida una rutina de furias o paces, de resuellos o suspiros, de caricias o palos; de silencios delgados o ademanes desde el balcón, desde los bardales, desde la cocina silenciosa. Salvo. aquellos apretones que nos da la sociedad de los hombres, y que la mayoría no advierte, cada uno es lo que lleva dentro, la cadena de sus minucias y apetitejos, de sus imaginaciones y tristuras. Cada cual en su pequeño mundo, en su pequeña mentira para distraer la temporada hasta el momento de volver al suelo y ser tan nada como antes de haber sido esto. Yo, con otros medios, sería comisario de policía en Madrid, o en Barcelona, pero no sería arquitecto ni músico. Siempre con chaqueta o guerrera, sería el que soy. En más culto o más agreste, el que ahora soy. Con este colador de cabeza imposible de cambiar de molde. Y si mi mujer y mi chica en vez de removerse en el patio se asomasen a un mirador de una calle señorita de Madrid o Barcelona, ¿qué más da?, ninguna iba a ser otra en la más pura angostura de su ser. Los padres se acaban muy presto. Y los hermanos, en seguida son otra grey. La mujer —una que cierto día encontramos en la calle y nos da el golpetazo en el riñón— y los hijos, que vienen como Dios quiere, acaban siendo el más duradero molde de nuestro ser. La familia de nuestra madurez, vejez y muerte». Para Plinio, sus padres eran ya unas pocas, poquísimas imágenes sueltas, algunas frases incompletas, un cierto olor soñado, y la fotografía color canela que había sobre la chimenea del comedor. Apenas nada. La mujer y la hija eran su ajuar completo. Lo que está tan presente que nunca se sale. Lo que está tan dentro que son nosotros mismos. «Nunca estoy solo —se decía— porque cuando cierro los ojos las veo en mi patio cuidando las albahacas, echándole granos al averío, oliendo los humos del puchero. Las cosas de mi casa, que casi todas

154

fueron las cosas de la casa de mis padres, las siento siempre encerradas en mi cabeza, en todos los pespuntes de mi cuerpo. Yo soy trozos de aquellas camas altas con bolillos, de aquellas jofainas con ramillas verdes, de aquella cómoda donde mi madre, y ahora la Gregoria, guarda los abrigos...; de los morillos chatos de la chimenea. Toda la vida, tires por donde tires, hay que pasarla entre el zuru-zuru de las mujeres. Entre tetas lechales y lechonas, entre orinalitos y baberos, entre quejas y soliloquios. Las mujeres son la misma tierra hecha figura, siempre a ras de plato, de sábana, de sangre y leche. Son nuestra cobertura, nuestro amasijo, pasto, placenta, pez, pececilla negra, compresa, lavadero, vendaje; carne hecha figura que rasea la tierra. Son manta, bufanda, plancha; siempre cosas calientes y olorosas. Líquidos, comidas, paños, repintura de la casa, aceite, manteca, queso... Siempre su zuru-zuru, desde ser paridos hasta la mortaja. Entraña, humedad gritona, tierna, hosca, dura, y blandísima, de la vida húmeda en la misma tierra que te pare y traga. Andamos con los altivos pensamientos, las abstracciones, la música purísima, lo absoluto, pero siempre debajo o encima de ellas, siempre a la par de sus nalgas y resuello, de sus cansinos sacrificios, de su zuru-zuru que nos encadena a esta pobre tierra en la que andamos un ratillo del mundo. Y se ponen galas, y joyas y colonias para disimular, para disimularse su condición de tierra hecha figura, de nuestra tierra hecha abuela, madre, mujer, hija, sirvienta, ama. Son el colchón pegajoso, caliente, frío; lana piedra hecha fuego, tierra de la que no podemos —ni debemos si queremos ser completos— despegarnos nunca. Ellas son las que nos hacen y nos des-

155

hacen la vida cada día; las que nos hacen ser; crían, prolongan, alimentan, cantan y torturan con el son de su lluvia hervida que nunca nunca cesa; y nos amortajan, lloran y babosean, estrechan, ensanchan, lloran y ríen; nos engañan y se postran como el tiempo mismo que cambia, pero no se va y nos tiene siempre quemándonos, mojados, ateridos, relucientes, hermosos o con la última baba.»

Plinio, arrastrando los pies con pocas ganas, marchó hacia el Nacional a ver a Novillo el del Ministerio. Después de dar un paseo por aquel gran ejido de sillas y mesas de mármol, descubrió a su hombre, solo en una mesa, leyendo un periódico con mucho afán.
Plinio se plantó ante él:
—Buenas tardes tenga el señor funcionario —dijo.
Novillo levantó la nariz aquilina y engafada y miró al guardia con gesto poco cortés.
—¿Puedo sentarme junto a usted un momentico?
Por toda respuesta el marquetero se apartó para dejarle lugar. Luego, calmo, enfundó las gafas, dobló el periódico y dijo cuando vio a Plinio sentado:
—¿Siguen sin aparecer esas señoritas?
—Siguen.
—Le advierto que yo no sé más que el otro día.
—No me cabe la menor duda.
—¿«Entonces»? —pareció decir con su gesto impertinente.
—Quiero pedirle un favor —continuó el guardia sin hacer cuenta de la actitud de Novillo.

156

—¿Cuál?

—Deseo reunir mañana a mediodía a todos ustedes, los buenos amigos de las hermanas Peláez, en el piso de Augusto Figueroa... Llamé al Ministerio y la señora que trabaja con usted me indicó que le encontraría aquí a estas horas.

—¿Y para qué la reunión?

—Psss... para cambiar impresiones conjuntamente sobre los datos que ya tengo... A ver si sacamos algo en claro.

—Lo dudo.

—Quién sabe.

Se hizo una pausa y Plinio aprovechó para pedir una cerveza y ofrecer tabaco al hombre. Mientras liaban paseó los ojos por el local del café, pintado de color azul claro, con columnas oscuras. La barra circular a la entrada parecía un carrusel de copas y tazas. En el puesto de periódicos que también hay en el local, varias personas compraban y curioseaban lo que estaba a la vista. Siempre le llamaban a Plinio la atención las dimensiones de aquel café, que le recordaba el comedor de un cuartel. Era lugar a propósito para banquetes políticos. En la mesa de al lado había una chica joven con un señor mayor. Éste, de vez en cuando como disimulando, le apretaba la mano. La chica, nerviosa, miraba hacia todos lados. Ella parecía cumpliendo un deber. Él, muy excitado, con excitación oxidada y externa. Para pagar al camarero sacó muy serio una cartera grandona. La chica la miró con sus ojos enormes, pero como quien se la sabe de memoria. Un poco inclinada hacia adelante le quedaba el escote hueco, escote de pechos apenas sugeridos. Y el madurón, muy serio e indeciso, le echaba reojos mientras manejaba los billetes. En la mesa de la izquierda, cuatro hombres con pinta de pueblo, leían cada cual su periódico.

—¿Cómo se llama el negociado que lleva usted en el Ministerio? —le preguntó Plinio a Novillo como por decir algo.

Éste, al oír aquella pregunta, quedó con el cigarro camino de los labios y miró al Jefe de muy aviesa manera.

—¿Y a usted qué le importa? —contestó de pronto con telele inesperable.

—Hombre, perdone usted —reaccionó Plinio un poco corrido—, pero no se lo he preguntado con mala intención.

—Pues con buena o con mala intención haría usted muy bien en no preguntar cosas impertinentes. Yo hago en el Ministerio lo que creo conveniente. ¿Qué le parece?

El funcionario tomó la cosa tan a pecho y se alteró en tal grado, que algunos miraban con esperanza de que se armara la gresca.

Plinio ante aquellas intemperancias se mesó el maxilar, bajó los párpados y aguardó que el hombre enbasase la bilis. Y como pasados unos segundos el funcionario, aunque callado, seguía fijo en él con cara de muy mala uva, Plinio, haciendo un esfuerzo, volvió por lo suave:

—Le ruego otra vez que me perdone, no quise ofenderle.

—A usted lo que le pasa es que es un mal educado —añadió ahora con voz sorda y ojos retadores.

—Oiga, amigo —le dijo Plinio ensombreciéndose de pronto y recortando mucho las palabras—, me parece

158

que ha olvidado usted que soy un agente de la autoridad, que no admite estas maneras y descomposturas... De modo que el sitio más a propósito para continuar esta conversación va a ser la comisaría. Tenga la bondad de acompañarme ahora mismo.

Aunque habían bajado la voz, los clientes próximos no les quitaban ojo. Especialmente cuatro señoras de aire provinciano que formaban tertulia en una mesa frontera. La jefa, o al menos la que llevaba la voz cantante, era una chata oronda con cara de mal requesón, el pelo teñido de negro y la nuca muy afeitada. Simpatizante indudable de Novillo, miraba a Plinio con cara de saltar. También parecía a la espera de la tormenta un matrimonio maduro que medio se ocultaba tras un periódico sostenido entre los dos.

Plinio, puesto de pie y alzándose el nudo de la corbata, esperó a que se levantase el funcionario.

—¿Pasa algo, Novillo? —saltó de pronto la señora chata de la nuca afeitada, prometiendo refuerzo incondicional.

—No, muchas gracias, señora Fe —respondió Novillo, que la verdad sea dicha, quedó muy aminorado con la orden de Plinio.

—Ah, por eso... —respondió resoplando.

El funcionario, vuelto a su ser por el rumbo que tomaban las cosas, con aire súbitamente pensativo, puso la mano sobre el brazo de Plinio y le rogó:

—Por favor, González, siéntese usted unos minutos... que después iremos donde usted guste... Perdone mis maneras... Pero algunas veces me pongo fuera de mí... Yo le diré lo que desea.

Plinio, luego de mirarlo con severidad y como quien

accede a hacer un gran favor, se sentó un poquito separado, como si estuviera tras su mesa de la GMT.

Llamó Novillo al camarero y ofreció convite a Plinio. Éste, por no hacer marcado desaire, se le notó bien en la cara, pidió otra cerveza.

—Le ruego otra vez, González —reempezó el marquetero con ojos cansados— que perdone mi actitud de hace un momento, pero tengo una situación oficial muy complicada y cualquier referencia a ella me mosquea mucho.

—¿Pues qué le pasa? —preguntó Plinio con un punto de ironía en sus ojos.

—Mire usted... yo entré en el Ministerio, por oposición, el año 1929...

El viejo de la mesa próxima, con cara de mirar a otro sitio, había puesto la mano sobre el muslo de la jovencita. Ella, encogidita, muy seria, miraba con ahínco al mármol de la mesa. Doña Fe, la chata jefa, susurraba con sus contertulias y echaba reojos malísimos al viejo y la niña.

—...Me destinaron a «Concesiones» —continuaba Novillo—. Estábamos en el negociado quince personas. Pero ya sabe usted, en 1931 vino la República y suprimieron el negociado. Quedamos una chica y yo para resolver los expedientes en trámite. Como ocupábamos mucho sitio y ya no teníamos contacto con el público, nos mandaron al desván que entonces era muy grande, quiero decir que estaba sin tabicar ni dividir. Con el tiempo distintas reformas y obras nos fueron arrinconando... Teníamos toda la faena resuelta cuando estalló la guerra. Desde 1936 a 1939 nadie se acordó de nosotros. Íbamos a la oficina a matar el tiempo. Acabada la guerra di cuenta de nuestra situación a los nuevos jefes. Me dijeron que esperásemos la depuración, y prácticamente así estamos desde entonces. Cada nada hacían nuevas obras y nos echaban más adentro o más alto. Volví a comunicar nuestra situación detallando su historia. Ni palabra. Años después me dijo un compañero que no nos habían contestado porque ignoraban dónde estaba mi oficina. Todos los conserjes eran nuevos y no se sabían el plano del edificio. Me acuerdo que un jefe de negociado que se llamaba Resoluto, fíjese usted que apellido más apropiado, tenía decidido lo que iba a hacer con nosotros, me enseñó un planín y todo, pero le dio un infarto de miocardio y se llevó el plan a la huesa. Por fin decidí hacer la última reclamación de mi vida. Repetí el historial... Me urgía regularizar nuestra situación por aquello de los ascensos y demás, pero tampoco hubo suerte. Cambiaron de ministro, hubo limpia de directivos y nos quedamos sin respuesta. Cansados de que nadie nos hiciera caso, pensé que nuestro sino era el abandono administrativo y en 1945 decidí instalar nuestras modestas industrias en la oficina. No era cosa de estar allí hasta la jubilación mano sobre mano. Ya fíjese usted González, a la edad que tengo, que sólo me faltan tres para marcharme a casa, no es cosa de que vengan a jorobarnos la vida. Lo que no hemos progresado en el escalafón lo hemos ganado con la manufactura. En esta vida cada cual tiene su camino y es inútil empeñarse en torcerlo. A finales de mes bajamos, echamos la rúbrica, tomamos el sobre y al camarón. Si alguien nos pregunta alguna vez dónde estamos, contestamos: «Donde siempre». Y santas pascuas... Por todo esto, ya puede usted figurarse amigo

González, cómo se me abren las carnes cada vez que pienso que al fin de la carrera alguien pueda descubrir nuestro cuchitril y venirnos con monsergas. Yo no soy un pillo, de verdad, sino un producto extra del aparato burocrático... Treinta años sin tocar un expediente. Ni ella tampoco.

—¿Pero ella es su mujer? —le preguntó Plinio a cada momento más gozoso.

—No... mi secretaria. Ella en su casa y yo en la mía. Claro, que tantos años juntos somos como de la familia...

—Ya, ya.

—Yo le ruego, González, por lo que más quiera, que no cuente esto a persona conocida. ¿Qué ganará usted con mi mal? He hecho lo imposible por ser útil al Estado, pero sin suerte. Al fin y al cabo en todos estos sitios hay enchufados que cobran sin aparecer... Yo sé un rato de eso. Si uno está en la misma situación sin quererlo, no es para morirse de remordimientos.

—Esté usted tranquilo, Novillo. Yo soy una tumba. De todos modos no creo que haya en España muchos como usted.

—¿Qué no...? —preguntó animadísimo—. Hombre, muchos no —rectificó—, pero sí suficientes. Si yo le contara... Por ejemplo esa señora chata, la que me preguntó antes si me pasaba algo, es muy amiga mía, sabe usted. Bueno, pues ésa, desde hace muchos años, cobra dos pensiones.

—No me diga.

—Como lo oye. Su padre fue funcionario de no sé qué. Murió, y desde entonces, en vez de una le pagan dos pensiones.

162

—¿Y de dónde sale la otra?

—De otro muerto que ella no conocía, perteneciente a distinto cuerpo. Ahí la tiene usted, viviendo como una pepa toda su vida... También suele venir uno por este mismo café, en este mundo nos conocemos todos, que cobra cierta pensión por una medalla de las gordas que no le han puesto en su vida, porque entre otras cosas no fue ni soldado.

—Eso tiene más gracia.

—Le llamamos «el héroe».

—¿Y qué oficio tiene?

—Fumista.

—Qué vida, Dios mío, qué vida —exclamó Plinio rascándose la calva.

—Y crea usted, González, que con las de Peláez sólo me une vieja amistad y mutuos favores. Desde que su señor padre influyó para que me diesen el destino que tengo... por oposición, nos hemos llevado muy bien. Y por más que pienso, no caigo en la causa de su desaparición.

—No lo dudo, Novillo, no lo dudo.

El funcionario Novillo, después de esta reiterada aclaración, quedó como ensimismado. Operada la descarga de su confesión, el hombre se relajaba por momentos y con disimulo miraba el periódico que dejó sobre el mármol.

La jovencita, sin duda cansada de la mano tonta del viejo, se había sentado en la silla frontera y ahora hablaban amigablemente. La vieja del cuello afeitado, la de las dos pensiones, jugaba a los chinos con sus acompañantas.

A Plinio le daba la impresión de que Novillo, ya sin

platicar, se parecía a la antigua y descansada máquina de escribir que tenía en su oficina. No sabría decir qué inercias, aburrimientos y desganas le cundían por todo el cuerpo y semejaban a un objeto en desuso. Y se acordó de cierto sujeto de Tomelloso que en su vida hizo nada, que siempre estuvo sentado en el San Fernando, y si lo mirabas con fijeza, «tenía cara de casino, de cacho de casino con billares, dominós y toda la órdiga. Cada cual tiene cara de lo que hace. A las putas se les nota a la legua que son del ramo del jergón. Y un seminarista se parece a un delantero del Atlético como un huevo a una estilográfica. Había un escribiente en el Ayuntamiento del pueblo, que aunque fuese de paseo por la calle de la Feria, parecía que estaba asomado a la ventanilla. Y el pobre Paco el sacristán, toda la vida meneó los brazos como si estuviera campaneando al incensario. El Faraón, sin ir más lejos, siempre parece recién acabado de comer. Y don Santos Carrero, el que fue maestro de la Banda Municipal tantos años, a todas horas oteaba en redondo sobre los lentes, como cuando dirigía un concierto. Los sastres, lo primero que miran es el traje que llevamos. Nos hablan de su familia o de lo que sea, pero sin quitarnos el ojo de las prendas de vestir. Había un carretonero muy gordete y pequeño, que así que se descuidaba, aunque estuviese en un entierro, pongo por caso, ponía los bracetes en vilo cual si llevase las ramaleras. Y en el fútbol o en los toros, a Plinio le daba mucho gusto mirarlo, porque cuando las cosas se ponían cicutrinas, el hombre encogía los brazos, "tirando" de las riendas, para así —según la fiesta— evitar gol o cornada. Y estiraba el brazo derecho "esgrimiendo" el látigo si quería sangre o tanteo.

La hermana Rovira toda la vidisma de Dios fue castísima y devota, y cuando en las postrimerías tuvieron que ponerle inyecciones en el culamen, se abrió una ventanilla en las ropas bajeras para que por allí pinchase el practicante sin necesidad de verle las carnestolendas. Ya digo —repensaba Plinio mirando a Novillo tan parejo a su marquetera parada o a la máquina de escribir sin actividad desde la Dictadura— cada uno se parece a lo que hace. Y no digamos en cuestiones de carácter y sentimientos. Él, nada más echarle el ojo encima a un forastero, sabía de qué pie cojeaba. Los mansos de corazón tienen los ojos muy francos y la sonrisa leal. A los turbios se les califica por la manera de entrecerrar los ojos y el pulso en medir las palabras. Los inteligentes son confiados y no temen el ridículo. Los tontos suelen ser muy corteses y callados. Los traidores amables... La verdad es que hay muchas variaciones porque a veces la estampilla se nota, más que en los ademanes, en no sé qué sombras del rostro e incluso en la manera de andar. Las manos también son muy buen exponente. Las de los ruines son de dedos cortos y uñas muy canijas; nunca hacen movimientos tajantes. Hay hombres cuyas manos no parecen de su cuerpo, y sí herencia de un antepasado de distinta biología. Las manos así resulta muy difícil saber de lo que son capaces. Los maquinadores e intrigantes se denuncian por la pasividad de sus manos. Mientras el cerebro pergeña el engaño tienen los dedos caidones y todo lo manejan con mucha pausa. En las manos se refleja muy bien la nobleza y frescura de sentimientos. Las timideces y osadías acaban y empiezan en la punta de los dedos. Cuando se habla con un sujeto de cuidado hay que mirarle algo a los ojos, bastante a los gestos y muchísimo a las manos. Suelen controlar bien el cerebro, pero las ideas apresadas a lo mejor se les derraman por los chorros de las manos. En ciertos oficios las manos funcionan solas, por su cuenta, aunque la mente esté en otro sitio».

Plinio, ya impaciente por la tardanza del Faraón y don Lotario, miró al reloj y volvió los ojos sobre aquella multitud de mesas. Tras las vidrieras se veía el escaletrix de la Glorieta de Atocha, y sobre él los coches parecían gusanos de luz. Dos chicas modestas, que olían a cocina, tomaban café en una mesa cercana y se hablaban con caras de mucha lástima. Entre las ventanas del local había hornacinas con cactus verdes de dudoso gusto. Abundaban las parejas de novios tristones con sus tazas o botellas sobre la mesa. Un camarero arrastraba los pies y hablaba solo. Novillo estaba enfrascado en la lectura del periódico. Y movía el papel sobre la mesa con movimientos precisos de marquetero. Plinio llamó al camarero y pagó la cuenta ante la impasibilidad del funcionario. No le extrañó. Cansado del local y la compañía decidió esperar en la puerta a sus amigos, pero aparecieron en aquel momento. Se puso de pie, recordó a Novillo la reunión del día siguiente, volvió a prometerle guardar su secreto, y con paso leve y además de ceñirse el correaje que se quedó en Tomelloso, fue hacia los que entraban.

—Venga, Manuel, que tenemos un taxi esperando —le dijo el Faraón con aire grave.

—¿Qué pasa? —consultó a don Lotario con los ojos.

Éste hizo un gesto ambiguo, también con mucha seriedad.

166

—Tú vente —insistió el Faraón—, que la cosa se pone brava.

Salieron, se metieron en el coche, y quedaron callados. El taxista, como nada decían, preguntó:

—¿Dónde vamos, señores?

—A un restaurante bueno que esté muy cerca del teatro Martín, que tenemos ganas de ver una gavilla de piernas —y soltó, coreado por don Lotario, la risa a todo trapo.

—Vaya, ya estamos con las bromas —comentó el Jefe—. Bueno, ¿qué pasa en Villa Esperanza?

—Te doy mil duros, Manuel, si adivinas quién vive en ese chalet —le retó Antonio, el corredor.

Plinio hizo un gesto de duda.

—No hay forma de que te lo imagines, macho. Dígaselo usted, don Lotario, por si cree que es otra broma.

—Allí vive, Manuel, nuestra paisana doña María de los Remedios la Barona, la que vino junto a ti en el coche de línea. Fíjate si este mundo es un comino.

A Plinio se le quedaron los ojos entornados y la boca prieta.

—Sí señor, allí vive con su mamá.

—¿Y qué dijo cuando os vio?

—Nada. Le explicamos que pasábamos por allí, y que al acordarnos de que aquella era su casa, decidimos hacerle una visitica… Si se lo creyó o no, es otro cantar.

—¿Le hablaron ustedes del asunto?

—Ni palabra —respondió don Lotario—. No lo consideré oportuno. Preferí que tú decidieses.

—Hicieron muy bien.

—No ves, Antonio —dijo don Lotario—, como yo conozco a mis clásicos.

—La mujer —siguió el Faraón—, invitó a un cafetito y nos enseñó el chalet que es enorme y hoy debe valer una millonada. Estuvo simpatiquísima, esa es la verdad. Por cierto que nos dio muchos recuerdos para ti.

—Preguntamos a unos vecinos quién vivía allí, y cuando dijeron que la Barona decidimos entrar por curiosidad pero sin mentar nada del negocio. ¿Y qué tendrá que ver la Barona con las Peláez?, me pregunto.

—Hombre, al fin y al cabo es del pueblo...

—Eso mismo le he dicho yo a don Lotario.

El careo

Desde las once de la mañana hasta el filo del mediodía que empezaron a llegar los convocados, Plinio y don Lotario permanecieron en el cuarto de estar, viendo periódicos, fumeteando y releyendo una carta del filósofo Braulio que aquella misma mañana llegó al hotel y decía así poco más o menos:

«Mis queridos compadres y vecinos don Lotario y Manuel: Como pasan los días y no llegan noticias vuestras, me determino a escribir. Estoy atento a los periódicos por si viene algo de vuestras aventuras y descubrimientos, pero en vano. Una de dos —pienso—: o lleváis la cosa muy en secreto o todavía no veis bastante claridad como para echar las campanas al vuelo. Sea como fuere estoy seguro que saldréis airosos y con el mingo puesto. De todas formas, decidme algo aunque sea en corto, que no me gusta tan larga ignorancia de los amiguetes.

»Por aquí nada de particular. Siguen con las obras del Casino de San Fernando, que va a ser el cuento de nunca acabar; y cada día hay más autos y conversaciones de fútbol. Lo de los coches me lo explico, porque es una cosa muy aparente para que los seres se hagan la idea de que viven más y mejor. El moverse de prisa y despatarrado sobre un motor permite a los cimas creerse superiores y señoritos de antes. Luego, la verdad es que no tienen donde ir, pero parece que cambiando de sitio se cambia de dolor. Lo del fútbol lo entiendo menos. He visto en mi vida cuatro o cinco partidos cuando

169

jugaban en el campo de Peinado, y me parecieron la misma comedia, sosísima, representada por parecidos actores. No me explico cómo los españoles, tan aficionados a cosas de bulto y colorido, se apasionan por espectáculo tan liso. Pocos inquilinos deben tener en la cabeza quienes se chupan las semanas enteras con la monserga del fútbol. El emplear la vida, tan corta, en negocios tan sin gracia ni provecho declara la falta de imaginación de la mayor parte de los cerebros que pela barbero y cubre boina. Y se me alcanza que la gente es tan así que no sabe lo que ve ni a ciencia cierta lo que le gusta. Y sólo ve, oye y dice lo que le dicen que vea, oiga y diga. Los de izquierdas acusan a los gobiernos de fomentar esta pamema del fútbol para tener a la gente enajenada de asuntos recios y capitales. Ignoro si será verdad del todo, pero si no lo es parece mentira, porque con un fútbol bien administrado por toda clase de voces, figuras y letras, se puede conseguir que en unas elecciones salga triunfante don Práxedes Mateo Sagasta, pongo por caso de político enterrado hace muchos años. Cuando Eugenio Noel, aquella lumbrera, dio la conferencia famosa en el Círculo Liberal el año dieciséis, dijo que los españoles estaban entonces engatusados con pan y toros. Más toros que pan, se entiende. Y añadió que los romanos lo hacían con pan y circo. Pues siendo tan manejable la mentalidad de la gente, porque infinito es el número de sinsustancias, entiedo yo que gobernar está tirao y ahora más que nunca con televisores y radios. Y si a los más se les da fútbol, a unos cuantos cuartos y a otros cuantos un poco de palo, todo queda como una malva y el reinado que sea puede durar mil años, siempre a base, claro, de que no cesen ligas,

copas y los campeonatos mundiales... Bien es verdad
—y en parte vuelvo de mi acuerdo— que desde que
el mundo es mundo, las pocas cosas que de verdad se
piensan y hacen, son labor de muy pocos, ya que la
mayoría, aparte de querer cuartos y salud, no se aclara.
Por aquí lo que mayormente hay son novedades mor-
tales. Ya sabéis lo que decía el médico don Gonzalo, y
que yo, cansinismo, tantas veces repito: "En septiembre
se tiemble". Y bien que hay que temblar en esta otoñada pues cunde un desvieje de padre y muy señor mío.
Desde que tomasteis soleta, la espichó Pepe Rasura en
pocas horas. Se acostó con dolor de cabeza y a la tarde
siguiente lo llevamos al camposanto muy aparente de
mortaja, pero más quieto que un canto. El pobre Cle-
mente Pozuelo acabó ayer sus sufrimientos de tantos
años; y don Anastasio Córdoba está ya con los últimos
resuellos. Por cierto que hace dos días fui a verlo. Todavía estaba levantado pero con la cabeza como una re-
gadera. Y ná más vernos a mí y al que venía conmigo,
se levantó muy fino del sillón y nos dijo: "Señores,
les quedo muy agradecido por haber venido a mi entierro. Es cosa de unos momentos. En seguida que traigan
el cofre y la carroza os dejaré para el resto del calen-
dario". Y dicho esto, se sentó en su sillón muy tieso y
cerró los ojos como si ya estuviera en el tránsito. No
creáis que... Ha pasado otros dos días diciendo desati-
nos y sin conocer a nadie, y esta mañana me dicen que
ya se encuentra en los rabos de la agonía. En fin, qué
os voy a decir, la muerte es mi tema y por ella me es-
pizco. Esperemos que llegue pronto y con educación.

»Esto hay en el capítulo de muertos. En el de cuernos,
nada nuevo. Siguen los viejos chismes que nunca se

confirman, como es natural en esta clase de tutes. De maricones tampoco hay mayores noticias. Al parecer no aumentó el censo o nada llegó a mis oídos. De curas sí ha habido algo. Por lo visto llegó uno muy moderno que ha dicho en el púlpito no sé cuántas cosas de la justicia social y contra los ricos, e incluso indirectillas contra el gobierno. No te quiero decir cómo ha sentado en las fuerzas vivillas y en el mismo clero estacionario. Sería grande que por primera vez en la historia los curas españoles se diesen de guantás. A mí me gusta que por una vez se arrimen a los pobres, aunque sea con su cuenta y razón, que bastanticos siglos estuvieron a la sopa boba de los que tenían y mandaban. Comentando el sermón del nuevo, decía don José, el director del Banco: "Este cura no se da cuenta de que cuando Jesucristo decía 'bienaventurados los pobres', se refería a los pobres de espíritu, porque los pobres de dinero, la verdad sea dicha, nunca han gozado de la menor garantía". Lo que puede el oficio, leche.

»De nacimientos y bautizos no os hablo porque eso ya nos queda muy lejos. Tampoco tengo interés en saber de los que empiezan a pollear. Bastantes trabajos les quedan. Todos los días la Rocío me habla de vosotros. Dice que estáis echando la última cana al aire. En fin, muchachos, supongo que el Faraón os dará algún buen rato que otro. Ganas me dan de ir a veros, pero me empereza pensar en otra cama y en otro retrete. Uno está hecho a lo suyo y no hay manera más dulce de irse yendo que sobre el carro de la rutina. Que traigáis muchas cosas que contar y un algo para la Rocío, que bien se lo merece por el apego que os tiene. Abur, justicias, y un abracete de éste que lo es. Braulio.»

172

Plinio mandó a la Gertrudis que limpiase bien el comedor para celebrar allí la reunión y que preparase café para todos.

Don Lotario compró unos sobres grandes en una papelería de la calle del Barquillo y en cada cual de ellos pusieron el nombre de uno de los asistentes al consejo. Hacia las once y media, pasaron revista al comedor destinado como lugar de consejos.

—¿Está todo a su gusto, Manuel? —le preguntó la Gertrudis.

—Sólo faltan las tazas y las cucharillas.

—Al contao las traigo. Pero la cafetera la dejaré en la cocina.

—Claro... Y tráete también un paño bien limpio.

Cuando estuvieron los servicios de café sobre la mesa y el paño limpio en poder del Jefe, éste pidió a don Lotario que vigilase la puerta del comedor, no fuese a ser que a la puñetera asistenta, intrigada por la petición del paño, le diese por observar. Mientras, Plinio, con minuciosidad, limpió cada una de las tazas, cucharillas y platos.

—Coño, Manuel, y qué gracia me hace verte ocupado en huellas digitales. Tú que siempre fuiste tan heterodoxo en materia científica.

—Los tiempos mandan, don Lotario.

A las doce menos cuarto empezaron a llegar los invitados. Plinio, decidido a echarle a la ceremonia mucha solemnidad y suspensión, los fue recibiendo junto a la puerta del piso. Pocas palabras, gesto grave y fumeteo despacioso. El señor cura, don Jacinto, de vez en cuando echaba la cabeza hacia atrás para poder ver el panorama por las rendijas que le dejaban sus párpados gandules. José María, el filatélico, sin enterarse de nada al parecer y con las manos en el riñón, miraba lejano. Novillo, el funcionario, llegó oliendo a aserrín, que aserrín le empolvaba las cejas, la chaquetilla del año del hambre —debía venir desde la misma marquetera sin tiempo para cambiarse— y la montura de las gafas color chupachú. La portera, un poco arrinconada, con ambas manos sobre el anaquelillo que le hacía la tripa y suspirando a la segoviana como le era uso aunque era tomellosera: «Ay, Virgen Santa de la Fuencisla y qué bochorno que hace todavía, mire usted, que ya sería menester que arrefriase un poco, que no es bueno para los cuerpos tanta calentura». La Gertrudis, con su cara de astuta, piernecillas de rama y mirar sin fatiga, hacía los honores y abría la puerta cada vez que sonaba el timbre. La última en llegar fue la costurera, porque tenía su corte en barrio lejano y había tenido que tomar no sé cuántos autobuses para llegar a Augusto Figueroa, según dijo con su voz monótona y mirando siempre alrededor del interlocutor.

—Ya estamos todos —anunció don Lotario con aire no menos suspensivo que Plinio.

—Pues podemos pasar al comedor —respondió el guardia.

Estaban abiertos los contrabalcones y una hermosa claridad avivaba la plata, los barnices y los servicios de café sobre la mesa. Todos, cada cual en su estilo, parecían un poco envarados, no sabiendo cuáles eran los propósitos de aquel guardia de pueblo.

Plinio les ofreció asiento en torno a la mesa ovalada, mientras retiraba el gran centro de plata para mejor verse las caras. Tomó asiento en una cabecera, y cruzó las manos sobre el tablero de brillante caoba. Todos lo miraban e imitaron su postura, de suerte que en seguida la superficie de la mesa se vio cubierta por reflejos de manos, junto a los de las tazas y azucareros.

—Pues será menester traer unos ceniceretes —saltó la portera entre nerviosa y ausente de la situación, cuando todos esperaban que hablase Plinio— porque los hombres, ya se sabe, en seguida empiezan con el fumeteo.

—Deja, yo iré —dijo Gertrudis dejando a la otra en pie y con el gesto vacío.

La tensión de los concurrentes se aflojó un poco por aquel paso imprevisto y no volvió a su ser, hasta que resentada la Gertrudis y colocados los ceniceros en su lugar, todos tornaron las manos sobre la rutilante caoba y los ojos hacia Plinio. Éste, como siempre que iba a hablar a varios, pensó un momento, apretó los labios, pasó la mano derecha sobre el tablero de la mesa como para quitar una mota, y dijo al fin:

—Durante estos días, todos ustedes, que tanto trato tienen con las hermanas Peláez, han respondido a mis preguntas sobre la posible causa de su desaparición. Yo estoy seguro que me han dicho cuanto sabían, sin embargo, nada he podido sacar en claro. Así las cosas, los he reunido aquí con la esperanza de que al reconstruir los hechos de acuerdo con sus declaraciones, podamos llegar a alguna conclusión.

Hizo una pausa y miró con mucha lentitud a todos y cada uno de los comensales.

—¡Ay Virgen Santa de la Fuencisla! —suspiró la portera.

La costurera rebulló su estrechísimo culo sobre la silla isabelina y giró un rápido examen con sus ojos sin puntería.

—Estos son los hechos —continuó Plinio— según los testimonios recibidos. El día de autos, cuando acabaron de comer las amas de esta casa, usted, Dolores Arniches, cosía en el cuarto de labor. Las señoritas Peláez, que durante toda la mañana habían hecho su vida normal, reposaban en el gabinete. Nadie más había en la casa. A eso de las tres y media de la tarde sonó el teléfono. Lo atendió una de ellas. No sabemos cuál. ¿Es así, Dolores?

—Sí señor. Ya le dije que me pareció la señorita Alicia, pero sin certeza.

—En seguida notó Dolores, a pesar de la distancia a que estaba del teléfono, que la señorita Alicia o la que fuese, hablaba con alguien inesperado y que algo especial le decían. ¿Voy bien, Dolores?

—Sí señor.

—Se extrañó, hizo ausiones, preguntas aceleradas y lo más seguro es que pasó el teléfono, si no le fue arrebatado, a su hermana María, que continuó la conversación con idéntica alteración. Exclamaciones y preguntas apresuradas que debido a la distancia que estaba del cuarto de costura, Dolores no pudo entender tampoco...

—¿Y no salió usted al pasillo tentada por la curiosidad? —preguntó de pronto José María, el primo, con voz desmayada.

176

—No señor —contestó la costurera muy sofocada—; ganas me dieron, pero estaba abierta la puerta del recibidor, donde está el teléfono, y me podían ver.

—Ah, vamos.

—Pero algo concreto sí que oiría —insistió el filatélico.

—No señor, ya se lo dije aquí al policía Plinio. Sólo noté que estaban nerviosas y que hacían muchas preguntas, como si quisieran saber dónde estaba alguien o algo.

—Eso no me lo dijo usted a mí —le cortó Plinio.

—No señor, di en ello después de hablar con usted la última vez. Yo diría que preguntaban cosas así como «¿Dónde estás? o ¿Dónde vas? o ¿Qué vas a hacer?» Algo de esa manera, ustedes me deben entender.

—Bien... —continuó Plinio—, sigo la relación. De pronto dejaron de hablar por teléfono y seguido seguido, sin pausa alguna, fueron al dormitorio, al baño, se arreglaron y a toda prisa, tomaron la pistola que había bajo el colchón de la cama de la señorita Alicia. La guardó una de ellas, lo más probable, en el bolso de mano, y a toda prisa, se asoma Alicia al cuarto de la costura, y dice a Dolores que se marchan y que ella haga lo propio cuando termine la faena. Que tenían que salir con mucha urgencia... ¿Es exacto así, Dolores?

—Sí señor.

—¿Y usted no le preguntó nada a la prima Alicia? —volvió José María con voz opaca.

—Pues sí señor, claro que sí. Le pregunté que dónde iban con tanta prisa —ya se lo dije al señor González— y me dijo que a un negocio. Lo recuerdo muy bien, dijo la palabra «negocio», negocio urgente para más señas.

Dejó la merienda y el jornal, se despidió hasta el lunes —y para mí que la otra no entró porque lloraba—
y las oí salir a toda marcha.

—¿De modo que la prima María quedó en el pasillo
llorando?

—Eso es…

—Pues eso tampoco me lo dijo usted a mí —volvió a
saltar Plinio.

—¿Conque no le dije a usted que se quedó fuera?

—Sí que se quedó fuera, pero no llorando.

—Pues usted dispense, sería un olvido con el nerviosismo del interrogatorio. Que a mí nunca me preguntó
policía ni juez.

—Bien, sigo: bajan corriendo la escalera y según la
portera, se detienen impacientes en la puerta de la calle,
y toman el primer taxi que pasó ante ellas. ¿Fue así?

—Sí señor, igual, igual que usted lo relata. Yo estaba,
sabe usted, un poco traspuesta, porque a esa hora, como
mi pobre padre decía, pues que me pica el modorro…
Pero oiga usted, al sentir aquel taconeo acelerado por
las escaleras, pues que me sobresalté. Y me asomé, claro,
pero como ellas no me dijeron nadica, pues que no salí
de la portería. «¿Dónde irán las señoritas tan apresu-
rás?» —dije. Y luego más y más, cuando las vide tomar
un taxi, así al vuelo, me volví a pensar: «¡Válgame
Dios y que se les habrá roto para ir en auto y toa la pesca!»… Y al poquito de irse, sabe usted, pues que se
me olvidó el trance y volví a mi modorro.

—Bien —concluyó Plinio el monólogo de la portera—, estos son los hechos que sabemos poco más o
menos. ¿Alguno de ustedes tiene que hacer alguna observación más?

Todos se miraron entre sí sin ánimo de hablar.

—¿Usted, padre? —preguntó a don Jacinto.

—No. Sólo que no entiendo nada. Parece que me están hablando de otras gentes. No puedo imaginarme esos apresuramientos, pistolas y marcha en las hermanas Peláez.

Y quedó callado con las manos y ojos fijos en el tablero de la mesa ovalada.

Plinio, en vista de la falta de nuevas intervenciones, luego de hacer oído inútilmente un ratillo, dijo extendiendo los brazos y agachando la cabeza:

—Entonces, mi pregunta es ésta: ¿Por qué cosa o persona en el mundo creen ustedes que las hermanas Peláez podrían salir tan deprisa de su casa con una pistola en el bolso? Temo que si nadie atina a responderme, esta investigación, como tantas en el trajín policiaco, habría que darla por concluida...

Y sin decir más, con cierto nerviosismo, sacó el paquete del «caldo» y empezó a liar.

Don Lotario lo miraba casi dramático. Aquello de que Manuel estuviese a punto de abandonar el caso, no le gustó nada. Manuel se caracterizaba por terco y triunfador. Manuel iba siempre por sus especiales caminos y no marraba.

—Tal vez para hacer una obra de caridad... son unas santas —sonó lejana la voz del cura.

—No sé qué obra de caridad se pueda hacer con una pistola encima —respondió súbito el veterinario.

Don Jacinto, ni lo miró ni respondió. Se limitó a hacer un gesto ambiguo.

—Yo digo, y ustedes perdonen —dijo la costurera con voz parecida a la de Plinio y sin levantar los ojos—

que salir, salir, lo que se dice salir para hacer una obra
de caridad con la pistola en la faltriquera, puede ser,
nunca se sabe. Pero lo de no volver, es lo peor. ¿Qué
obras de caridad hay que no dejen a dos santas volver
a su casa?

«Mala leche tiene la costurera de los ojos sin puntería» —pensó Plinio.

—Quien dice a hacer una obra de caridad, dice para
salvar de peligro grave a un ser querido —se corrigió
el clérigo mirando a todos tras el pespunte de sus pestañas.

—Eso está mejor —aclaró Plinio con sinceridad—. ¿Y
quién de las amistades o parientes de las señoritas Peláez pudo estar en tan grave peligro ese día?

—Nadie —saltó Novillo, el funcionario, muy seguro
de sí—. Vamos, nadie que se pueda saber. Ellas, sin
más familia que José María, el primo aquí presente, son
mujeres sin pasiones ya, con una vida muy recortada y
en orden. Si viviera su madre… o su padre, o Norbertito, el hermano que no llegó arriba, cabría esa desazón,
ese comportamiento tan raro y prisoso para sacarlos de
algún atolladero. Pero de no ser ellos, que fueron
su historia, la razón de su vida toda, ¿quién eh?,
¿quién?

Y quedó de codos, estrecho como un pájaro, tras el
brillo de sus gafas color chupachú.

—No ha citado usted, Novillo, a una persona muy importante —dijo José María con voz opaca y como si la
frase se escurriese de sus labios casi grises.

—¿Quién? —preguntó el funcionario con quirio de
cabreo.

—…Una persona que marcó para siempre la vida de

María —añadió mirando a Novillo con su cara inexpresiva, pero en aquel momento levemente animada.

El funcionario, luego de meditar un momento, pareció caer en la cuenta:

—...Ya. Se refiere usted al novio famoso.

José María asintió con la cabeza y pronunció muy bien estas palabras:

—Exactamente. Me refiero a Manolo Puchades.

Hubo otro silencio y un intercambio de miradas y observaciones muy variado.

—Ese señor desapareció hace treinta años —dijo el cura sin convicción.

—Pero una cosa es desaparecer y otra es morirse —volvió el primero con esa fatiga del hombre que dice cosas muy resabidas. Y siguió con sonrisa de guasa atenuada:

—Todos los muertos desaparecen, pero no todos los desaparecidos están muertos... Estos días, con motivo del cumplimiento penal de lo ocurrido hace treinta años, han aparecido varios «muertos» del año treinta y nueve.

—Sí, pero si fuera lo que usted dice —replicó el funcionario— el ir a verlo con pistola y sin retorno tampoco casa.

—Yo me he limitado a contestar la pregunta del Jefe —añadió José María displicente—. Manolo Puchades es la otra persona, aparte de las citadas, que podía conmover la vida de mis primas, especialmente la de María. Como no es seguro que esté muerto, creo que cumplo con mi deber aportando esta sugerencia.

Otra pausa de meditación general. Plinio miraba con simpatía por vez primera al ceniciento filatélico. Este, con la barbilla clavada en el pecho, jugaba entre los dedos una bolita de papel o una píldora de nariz. Vaya usted a saber.

Acabada la agradecida contemplación, el Jefe se mesó la cureña, se le notó que afiló la argucia mental y retomó la palabra:

—¿Alguien de ustedes ha oído hablar alguna vez de una señora de Tomelloso, que vive en Carabanchel Alto desde antes de la guerra, llamada María Remedios del Barón?

Nadie contestó.

—Doña María de los Remedios del Barón —repitió como un maestro de escuela— que vive en Carabanchel Alto, en un chalet antiguo llamado «Villa Esperanza»... ¿Usted, señor cura?

—No. Ni idea.

—¿Usted don José María?

Negó con la cabeza y el morro salido y preguntó escéptico:

—¿Qué tiene que ver esa señora en este asunto?

Don Lotario quedó totalmente lelo. El que Plinio diese de pronto importancia a su visita con el Faraón a la Barona, le revelaba una vez más la prodigiosa imaginación de su querido amigo y siempre maestro.

—No lo sé. Pero su dirección está escrita precipitadamente en la cubierta de una de las listas telefónicas. Don Lotario, por favor, traiga la lista que digo.

Hasta que volvió el veterinario todos callaron.

La costurera, que fue la primera en ver el escrito, comentó:

—Mire usted que es raro que ellas tan ordenadísimas y siempre con su letra picuda de colegio de monjas, escribieran ahí y así.

182

—Sin embargo, aunque deformada, parece letra de una de ellas —certificó el cura que miraba las grafías con los ojos muy echados sobre la lista—. No sé decir de cuál, porque todo lo hacen muy semejante.

—En su vida han escrito ellas en papel que no fuese de ley —coreó monologante y sonámbula la portera.

—Y bien puedes decirlo —recantó la Gertrudis— que tenían orden hasta para lo más puerco y con perdón… Yo, claro que conozco a las Baronas de verlas por el pueblo, pero nunca oí hablar de ellas a las señoritas.

—Pues no me extrañaría nada que esta dirección la apuntaran mientras hablaban por teléfono —confirmó Plinio, como ausente.

Siguieron un poco más las divagaciones sobre lo escrito en la lista telefónica y la posible relación de la Barona con el caso, y cuando Plinio vio que falto de tensión el concilio amenazaba quiebra, dijo de pronto con tono jovial:

—Pero bueno, Gertrudis, ¿para qué nos has puesto aquí estas tazas si no les echas dentro el café?

La mujer, de momento, quedó confusa, ya que Plinio le había advertido que no sirviese hasta que él se lo ordenase. Pero rauda cayó en la cuenta de que en la intención del Jefe había doblete, y luego de replicar: —Si señor, lleva usted razón y qué cabeza la mía —marchó a la cocina muy telenda.

En un carrito con ruedas trajo los jarros y azucareros, y empezando por las mujeres y el señor cura, según le tenían enseñado, fue sirviendo café y leche en las proporciones que cada bebensal deseaba.

Y así que acabó el cucharilleo, sorbeteo, limpieza de labios y alguna que otra relamidez, los conciliados quedaron, poco más o menos, mirando a Plinio y con una cara que venía a decir: ¿y ahora qué?

Manuel González, el Jefe de la G.M.T., consciente de aquella suspensión o amago de aburrimiento, con la solemnidad que él se sabía y gesto impenetrable, empezó a liar su «caldo» con precisa artesanía y manipulación.

Durante la espera, la Gertrudis parpadeaba. La portera se quitó de la toquilla unas migajas inexistentes. La costurera giraba lentamente hacia unos y otros sus ojos infiables. El cura bostezó sin poderlo remediar con dinámica furibunda. Novillo, a todas luces impaciente, y sentado en el borde de la silla, tamborileaba con los dedos sobre la superficie espejeante de la mesa. Y el primo José María, aburrido, con los brazos estirados entre las piernas y unidas las manos muchísimo más abajo de la bragueta, se balanceaba rítmicamente con un gesto sonso y los ojos cenicientos clavados en la tacilla del café.

Plinio, encendido el pito, le dio una chupada casi dolorosa (se imaginaba uno el humo entrándole como doble disparo, bronquios abajo, pulmones más abajo, y entrañas bajísimas, hasta acomodarse en todos los recodos de sus tuberías internas), y dijo a la vez que expelía por boca y narices el gas rechazado, con voz opaca y judicial:

—Perdonen todos que les retenga un momento más, pero todavía falta por tratar el motivo más grave que ha provocado esta reunión.

Todos, cada cual según su gesto y ademanes, volvieron a la tirantez de los momentos iniciales de aquel careo.

184

Plinio, se recompuso el nudo de la corbata, y echando una ojeada a cada uno de los presentes dijo:

—Ayer, entre tres y ocho de la tarde, uno de ustedes entró secretamente en este piso y se llevó algo de la caja de caudales.

Y dicho esto, quedó en silencio con los ojos entornados que parecían no mirar a nadie, pero a todos veían.

La declaración del Jefe consiguió el efecto esperado. Cada contertulio sintió el refrior acusatorio en su espinazo. Los cuerpos tiesos, las manos quedas y poco a poco, de manera casi imperceptible, comenzó el juego de reojos vigilantes. Sólo Plinio, con sus ojos entornados, y don Lotario, con la cara entre ambas manos y los codos sobre la mesa, miraban a los del corro con descaro.

—¿Por qué supone usted que fue uno de los presentes? —preguntó el cura con naturalidad.

—Que yo sepa, sólo los presentes, o al menos algunos de los presentes, sabían que yo no estaba, dónde se encontraba la llave de la caja y lo que en ella había.

—¿Y cómo entraron al piso?

—No lo sé. Tengo entendido que había tres llaves. Una tenía cada hermana y que al parecer se las llevaron en sus respectivos bolsos de mano, y otra que siempre dejaban en la portería «por si acaso» y ahora está en mi poder. Lo cierto es, don Jacinto, que la puerta no fue forzada.

—¿Me permite usted, señor Jefe, una pregunta más?

—Naturalmente.

—¿Por qué sabe usted que alguien vino y tocó en la caja?

—Porque soy policía, padre... Y es mi menester ver

185

lo que no ven otros. Y perdone si no doy más detalles.

—Está en su derecho. ¿Y tiene usted idea lo que robaron de la caja?

—No. Francamente, no. Ni si robaron algo. Pero en estas circunstancias, no me negará usted que el detalle de saber que manipularon en la caja es muy significativo.

—Desde luego.

—¿Alguno de ustedes sabe quién podía tener una cuarta llave del piso? —preguntó Plinio de pronto.

—No hace falta que nadie la tenga —dijo Novillo con suficiencia artesana—. Una llave falsa se hace con mucha facilidad, como usted sabe perfectamente.

—Pues peor me lo pone.

—Entonces, ¿por eso preguntó usted ayer si había visto subir a alguien? —dijo la portera.

—Sí.

—Y a mí que me registren —saltó la Gertrudis muy redicha y sin que le preguntaran—. Vengo cuando me llama usted por teléfono o si quedamos a una hora.

Nadie le hizo caso y cada cual pensaba por su lado. Plinio hizo un gesto de resolución.

—Bueno, señores, no es cosa de perder el tiempo. Quien ayer entró en este piso ha dejado sus huellas dactilares por distintos sitios, ya están registradas por la B.I.C. El que hayamos tomado café ahora no ha sido por una fineza de Gertrudis, sino para obtener las huellas de todos ustedes en la taza, plato y cucharilla. Si aquí no se aclara el asunto, como era mi deseo, dentro de unas horas la Dirección General de Seguridad me dará la solución de manera precisa.

186

Al oír aquello, ninguno pudo evitar una mirada descon-
fiada hacia su taza de café, como si las huellas se viesen
a simple vista.

—Por favor don Lotario, meta cada taza con su plato
y cucharilla en los sobres que hay preparados.

El veterinario se levantó muy diligente, tomó los sobres grandes que dejó en un cajón del aparador, y
comprobando el nombre y lugar de los asistentes, con
mucho cuidado y una servilleta, empezó a embolsar
cada servicio en el sobre correspondiente.

—Esperemos a que don Lotario acabe su faena. Si entonces no ha habido novedad daremos la reunión por
concluida.

El veterinario pegaba los sobres a lengüetazos e iba
colocándolos muy ordenadamente sobre el aparador.

Durante la operación todos guardaron silencio. Unos
fumaban. Otros estaban encanados en don Lotario. La
portera respiraba. La Gertrudis gesticulaba, como quien
habla consigo, y la costurera permanecía como estatua.

Pronto, todas las tazas menos las de don Lotario y Plinio, quedaron ensobradas. El silencio seguía. Don Lotario se puso en su lugar descansen junto al sillón del
Jefe. Éste se rascó el lóbulo de la oreja. Y el cura, luego
de tamborilear impaciente sobre la mesa, y más allá
de aquel juego que debía parecerle pueril, dijo:

—Bueno, señor Manuel, si no manda otra cosa me tengo que marchar. Estoy como siempre a su disposición.
Ya me dirá el resultado del examen. Tengo gran curiosidad.

—Con mucho gusto y perdone la medida, pero cumplo
con mi deber.

—No faltaba más.

Y salió con la cabeza alzada y el gesto serio.

—Bueno, pueden marcharse cuando lo deseen —dijo Plinio poniéndose de pie.

Se oyó el correr de todas las sillas y uno a uno, menos la Gertrudis, con pocas palabras y gesto hosco, salieron del comedor y del piso.

Plinio y don Lotario entraron en el gabinete, y se sentaron en los dos sillones que había, uno frente a otro, junto a la mesa camilla, en los que según la cuenta descabezaban sus siestas las hermanas coloradas. Ambos callados y un poco irresolutos.

—¿Les traigo cervecillas? —dijo la Gertrudis asomando por la puerta de improviso.

—¿Pero todavía quedan? —se extrañó Plinio.

—Quedan porque me mandó comprar más don Lotario.

—¡Angela María! Pues sí, tráelas.

—Y jamón, claro. Que sin encomendarme a Dios ni el diablo empecé uno. De alguna manera deben pagarles a ustedes las señoritas las jaquecas que se están tomando por ellas.

—Has hecho bien, Gertrudis.

Cuando volvió con la bandeja, mientras los hombres se servían, ella quedó mirándolos con cara de mucha cavilación.

—¿En qué piensas, mujer? —dijo el Jefe al verla así.

—Pues pienso, Manuel, en que no entiendo una pajolera palabra de lo que ha dicho usted de las tazas y de las huellas datilarias, digitarias o como se diga.

—Pero que entró aquí alguien y enredó en la caja de caudales sí lo has entendido.

—Hombre, claro. Eso está tirao.

—Tu sí sabías dónde estaba la caja de caudales.

—Natural. He levantado ese cuadro al hacer la limpieza milenta veces en mi vida.

—¿Y quién piensas que vino secretamente?

—No le puedo decir, palabra. Creo que ninguno de los que estábamos en el comedor. Eso es cosa de ladrones, de misterio. Que por ahí debe andar la causa de la desaparición de las pobres señoritas. Y los que estaban no eran ladrones ni misteriosos.

—¿Y sabes dónde guardaban ellas la llave de la caja?

—No señor. Supongo que en el cajón de la coqueta, con las demás… Vamos, es un decir.

—Oye, una cosa —le cortó Plinio al tiempo que se rascaba la sien con aire dubitativo—. ¿Tú limpiaste ayer el cuadro de don Norberto?

—No… No, señor. Al despacho sólo entro los sábados. ¿Por qué?

—Por nada.

—No irá usted a pensar que yo…

—Quita de ahí, mujer…

—¿Y no me explica usted lo de las huellas datilarias?

—Sí hombre, sí. Las huellas dactilares son las que dejan los dedos cuando tocamos algo.

—Los dedos manchaos, querrá usted decir.

—Aunque estén limpios. Cada persona tiene en las yemas de los dedos un dibujo distinto.

—Bendito sea Dios. ¿Y cómo se ve, si será muy chico?

—Los policías tienen unos aparejos para verlas.

—Qué astutez. ¿Y los labios también dejan huellas de esas?

—No. ¿Por qué?

—Cosas mías.

—Puedes estar tranquila, que si te besa alguien no hay manera de que lo descubran.

—Dios me libre, señor Plinio. Lo decía por mi Bonifacio. Por si un día quiero saber si se babosea por ahí con alguna zorra.

Riéndose estaban Plinio y don Lotario por las argucias de Gertrudis, cuando sonó el teléfono. Se puso Plinio y volvió en seguida de contestar dos o tres monosílabos. Sin sentarse, apuró el vaso de cerveza y lió un caldo.

—¿Quién era?

—Ahora se lo diré. Gertrudis —voceó desde el pasillo— que nos vamos.

—Bueno. Y yo así que recoja los vasos. ¿Vengo mañana?

—Si te necesito ya te avisaré. Andando don Lotario.

—Andando, maestro.

Cuando estuvieron en el portal, preguntó don Lotario impaciente:

—¿Qué pasa ahora, Manuel?

—José María Peláez, el primo, nos espera en el Casino de Madrid.

—Coño. ¿Y eso?

—No sé. Supongo que será para algo relacionado con la reunión.

Cuando bajaban por la calle del Barquillo hacia Alcalá, al pasar ante la sastrería de Simancas, antiguo proveedor de los tomelloseros señoritos, dijo don Lotario:

190

—¿No decías que te ibas a hacer un traje, Manuel?

—Es verdad.

—Pues aquí tienes al chico de Simancas.

—Mañana sin falta, no se vayan a enfadar las mujeres. Oiga usted. ¿Y vive todavía el viejo?

—¿El padre? Ya lo creo que vive. Y corta trajes a los amiguetes.

—Pero si debe tener noventa años.

—¿Y qué? Pero sigue disfrutando con la tijera en la mano... Esos son oficios buenos, que nunca se acaban, y no como el mío.

Siguieron calle de Alcalá abajo. El día estaba dorado, del dorado otoñizo y templadero de Madrid.

—¿Sabe usted que tengo ganas de sentarme en la terraza de un café a ver la gente? —dijo Plinio al pasar ante la de «Dollar».

—Y a mí. Fíjate, con estos días tan buenos que hacen. A ver si concluimos el caso y echamos una mañana a arrastrar el culo por las terrazas para ver tremendonas, que nos pasamos la vida en el piso de la puñeta.

—Para mí las tremendonas es lo de menos. Es por darle vacaciones a la cabeza y observar sin cálculo el manejo de la gente.

Ya en la puerta del Casino le preguntaron a un conserje manco por don José María Peláez. Los mandó con un botones hasta un salón con regusto de los años veinte. En un extremo, completamente solo, estaba el primo sentado en un larguísimo sofá, tapizado de cuero con capitoné. Allí estaba como dejado de caer desde muy alto. Con su cara aburrida y las manos blanquísimas sobre las tablas de los muslos. Ofreció asiento y bebida con medias palabras.

—Gracias. Ya tomamos «café» —le respondió Plinio echando media sonrisa intencionada al tiempo que, como don Lotario, se sentaba en uno de los sillones próximos.

De todas maneras los tres quedaban demasiado separados en aquel salón tremendo. Separados en el espacio y el tiempo. Inquilinos de un sueño de la belle époque. Figuras de un museo de cera sin visitantes.

—«Estos son casinos, coño —pensó Plinio— y no los de mi pueblo.»

Don Lotario, impaciente, meneaba las piernas y sacaba un poco el mentón. Plinio hundido en el sillón como un señorito y sin quitarse el sombrero, aguardaba sin impaciencia y un punto soñador. El primo José María seguía como lo encontraron, posiblemente vivo, pero sin que la menor alteración de su cuerpo lo confirmase.

—Yo fui el que estuvo en el piso de las primas —dijo de pronto con voz lejanísima del que piensa en voz alta, sin apenas despegar sus labios de yeso.

Y quedó contemplándose las manos con un asomo de vergüenza o de timidez.

Don Lotario miró a Plinio con cara de duda, como si no estuviese seguro de haber oído bien, o de que fuese Peláez el que hablaba.

El Jefe, por toda reacción, se quitó el sombrero, lo colocó sobre los muslos y alisó el pelo con la mano.

—Siga, por favor —le dijo con aire muy cortés.

—Ellas —volvió a hablar Peláez torciendo la cabeza hacia el balcón próximo, como si su confesión fuera a la luz y no a los guardias—, como son tan precavidas, me entregaron esta llave hace muchos años.

Y con lentitud se sacó del bolsillo de la americana un llavín largo, igual al que tenía Plinio.

—Tómelo si lo quiere.

Plinio dudó un momento y por fin se lo guardó.

—Yo sé absolutamente todo lo que hay en la casa. Ellas se fían de mí y yo siempre les he sido fiel... Un momento, perdón un momento.

Y con energía imprevista, se levantó y echó a andar muy apresurado.

Plinio y don Lotario se miraron alarmados. Cuando ya salía del salón, Plinio, con cierta cautela, echó tras él. El primo iba cada vez más deprisa. Torció por un pasillo y franqueó una puerta. Era el «servicio» de caballeros. Plinio respiró con cierta tranquilidad. De todas maneras empujó. Había primero unos lavabos. José María siguió hasta uno de los retretes y echó el cerrojo. El guardia decidió quedarse a hacer oído. No fuera a ser que... Pero no, en seguida percibió detalles propios del lugar. Esperó un poco más. Cuando sonó el agua, volvió diligente al sillón.

José María no tardó en reaparecer con su paso lento y vacilón de siempre. Ocupó exactamente el mismo lugar y siguió con el tono de antes, como si no hubiese interrumpido la conversación con aquellas vehemencias:

—Nunca quisieron darme nada. Siempre decían: cuando faltemos, todo para ti, pero hasta entonces nada... Y yo, la verdad, es que no quería nada. Bueno, nada menos una cosa.

—¿El qué?

—Yo comprendo que es ridículo —añadió bajando los párpados blancuzcos— pero cada uno es como Dios lo ha hecho... Y ellas son muy suyas. Muy sí y muy no.

Calló de nuevo y otra vez se puso de perfil hacia el balcón, cual si esperase de la calle el resto del discurso.

—¿El qué? —insistió Plinio, con tono infantil.

—Ellas lo guardan todo, pero todo. Siempre les digo: «Sois unas guardilleras». Y se ríen. Guardan. Guardan hasta las cartas de los abuelos cuando eran novios... Y hay cuatro cartas con un sello de 1865 que los filatélicos llamamos: «doce cuartos, azul y rojo. Marco invertido»... Que se las llevo pidiendo toda la vida... Las cartas, no. Los sellos. ¿Para qué los quieren ellas si no son filatélicas? Nunca me los quisieron dar. Valen unas setenta mil pesetas cada uno. Yo estaba dispuesto a pagárselos. Me interesaban para mi colección... Nunca quisieron. Se reían. «Ya los tendrás todos».

—¿De modo que era eso? —exclamó Plinio desinfladísimo.

—Ya los tengo colocados en mi álbum. No he podido resistir la tentación. Comprendo que es una villanía aprovechar la ausencia de las pobres primas para hacerse con los «doce cuartos», pero ha sido más fuerte que mi voluntad... Se los devolveré mañana o pasado.

—Por mí puede usted quedarse con ellos —dijo Plinio levantándose sin disimular su desilusión—. ¿Fue usted quien llamó ayer tarde al hotel preguntando por mí?

—Sí.

—¿Y usted también sabía dónde estaba la llave de la caja?

—Yo tengo una llave de la caja —y la mostró pendiente de un llavero pequeño.

194

Bajaron los tres en silencio por las escaleras de már-mol.

—No te jode —gritó Plinio, así que José María tomó un taxi— la que nos ha armao con los sellos de la mierda.

—Y que digas. Esto es la órdiga.

—Ganas me han dado de atizarle un bofetón a cruza-boca, cuando ha salido con los «doce cuartos». Maricón, coño… Y que nos ha dejao otra vez con ná entre las manos. Como estábamos. Con el caso en pañales. A ver qué hacemos ahora. Si de la casa de doña Remedios del Barón tampoco resulta nada, como me temo, mañana cogemos el coche de línea y a Tomelloso querido, a hacer puñetas.

—Mañana te tienes que encargar el traje.

—¡Miau!

—Pero bueno, Manuel, ya estás otra vez con tus pesi-mismos famosos. Cuando no te salen las cosas tan rápi-das como tu quieres, la rabieta y cataplum, todo a tie-rra.

—Qué rabietas ni qué cuernos, si es que aquí no hay nada que hacer. No ve usted qué familia. A las jilipo-llas esas a lo mejor les dio el telele extravagante de irse a la India a curar leprosos y nos estamos aquí tocan-do el violón hasta el siglo futuro… Te parece si la que nos ha armao el pasmao ése con los sellos… La vergüen-za que me da a mí ahora pensar en las tazas y en las cucharillas metidas en los sobres, cada una con su nom-brecito… Le digo que…

—Ay Manuel que me troncho. Que sólo tienes gracia de verdad cuando te cabreas.

—Y a ver con qué jeta voy a decirle yo ahora al comisario que tanto aparato de huellas «datilarias», como dice la Gertrudis, sólo ha servido para encontrar cuatro sellos de «doce cuartos»... Si es que tengo la negra con las huellas digitales. Cada vez que las tomo en cuenta, ¡zurrapa!

Don Lotario se reía tanto y con tales aspavientos, que algunos transeúntes lo miraban con gusto.

—Lo que más gracia me ha hecho es eso de imaginarte los sobres con el rotulillo y la taza dentro.

—La taza, el plato y la cuchara. Leche. ¡Qué ridículo!

—Anda, por favor, calla, que no puedo más.

Cuando se serenaron los ánimos de uno y las risas del otro, tomaron un taxi y marcharon al «Mesón del Mosto» donde habían quedado con el Faraón.

Los esperaba en la barra hablando con la dueña y entreverando el vino blanco de Tomelloso con asadurillas fritas con ajos. Tenía el morro aceitoso y comía con mucha degustación y movimiento de carrillos.

—¡Coño, ya están aquí los de la justicia! —exclamó al verlos—. Ponles primero cerveza para regar la plaza y asadurillas abondo, que siempre fueron estos golosos de fritanga.

Después de saludar a los de la barra y leer los carteles alusivos a Tomelloso que allí había, Plinio preguntó si estaban ya preparados los galianos con liebre que les prometió Antonio el Faraón.

—Sí señor —dijo la dueña—, que esta mañana llegaron las tortas de pastores en el coche de línea y dentro de unos minutos, como me pidió aquí el señor Antonio, estarán listos.

En éstas estaban cuando unas bocas asomadas en la puerta empezaron a cantar:

Somos manchegos,
tomellosanos,
los que cantamos
con frenesí,
a la victoria
que conquistaron
quien nos legaron
tan rica vid...

—¡Pero bueno, de dónde salís vosotros, gavilla de camastrones! —les gritó el Faraón.

Y los cantores, desafinados, Luis Torres, Jacinto Espinosa y Manolo Velasco, continuaron con el «frenesí» que pedía la letra. Mejor dicho, sólo cantaban Luis y Jacinto, porque Velasquete se limitaba a sonreír con timidez.

...Hidalgo pueblo,
por laborioso,
bien te mereces
este laurel.
Tus fieles hijos
de Tomelloso,
de tí seremos
heraldo fiel.

197

—Venga, cansinos, entrar de una vez y dejaros el himno en la puerta —insistió el Faraón.

Pero los líricos, que venían terquísimos y un poco chateados, seguían sin destapar la puerta y enlazados por los hombros:

> En lo que fue infecundo
> del Tomillar del Oso
> levántase imperiosa
> nuestra gran población.

> Emporio de riqueza
> es nuestro Tomelloso,
> que a bravas mocedades
> debemos su creación.

> Po, po, po, po...

> Somos manchegos...

—¿Pero vais a empezar otra vez, so virulos? Ya ha estao bien de himno patrio. Venga, entrad y tomad algo.

—Si está aquí el agente Cipol de Tomelloso —exclamó Luis Torres dirigiéndose a Plinio con la mano tendida.

—Y el Cipol don Lotario... y el Faraón. El no va más en nuestro pueblo en materia de crímenes, robos y cachondeo. Y esto último va sólo por Antonio —completó Jacinto echándoles las manos.

Así que pasó un poco la euforia de los saludos, se añadieron al vino, a la asadurilla y otras golosinas del diente y el galillo que allí preparan para facilitar el trago.

—No hay como estar contento —dijo de pronto Luis Torres, dándole al Faraón en la espalda.

—El vino ayuda mucho a la contentación y al cipoteo. Eso es viejo —glosó el gordo.

—Tú estás muchas veces contento, ¿eh, Faraón? —le preguntó Jacinto.

—Yo, pase lo que pase, toas las fiestas, vísperas de fiesta, jueves y demás días de entre semana. No tengas cargo que me voy a morir de un berrinche por cualquier cosa. La vida dura menos que un gargarismo y siempre que no puedas montar gamberras güenísimas, no hay como apescarse a la barra de un bar con cuatro amigos juguetones, y ensilar hasta que el ombligo se ponga rojo-peligro. Todo lo demás, leche y picón.

—No hay como estar contento, sí, señor —repitió Luis—. Venga, Adela, echa otra ronda, pero sin pulso. ¿Usted está contento, Manuel?

—Yo no soy muy extremista. Ni me enserio mucho ni me río demasiado. Todo lo llevo con aire un poco distante y de buen conformar.

—Este es vino con sifón, pero con mucho aguante —reforzó el Faraón—. Sin embargo, don Lotario, cuando se pone frenetiquillo, arpea prisosísimo…

—De todo hay en la viña del Señor —dijo don Lotario mirando a Plinio.

Velasco se rió dulce mirando al veterinario y éste hizo un gesto ambiguo como si no le gustara hablar ante Plinio de sus euforias extraoficiales.

—Ustedes, como están en Madrid varios días, no se han enterado de la guerra de las boinas —dijo Luis con aire sentencioso y decisivo.

—Ni palabra. No llegan correos —contestó el Faraón.

—Hombre, aquello ha sido el rematín —siguió Luis con su aspecto de matador de toros jubilado y sacándose un papel del bolsillo.

—No, antes de leer eso, espérate que les ponga en antecedentes —pidió Jacinto con sus ademanes metódicos—. Se trata de lo siguiente: En el Casino de San Fernando, la nueva directiva, a la cual pertenezco, en una junta general apuntó la idea de que los socios estuvieran en el local descubiertos. Ya saben ustedes que ésta es una aspiración de siempre de los socios ilustrados. Que siempre se dice y nunca se consigue. Pero, amigo, el otro día, sin saber por qué, se armó la de Dios es Cristo. Los «caballeros cubiertos» se cerraron en banda a quitarse la seta y han repartido un manifiesto..., que yo creo que está redactado por Braulio el filósofo, y que ya se lo sabe todo el censo de memoria. La cosa está brava, y llevamos unos días, que no quieran ustedes saber, la guerra civil.

—Es que la habéis tomao con los pobres hombres de la boina —dijo el Faraón muy grave—. Si desde que nacieron llevan la goina puesta; si así que se la quitan en el responso de un entierro se acatarran, ¿cómo queréis que estén en los salones del San Fernando todo el día con la cabeza descalzá?

A Velasco, que reía con la boca cerrada, se le saltaron las lágrimas.

—...Es pedir un imposible —continuó el Faraón muy predicadero—. Mi suegro se acostó con boina toda la vida de Dios... y agonizó con boina. Y se confesó con boina, y se murió con la boina metida hasta el caracolillo de la oreja... Y mi suegra, que esa todavía vive, lo amortajó con capisayo y el capuz de franciscano tapándole la boina para que no se rieran del pobre hombre. Pero no se la quitó, porque sabía que era darle el gusto postrero... Allí todos los del campo duermen con la gorra puesta, sí, hombre. Y los ves en la cama, como yo he visto a muchos, la cara tapá con el embozo y sólo asomando lo negro del paño. Que hace muy raro, pero es así. O están en agosto en cueros sobre la piltra, pero sin apearse el casquete. Y eso da más risa. A casi todos los habitantes virulos de Tomelloso los engendró su padre con la boina puesta. No se la quitan ni para el montaje femenino, ¿y quieres tú que se la quiten a la vejez, en el Casino? Miau.

—Además, hay una cosa que importa mucho —dijo Plinio con cierta sentencia cuando amainaron las risas—, y es que como tienen la cara tostada del sol, la frente blanca y el pelo amagao, les da vergüenza descubrirse. Se sienten feos.

—Eso del bicolor que tú dices es lo de menos. Es la costumbre y el miedo al constipao —le interrumpió el Faraón—. El hermano Toribio Lechuga, cuando va a la barbería, mientras lo afeitan tiene la gorra encasquetada. Como no hay más cáscaras que descubrirse para que le pelen, pues a estornudar súbito. «Yo, ya se sabe —me tiene dicho—, desde la barbería a la botica de doña Luisa.» Fíjate adonde llegan.

—Y en los cascajales de Tomelloso siempre hay muchas boinas viejas —dijo de pronto don Lotario muy cargado de razón.

—Anda, leche.—saltó el corredor de vinos muy payaso—, y qué tendrá que ver una cosa con otra.

Velasco reía ya con ambas manos en la barriga.

—Hombre, lo digo como demostración de la cantidad

de boinas que se consumen allí —dijo el albéitar como disculpándose.

—Bueno, ¿leo el manifiesto o no? —dijo Luis Torres esgrimiendo el papel.

—Venga, lee —consintió Plinio—, que siendo de Braulio tendrá causa.

Y empezó, inclinando un poco su cabeza cana sobre el papel:

—«Casineros de Tomelloso: el señoritismo local, aconsejado por el cine, la televisión y los viajantes, quieren que nos descubramos...

—Pero, coño, ¿qué pintan ahí los viajantes? —explotó de nuevo el Faraón, que con el vino le había dado coherente.

Otra vez carcajada general, beborreo y ataque a un plato comunal de criadillas fritas con ajos achuscarrados.

—Venga, sigo... Para él los viajantes son gente distinguida... «Los levitas del pueblo, la parroquia del fútbol, los que van a Entrelagos y los niños mindongos que estudian en Madrid, Salamanca y Cádiz, quieren que nos quitemos el abrigo del pelo... Los de las motos y autos, los tractoristas a la americana, los curas republicanos y los alcoholeros de Jerez, quieren que dejemos las boinas, para que las destruyan los abonos químicos...»

—Pero yo estoy loco, ¿o me queréis explicar qué pintan ahí los abonos químicos? —paró terquísimo el Faraón, echando la mano sobre el papel.

—Ya sabía yo que ibas a saltar otra vez al llegar a esto —comentó Luis.

—Hombre, por Dios, eso es un fallo —terqueó.

—No me suena a Braulio —comentó Plinio—; él no dice esas cosas; además, no salen muertos.

—Sí salen muertos, ya lo creo que salen —afirmó Luis—; espere usted unas chuscas.

«Nosotros, los tomelloseros legítimos, los descendientes directos de Aparicio y Quiralte, y de los mejores Laras, Burillos, Torres, Rodrigos y Cepedas que en el pueblo ha habido, toda la vida de Dios fuimos viñeros cubiertos. Con la boina puesta ensanchamos nuestro término hasta Villa Robledo y Criptana, hasta Socuéllamos y Pedro Muñoz, hasta Manzanares y la Solana...

»Con las boinas caladas amañanamos con el sol durante siglos, sufrimos recias trasnocheras y transformamos a nuestro pueblo en el imperio del alcohol vínico que hoy envidian Argamasilla y Herencia...

»La boina es símbolo del trabajo y honradez de los más genuinos de la ciudad; de los que hicieron viñedo el erial, cuevas de la tosca; de las pedrizas bombos y de los caldos mistela; la boina es la enseña de los que a mucha honra olemos a madres y a vinazas; de los que hicieron en fin nuestro escudo, con la liebre saltando un tomillo a la torera...

—Ay qué tío. Será a la lebrera.

»Desde que el pueblo es pueblo, desde los tiempos de la hermana Casiana y don Ramón Ugena, del Estopillero, el Varal y la Yesquera; desde los años del Maestro Torres y el alcalde Chaqueta; desde antes de nacer doña Crisanta, cuando estaba el cementerio en la Glorieta; desde que el Rollo de San Antón estaba tieso y hacían la feria en la calle de la Feria... La misma revolución de los consumos, en fin, ya la hicieron nuestros antevivientes con la seta puesta.

—Coño, ahora se pasa al verso.

—Tú calla, hombre, que lo pone así para que se quede en la memoria. Sigo:

»El camposanto nuevo y el antiguo está cuajao de boinas abrigando calaveras. Tomelloseros legítimos: hombría, aguante y corazón; la historia es nuestra... Levitas y chaquetas, señoritingos del cigarro rubio y calzoncillos sin bragueta, vosotros, al Círculo Liberal o al Entrelagos, a presumir de whisky y coctelera, de langostas carísimas que están dejando a tanta gente en la miseria, que nosotros, los verdaderos hijos del terruño, seguiremos aquí en el San Fernando como la vieja guardia de la cepa... Con las blusas negras y las boinas puestas, bebiendo agua sola y hablando de los pámpanos, comiendo pipas y teniendo lo que hay que tener en la entrepierna...

»¿Que nos llaman virulos y candorros? ¡A hacer puñetas! Que por nosotros coméis y tenéis uvas, por nosotros podéis llevar chaquetas mariconas con las faldas sueltas y mientras vivamos, a joderse, veréis el Pretil y el San Fernando llenos de hombres con las boinas puestas ...¡Candorros de Tomelloso, uniros, que al final la victoria será nuestra!»

Acabado estaba el manifiesto boinalista y casi sus comentarios, cuando sacaron los galianos humeantes.

—Hay para todos si queréis.

Juntaron las mesas y pusieron la sartén en equidistancia.

—¡Hale!, muchachos, al galiano pastoreño. Venga Velasquete, no diréis que no somos buenos —proclamó el Faraón— que habéis venido a sopatalega y os encontráis con una comida en regla.

204

—Pero invitamos nosotros —saltó Luis sentencioso.

—Tú aquí no invitas ni a cañamones, niño bonito.
Tarde y noche hay por delante para que siembres bille-
tones hasta el hastío, que hoy vamos a currelar por el
Madrid ye-yé... hasta la hipoteca del quiñón. Y además,
el que suscribe, va a echar el chorizo en aceite. Eso
fijo y firmao.

—Estás enloquecido, Antonio —le avisó Plinio.

—Ni enloquecío ni ná. Que me siento joven y prepo-
tente. Priapista total.

—Tú que va, presunciones —le pinchó Jacinto—. Al
segundo rodeo, si llegas, zurrapa.

—Y además, si con esa barriga no te ves el alijo —le
añadió Luis.

—Si eso no es para verlo, muchacho, sino para la in-
tromisión y el solaz. Tampoco te ves el estómago y
mira que gusto que da sentir llegarle los galianos, las
presas lebreles, el vino granate y el caldete espesorro.
¡Ay Dios mío!, comer, beber y darle lo suyo al rodal
del regocijo. Eso es vida. Todo lo demás, convenios co-
lectivos.

—Desde luego, Faraón, el vino te hace efecto al contao
—lo pinchó Jacinto.

—Y a ti, anda leñe, que ahora mismo tienes los ojos
bombeando. Lo que pasa es que yo soy más orador y
aparatoso. Si no fuese por el vino administrao, se pasaría uno la jornada blanqueando el nicho. Él, barre
recochuras y pone la risa a flote. Da corriente a los
nervios, despabila la bellota, hace buenos a los amigos,
y a todas las mujeres comestibles. Enferia el corazón y
lo calienta. Te llena los toneletes de leche. Deshollina
el riñón, te quita peso, encarga palabras, llama chistes,

caldea los ojos, ensalsa la lengua, y te pone la vida como un haz de alegrones. Beber con tiento es volverse mozo, ver las corridas llenas de flores y sentir las manos con ganas de teta y los pies bailones. El vino es la sangre que mensila el gran papo del globo terráqueo. El mero caldo de la creación humana. Todo lo grande de esta vida se hizo al correr del vino. Los árboles cabezones, las mujeres caldosas, los jardines cachondos, los animales valientes, los pájaros sin ley, las perdices tintorras, la carne de cabrito desollada, el aceite que fríe, el muchacho que bulle entre pañales, la mañana que rompe la ventana, el sol que a la caída entomata los vidrios, los volcanes de yeguas desbocadas; todo lo bueno y grande de la vida es por el brío del vino...

—Cómo se ve que es corredor de caldos —dijo Jacinto tímidamente, porque el Faraón, como inspirado, entre bocado y bocado, entre vaso y vaso, seguía sacándose versículos dionisíacos.

—...Cuando a uno le viene el tetelele y lo rodean de cirios, es que perdió el auxilio vinatero. El impotente, descuidó la frasca. El que ve negra la vida, tiene el remedio en la cuba. El agua viene del cielo y el vino del carajón de la tierra. No hay cine como vaso al trasluz. Ni son como el chorro de la bota. Límpiate la conciencia con cerveza, y después, paso a paso, haz tuya la frasca. Bebiendo y hablando se hace uno hombre. Bebiendo y cantando se dispersa el pesar. Un vaso de vino sobre vientre de moza, ¿qué más quieres compañero?

—Ay qué tío, si va a resultar más poeta que Braulio —saltó Luis.

—...No hay como estar sobre una tinaja al caer la tarde...

206

Los misterios de Carabanchel

Acabada la comida, tomado el café y despuntado el «faria», a Plinio le dio mohína. Y claro está, dejó de interesarle tanta risa, aspavientos y redoble. Siempre le resultaba sospechoso el excesivo jolgorio. Era la manera más infantil de sacudirse la pez de la vida y el sombrón de la inanidad. Es muy pesada viga para que al que más y al que menos le guste quedarse solo consigo, mirándose la punta de los zapatos, las transparencias de lo pasado y el seguro cansino porvenir. Y la gente, claro, se arrima a las barras de los bares, saca gestos de falso poder, voces del ser fuerte que soñó, cuenta historias con mozas del don Juan hermosísimo que no fue y siempre que le dan baza, hace su propio teatro y representa los papeles deformados del que se pensó. Y así va la vida. Cada cual y en cada día, se echa a la calle con el reparto de figurantes de sí mismo y su repertorio de fábulas consoladoras. Sólo unos cuantos, muy pocos, los auténticos, los conscientes de su propio hueso, de su triste caída de ojos y de la medida y trazo del charco de su sombra, están conformes con su gesto y con su alma. Como él tal vez. Plinio nunca se tuvo lástima. Ni lástima ni admiración. Un día se lo preguntó don Lotario: «Manuel, ¿tú no te das lástima algunas veces?» «Ni me doy lástima ni gusto —le respondió—. Me recibo con naturalidad. Sé que me tengo que dejar. Hago en la vida lo que quise hacer. Ni más ni menos. Y sé que lo que hago es tan mentira como lo que veo que otros hacen. Pero hay que tenerse un poco de transigencia y aceptar la mentira que nos cayó en suerte, que nos vale y remedia. Y usted, don Lotario, ¿se tiene lástima?» «Tampoco, hermano, y gracias a ti. Hay dos clases de personas: las que para aguantar la vida necesitan algo. Como tú. Y los que necesitan a alguien. Como yo.» «¿Y quién le dice que yo no lo necesito a usted?» «Ya lo sé, Manuel, pero de otro modo. Yo te necesito como todo. Tú me necesitas como mirón que no falla. Tú gozas enseñándome tu razón. Yo, contigo y con tu razón, porque si tu razón fuese otra, de igual modo sería tu pareja.»

Cuando Plinio regresó desde las altas cámaras de su pensamiento al «Mesón del Mosto», notó que el veterinario lo observaba. Y se inclinó para decirle al oído:

—Voy ahí al café «Comercial» a dar una cabezadilla. Con los galianos y tanto vino estoy un poco bombizo. No sé qué haré después. Si cuando levanten ustedes la sesión no le he llamado, acérquese usted por allí.

Se despidió de todos pretextando faena y marchó. Se sentó en una mesa apartada y luego de pedir un «cortado» intentó dar una cabezada, pero no atinó con el sueño. La mohína y modorra que le llegó después del almuerzo tenía su aquel profesional. Con el puro entre dientes y la mano en la mejilla miraba el tráfico de la glorieta de Bilbao. Los coches no dejaban ver las cosas. No deseaba, ni por pienso, volver aquel día a la casa de las de Peláez. ¿Para qué? «En serio, Manuel, hablando muy en serio, este caso está terminao.» No tenía un mal viento que le picase en la nariz. «El comisario habría llamado por teléfono a Augusto Figueroa para ver en qué había parado lo de las huellas digitales, según quedaron. Era igual. Novillo andaría otra vez repartiendo encargos de marquetería o a lo mejor ya estaba en el café «Nacional» con su periódico delante. Y el imbécil de José María, después de trasladar la causa de la desaparición de sus primas a un noviazgo de hacía treinta años, estaría en su casa nadando en gusto, mirando y remirando los cuatro sellos que birló de la caja de caudales, la que estaba detrás del cuadro de su tío Norberto, padre de las hermanas coloradas, el que fue notario de Tomelloso, luego de Madrid, viajó a Roma, escribió cartas y se murió una tarde.» Pasó un hombre vendiendo periódicos y compró uno. «A ver si decía que aparecieron las hermanas coloradas, violadas, junto al Pozo del tío Raimundo. Lo mejor sería irse al hotel y acostarse a ver si pasado el sopor de tanta grasa y caldo se revenía alguna idea, y si no, qué leñe, al día siguiente devolverle el caso al comisario, encargarse el traje en casa de Simancas y largarse a Tomelloso. Sería lo mejor.» Pagó. Tiró el periódico, y fue al teléfono para darle a don Lotario parte de su plan.

Comprada la ficha, ya en la cabina, al tomar la lista para buscar el número del teléfono del «Mesón del Mosto» vio sobre la cubierta escritos varios números con letra desigual. Volvió a su memoria la lista de las hermanas coloradas…, su espera en el «Nacional», la vuelta de don Lotario y el Faraón; doña María de los Remedios del Barón, la de los recios calores, la de la carne de teta, la del otoño encendido en su jaraíz. Qué raro todo. Qué extraño telegrama de sangres le llegaba, que de pronto se sintió despejado, ligero, casi lírico. Era la última diligencia que le quedaba por hacer. Sintió los poros anchos. Buscó el número. Llamó al «Mesón».

—Oye, Adela, dile a don Lotario que se ponga.

—Oiga, don Lotario, he decidido ir ahora a la casa de la Barona como le dije. A ver qué sale. Nos veremos en «Gayangos» a tomar unas copas antes de la cena.

—De acuerdo. A ver si así por lo menos te animas.

—Voy sobre todo para atar el último cabo suelto..., mejor dicho, el único.

—Además, esa diligencia tenías que hacerla.

—Será un chasco como el de los sellos. Ya verá usted.

—No adelantes. Ya contarás. Hasta luego.

En la misma Glorieta tomó un taxi camino de Carabanchel Alto.

Desde que fue soldado no había vuelto Plinio por Carabanchel. El único recuerdo que le quedaba era una larga barbacana de piedra oscura que remontaba la acera derecha conforme se llega de Madrid. Calle del General Ricardos arriba vio edificado lo que en sus tiempos fue campo. Entonces pasaba el tranvía entre solares y descampados, intercalados por alguna taberna solitaria con obreros que jugaban a la rana o discutían de política. Ahora era calle continuada, con edificios a lo moderno.

Pasó ante la Colonia de la Prensa, tan famosa antaño, que ahora tiene aire abandonado, mal pintada y con yesones caídos. Los chalets de ladrillo rojo que tanto abundaban y fueron antes recreación de los poderosos de la capital, habían desaparecido o estaban en ruinas. De algunos quedaba la verja pintada de verde y la fachada negro grana, pero dentro, en lo que fuera jardín, con frecuencia había edificios sin gracia, como huéspedes inadecuados.

Todavía se veían algunas casas pueblerinas, con la puerta de la calle cubierta de chapa pintada, patio hondo y estrecho con alguna verdura, y al fondo la vivienda. Al pasar ante ellas recordaba las mujeres de aquel tiempo, con la falda hasta los pies y el pelo recogido en un moño alto, que al caer la tarde se sentaban en la calle a tomar la fresca. Se echó una medio novia de aquella traza, que tenía una tienda de huevos y un lunar grande en la barbilla. Cuando se marchaba al cuartel ella lo despedía desde la puerta de la tienda tirándole besos disimulones.

La vieja barbacana estaba cortada, sólo quedaba el rabo final, como recuerdo. Desde ella, sobre todo en la parte frontera a la plaza, fumó el Plinio soldado cientos de pitos y revisó muchas mozas de moño alto.

Manuel estuvo a punto de rengancharse en la mili para hacerse chusquero, pero al fin no se decidió. Lo de pasarse la vida poniendo quintos en fila no era su vocación. Volvió al pueblo con intención de irse a las viñas, estuvo un poco tiempo de bodeguero, pero al fin el alcalde Carretero le ofreció un puesto de guardia municipal.

Dejó el taxi en la plaza, junto a la iglesia de siempre, y miró con nostalgia a todos lados. Allí se celebraba la verbena el día de San Pedro. Aquella noche, a los más enchufados les daban permiso para ir al bailongo público, comer churros y montar en el tiovivo con la huevera de turno. En aquel tiempo todavía había muchos castizos de gorra visera y pañuelo blanco al cuello, que hacían desplantes pintorescos, bailaban el chotis con ademanes de equilibrista y se sentaban con las piernas muy abiertas, el cuerpo inclinado hacia delante y la mano en el muslo. Todavía se decía entonces: al que Dios le da ventura no necesita cultura. Eran gentes que en todo momento se creían obligados a demostrar ser machísimos. ¿Qué fue de ellos? Ya estarían haciendo la higa en el cementerio católico, sin organillo que llevarse al oído ni gachí a la mano tonta. La pobre huevera, que se llamaba Consuelo, tal vez sería alguna de las ancianas combadas que en aquel momento salían de la iglesia. A lo largo de tantos años, sólo recordaba su lunar, el restante solar de su cara se lo llevó el olvido. Todo aquello estaba transformado. Muchos edificios de corte agrio, moderno y provisional. Los de los Bancos eran mejores. Bares con televisión y coches por todos sitios. Entonces los tranvías amarillos y lentísimos llevaban a Mataderos, al Bajo y a Madrid. Allí paraban en la Plaza Mayor. Tranvías con bancos de madera a la larga, llenos de mujeres con cestas, soldados y hombres de oficio. Recordaba que una vez hubo huelga de tranviarios, llevaron los coches soldados de ferrocarriles, y lo hacían rematadamente mal.

La calle principal, la que pasaba ante la plaza, tenía aspecto de barrio madrileño con ciertas pretensiones. Pero en los laterales de la calle madre, casi todas eran casas viejas, chalets con aire abandonado, solares y campo. Todavía entre ciertas moles industriales se veían rebaños de ovejas. Creció y se remozó la calle principal, como camino que era, pero los aledaños estaban marchitos. Tronco renovalío con las ramas secas. Ni era Madrid, ni era pueblo. Las villas de recreo ya no recreaban o no lo parecía. Daba la impresión de una mezcolanza de gusto dudoso: casas nuevas hechas con pocos cuartos y aledaños descuidados, terrosos, melancólicos.

Se puso a la faena siguiendo las orientaciones de don Lotario y el Faraón. Tiró por la calle de Eugenia de Montijo. Había muchas calles con nombres nuevos, de militares. Entre dos edificios en regular estado, había un solar muy liso, y desde él se veía un encuadre de Madrid, como en un escenario. A pesar de tanta mole, de tanto humo amarillo y crecimiento, a pesar de tanta improvisación y caos maquinado por locos y negociantes, todavía conservaba Madrid algo de su aspecto clásico, de su estampa a lo Eduardo Vicente. Cúpulas de las viejas iglesias, la mole gris olvidada del Palacio Real, los viejos tejados con chimeneas y boardillas del XIX. Torres con veletas, ringlas de árboles y el sol de siempre que hiere los vidrios más altos al huir. El Madrid anterior a 1936, desde lejos tiene aspecto de ciudad provinciana, entre castellana y oriental, con no sé qué pobreza mal disimulada. No dominan los grandes edificios particulares oxidados con la pátina del tiempo. Falta arquitectura de solera. No se aprecia un trazado racional y clásico. Sobre viviendas deficientes y medianas, destaca el vuelo de las iglesias y la altura superdesarrollada de un palacio o edificio oficial. Aspecto de pueblo menestral o medianamente acomodado, que no tuvo capacidad ni poder para alzarse más arriba de las torres, como ocurre en las grandes ciudades de Europa. Los rascacielos actuales que rompen ese mediocre paisaje urbano, pertenecen a otro mundo, a otras concepciones que nada tienen que ver con lo que había: iglesias, palacios o calles galdosianas. Son nuevo aspecto de la pobreza, de la falta de gusto. No están inspirados por una estética de gigantes como en Nueva York, sino por la especulación del terreno y modelos serificados que nada tiene que ver con el contorno secular. En el núcleo de Madrid pasa lo que en Carabanchel mismo, se saltó de la casa con corral al bloque colmena, sin haber llegado a las grandes avenidas estilo París con edificios de piedra solemne, mayores que las iglesias. El español va siempre desde el conservadurismo más lóbrego a la improvisación alocada. Aquí no hay ritmo, no hay planificaciones graduadas absolutamente en nada. O se remacha el tornillo del inmovilismo hasta saltarle la cabeza o se entra a saco en las fórmulas más atrevidas y extrañas sin consistencia ni orden... Gran parte de la historia española es una colección de pataletas y desplantes junto a los reumas mentales y formales más esperpénticos. Plinio, recordó, que Jonás Torres contó en el San Fernando, que cierta conocida suya muy beata, que tuvo toda la vida una tienda de telas para hábitos en la calle Postas, cuando le flaqueó el negocio y empezó el turismo, puso en Benidorm un establecimiento de bikinis. Por nada del mundo hubiese vendido ella un bañador corriente hasta los años cincuenta, pero al llegar la marabunta, se pasó de golpe de la estameña franciscana al «dos piezas» con visión de ombligo. También oyó decir que otro caballero de Valencia que durante los años cuarenta era inspector de bailes, y a todas las parejas que se arrimaban menos de una cuarta les ponía multa, tenía ahora un club nocturno en Barcelona con toda clase de licencias. Y es que el español medio, que es muy impresionable y perezoso de cabeza, cambia según viene el viento.

Como no se aclaraba del todo con las indicaciones recibidas, Plinio volvió a la plaza y preguntó por «Villa

Esperanza» a un guardia de la circulación. Lo enderezó bien y llegó en seguida. Era uno de los típicos chalets del Carabanchel de principios de siglo. Grandón, de ladrillo grana-humo, con una sola planta y sótano. Lo rodeaba un razonable jardín abandonado, con una murallita de tapial enjalbegada en sus lejanos tiempos, y cerrado por una verja alta con puerta de hierro pintada de verde desvaído. Plinio, primeramente pasó de largo para explorar el terreno. Su idea era buscar un lugar desde el que observar el chalet a su sabor, pero no halló dónde. Enfrente había un murallón de ladrillo medio derruido. A los lados y detrás, cascote, hierbas y papeles viejos. No veía otra solución que entrar directamente. Tocó un timbre muy alto que vio junto a la verja. Al rato se abrió la puerta del distante chalet y apareció una mujer vieja, con ademanes enérgicos y mal encare. Debía ser la madre de doña María de los Remedios.

—¿Llamaba usted? —dijo casi a voces.

—Sí.

—¿Qué quiere?

—Visitarlas. Soy del pueblo.

La mujer quedó indecisa, pero en seguida, tras ella, apareció doña Remedios. Miró entornando un poco los ojos hacia la verja y al reconocer a Plinio se sonrió. Y vino hacia él con aire de gusto.

—Manuel. ¿Y cómo usted por aquí? —decía mientras se acercaba.

La vieja se entró. Doña María de los Remedios abrió la verja con la llave que estaba puesta.

—Pase, pase... Nos vamos de viaje, pero todavía hay tiempo.

—Era por el sólo gusto de saludarla.

—Pase... pase.

—¿Van al pueblo?

—No, a los baños. Mi madre tiene una artritis muy mala y siempre por estas fechas vamos a un balneario.

La señora, en efecto, iba muy vestida. Su cara parecía clara y despejada, sin aquellos sofocos que le vio en el viaje. Blanca la piel, negrísimo el pelo, siempre sonriente y un poco abultada sin llegar a gorda, a Plinio le seguía pareciendo que estaba muy buena a pesar de sus cincuenta corridos.

En el zaguán había varias maletas.

—Siéntese usted aquí un poco —le dijo ofreciéndole un sillón de mimbre del año que él fue quinto y que estaba en el mismo zaguán.

Plinio tomó nota del recibimiento tan provisional que se le hacía. Las dos mujeres de pie ante él, lo miraban cada cual con su gesto. La hija con sonrisa gachona y la madre con cara del que se enjuaga con vinagre.

—¿Quiere usted una cerveza, una Coca-Cola o algo?

—Me conformo con un poco de agua.

—No faltaba más, le daré Coca-Cola.

Y las dos mujeres, un poco atropelladas, marcharon juntas a por la Coca-Cola. En el zaguán no había más luz que la que entraba por el montante de la puerta que daba al jardín. A su derecha, unas cortinas que debían comunicar con un comedor o sala de estar. Las seis maletas que estaban junto a él eran flamantes y de un corte tan moderno que desentonaban de aquel lugar y menaje, que muy bien podría parecer una casa de compromiso de la época de la Dictadura. También había dos maceteros de loza esmaltada, muy descascarillados. El silencio absoluto y campero sólo era interrumpido por el vienteci-

216

llo que de vez en cuando movía unos cables flojos que asomaban por el montante.

Por fin apareció doña María de los Remedios, trayendo en un plato muy chico la botella del refrescante y un vaso. La madre volvió a quedar en segundo término.

—Tome, Manuel... ¿Cómo es que les ha dado a ustedes los de Tomelloso por venir a esta casa? Ayer estuvieron aquí don Lotario y ese corredor de vinos gordo que no me acuerdo cómo se llama. Me dio mucho gusto verlos. Y hoy usted.

—Sí, ellos me dijeron que tenían ustedes una casa muy hermosa —añadió con intención y mirando hacia dentro.

—¡Uh!, qué lástima. Lo fue en tiempos. Cuando la hizo mi suegro... Ahora, ya no está de moda y resulta demasiado grande para nosotras.

Plinio tomó un par de tragos del refresco y encendió un «celta». Hubo un momento de silencio. Doña Remedios parecía pensar, aunque sin perder su sonrisa, y por fin:

—Pase, pase por aquí, Manuel —dijo corriéndole la cortina y dando la botella y el vaso a su madre.

—Mire, esto es lo que llamamos el salón, aunque el pobre está ya bastante estropeado.

En efecto, todo tenía aire de abandono y una falta de gusto total. No estaba sucio, pero se veía que en aquella casa no se arreglaban las averías. En el llamado salón había una cama turca coja, de la época de Greta Garbo, y unos sillones de cuero como de oficina. Un piano vertical y el musiquero lleno de partituras amarillentas.

La madre los seguía y quedaba en las puertas, zaguera, con gesto huraño y desconfiado.

—Este es el comedor.

Era estilo español, horrendo, con cobres y platas que parecían sacados de una chatarrería. Las bombillas de la lámpara de madera eran débiles y daban luz de panteón a aquel comedor escalofriante.

—Este era el despacho de mi suegro y luego de mi marido.

Pendiente del techo había un jaulón dorado, con un loro disecado que debía esconder entre su plumaje polvo de la guerra civil y antes. Otra vez el llamado estilo español. Ese conjunto de muebles catafalco, llenos de caras y pezuñas, de solemnidad aterida, de infierno a la española tallado por curas pristinísimos. Con sus patas y columnas intestinales, todo tan lúgubre e inquisidor.

—Aquí están los dormitorios —dijo señalando las puertas sin intención de pasar.

Plinio caminaba entre las dos mujeres. Doña María de los Remedios, delante, haciendo de cicerona; y de escolta, como un penitente silencioso, la vieja. Pasaron un corredor grande, con plantas de invernadero y sin otros muebles que las dichosas butacas de mimbre. En aquella casa parecían aficionados al mimbre... mimbre ya color caramelo, con almohadas de cretona.

—«Aquí, tal como están las cosas no hay más quiñones que dejarse enseñar la casa —pensaba Plinio. Lo importante es no perdelas de vista. Aunque sea bajo un terrón de las ruinas de enfrente, yo aguardo hasta que emprendan viaje. Y las sigo hasta el Sinaí. No sé a que viene este empeño de enseñarme el ajuar. Si no hubieran hecho igual con don Lotario y el Faraón era para mosquearse. No parece sino que fuésemos a comprarla o... quisieran demostrar que sólo viven ellas.»

—Madre, vuelva y hágale un cafetillo a Manuel —dijo doña María de los Remedios sin volver la cabeza.

Plinio notó que la vieja se detenía, y al cabo de unos segundos, sin decir palabra, volvió sobre sus pasos. Al final del corredor-solanera, había tres escalones y una puerta de cuarterones que abrió la guianta:

—Y aquí tenemos la bodeguilla y los quesos del pueblo y la matanza. Mire usted. Me los trae la recadera o los amigos de allí... En esa pipa hay un vino añejo de no sé cuántos años.

Plinio pasó entre los estantes con botellas, bombonas, tonelillos y quesos en aceite. Había también una orza con tomates en sal y otras con chorizos en aceite. Del techo pendían jamones y hojas de tocino, cuerdas de uvas del año y melones chinos. La pipa del vino rancio tenía unas letras ilegibles grabadas sobre el fondo visible.

Como la señora vio que Manuel se inclinaba con intención de leerlas, encendió la luz alta:

—Se lo regalaron a mi padre por no sé qué favor que hizo a una familia muy sonada del pueblo. Mire, aquí lo pone...

Plinio se agachó más y encendió el mechero:

—Sólo leo: «1924 co... mo... re... cuer... do... de...»

De pronto oyó un portazo y el chirriar de la llave.

Volvió la cabeza rápido.

Doña María de los Remedios del Barón había desaparecido.

«¡Jilipollas! —se gritó—, he caído como un novato. Me cagüen-la... Toda la vida de listo y ahora mira. Ni pálpitos ni leches. Si estaba tirao, si la cosa estaba tirá, la lechazas delante y la vieja detrás; que si mira esto, que si mira lo otro, hasta la ratonera. Y la verdad es que estuve a punto de plantarme y suspender el recorrido;

hubo su amago de pálpito, pero la Barona dijo a su madre que me preparase el café y me tranquilicé…»

Se pasó la mano por la cara, respiró hondo y para ayudarse a volver a su natural, con mucha lentitud lió un «caldo». Ya encendido, se quitó las gafas que todavía tenía puestas para leer la puñeta de la pipa, y miró a su alrededor bastante recobrado. …«Que no te creas, a ver qué coño me importaba a mí lo que decía la tapa del tonel. Como si yo fuese un turista. No te jode. Claro, ha sido el momento apropiado…»

Junto a la puerta recién cerrada había un ventanuco con rejas oxidadas, por el que llegaban al sótano los rayos del sol declinativo. Y enfrente, otra puerta también de cuarterones con la llave puesta. Plinio se acercó a ella, hizo oído, e intentó abrirla. Estaba echada la llave. La giró con tiento y abrió con facilidad. Encontró un pasillo oscuro con la caldera de la calefacción, carbón, tarugos y montones de periódicos. Se veía que ya estaba todo preparado para los primeros calofríos. Era un pasillo verde rabioso, bastante largo, con un pequeño ensanche al final, alumbrado por otro ventanuco de hierros oxidados. La caldera estaba empotrada en un nicho abierto exprofeso. Llegó hasta el ventanillo y ensanche, donde doblaba el pasillo. Aquel segundo tramo era corto y desnudo. Al final, otra puerta con los consabidos cuarterones, pintada como todas de verde palmera. Movió suavemente el picaporte y entreabrió. Era una pieza de techo inclinado, con otro ventanuco y dos camas antiguas de hierro, con pobres cobertores, pero hechos con mucho esmero. Sobre un palanganero de hierro, jofaina, jarro y una toalla muy grande y pretenciosa. Al fondo, otra puerta de cristales pintados que filtraba bastante luz. Le pareció oír algo.

220

Quedó casi sin respirar. Sí, había alguien detrás de aquella puerta. Alguien que hablaba en voz baja o que estaba alejado de la puerta. Plinio tiró la punta del cigarro, la apagó con el pie y suavemente se llegó hasta poner las narices junto a los cristales pintados. No le costó trabajo encontrar un clarillo por donde mirar. El guardia, después de una larga contemplación, se puso derecho, se destocó, pasó la mano por la calva y sonrió un poco, como cuando don Lotario hacía una gracia. Se retocó el cabezo, cierto que dejándose el chapeo un poco arrimado al cogote, se inclinó y volvió a la observación.

Al final de aquella otra pieza muy espaciosa y también desnivelada de techo, se veía una mesa camilla y en su contorno dos mujeres ya pelirrojicanas, aunque todavía más rojas que canas —que los colorados siempre son reacios a la nevada capilar—, jugaban a las cartas con un tipo, ese sí que muy cano, en mangas de camisa. Ellas, más que sesentonas, con la nariz respingadilla y gestos muy semejantes y redichos, vestían traje de calle. Él, con la tez blanquísima, el cigarro en la comisura y gesto entre aburrido y preocupado. En primer término había una cama metálica, antigua y hasta bonita, de matrimonio, cubierta con una colcha de color granate, brillante y limpia. Cerca un televisor, un gran aparato de radio pasado de moda y estantes altos cargados hasta los topes de revistas, periódicos y libros. Un armario ropero. Sillas y sillones cómodos y de distintos estilos, y en la pared del fondo, cerca de la mesa camilla, una cama turca con lámpara de pie junto al cabecero. En la parte de las paredes que quedaba libre, infinitas fotografías de gentes que no alcanzaba a conocer Plinio, recortadas de revistas y diarios... Pero a Plinio lo que le llamó la atención desde el primer momento fue el semblante del hombre. Así como las hermanas coloradas daban la impresión de una placidez relativa o al menos de cierto abandono, el hombre —así le parecía a él desde tan pequeño miradero— jugaba mecánicamente, con el magín puesto en otros linderos ajenos al azar de las cartas. María —no le cabía duda a Plinio— estaba sentada a la derecha del hombre. Y se manifestaba con autenticidad infantil y confiada. Él respondía a sus miradas con agrado y oportunidad, pero brevemente. En seguida volvía al juego, a su rebinar, a encender cigarro tras cigarro.

Alicia, por el contrario, a pesar de su parecido con María, demostraba cierta cautela y rigidez en los gestos. Ni miraba al hombre, ni a su hermana, sólo a las cartas. Encogidito el corto cuello, casi pegada la barbilla sobre el escote, estaba en otro mundo posiblemente más próximo al del hombre que al de su hermana. María era la hermana romántica, la natural, abocada a la maternidad, con inquietudes hogareñas. Alicia, cierto que apenas perceptible, mostraba no sé qué perfil crítico y varonil y quizás, en sus ratos de paz, una vena de humor saltarín que haría las delicias de María. En las gemelas siempre hay una que piensa y otra que siente. Plinio lo sabía de antiguo. Una que es puro caldo de tierra y otra que vuela histérica y ultrasensibilizada. Una que especta y otra que protagoniza. Una que es glándula y otra cabeza. Una que lleva la matriz y otra los ojos... Plinio pensó encontrarlas más jóvenes, menos retacos. Pero no, sin ser gordas ni mucho menos, se les notaba recalcadas, con los huesos planos y duros, con la piel vinosa y arrugas simétricas y breves. Tal vez María era un poco más ancha y pechudita; Alicia propendía a no sé qué rigidez y graciosa radicalidad en los ademanes. María tenía el mirar acuoso y Alicia frío. Eran ojos de igual color, del mismo tamaño, con las mismas pestañas y cejas color vinagre, pero por no sé qué plieguecillo, inflexión de luz o rapidez de párpado, cambiaban sus comunicaciones y recibo. También las manos eran iguales... aparentemente. Pero María mantenía los naipes con dejadez y holganería y Alicia estiraba los dedos con hechuras definitorias.

Mientras barajaba Alicia con cortes mandarines y perfectos, el hombre se levantó de la mesa, se desperezó con disimulo y encendió otro cigarrillo. Era de mediana estatura, abultado vientre y los brazos cortos y delgados. Había una alejada perfección y simpatía en su rostro. Debió ser joven intuitivo, sincero, y propenso a hablar con efusión emocionada. Parecía un presidiario al que hoy, la ceniza del tiempo, la reclusión y falta de convivencia, velaban aquellas posibles cualidades con un vidrio esmerilado, que lo alejaban de sí mismo. Plinio, que había conocido a muchos ex presidiarios, comprendía muy bien aquel «desparecerse», aquel estar metido en la vitrina de sí mismo, aquella enajenación que daba el aislamiento, el no ejercer la vida, el tener sin actividad tantos resortes vitales, tantas fibras agudas, tantas perspectivas. Lo primero que les fenece a los largamente encarcelados es la natural potencia miradora. Siempre viendo cosas cercanas y pequeñas. Los gestos del hablar también se achican y desbrían y los músculos de la cara adquieren en seguida la gravedad del que piensa más que habla y hace. María, en tanto que su hermana barajaba, miró al hombre y le sonrió con timidez. Él le de-

223

volvió la mirada con la cerilla encendida y un intento de sonrisa que se deshizo bajo el aburrimiento de su labio superior.

Plinio decidió entrar. Había que llegar al fondo del asunto. No le resultaba atractivo estarse allí sepa Dios cuánto tiempo. Pero no atinaba cómo hacerlo, cómo interrumpir aquella partida y convivencia. «No cabía duda que aquella tarde andaba mal de astucias. El puñetero vino de Tomelloso, tan altivo de grado, y la pesadumbre grasa de los galianos lo tenían como un haz de manzanillones. ¿De cuando acá en otra texitura le dan aquella encerrona? Los policías si tienen faena penosa, deben comer poco como los cartujos y beber menos, como los protestantes que no beban. Pero si comes y bebes a hinchapellejo, las pocas luces que uno tenga, apagón total... Porque tenía muchísima causa eso de que ahora no supiese cómo entrar en la otra habitación.»

Por fin, después de rascarse la sien, retrocedió, dio un pequeño golpe con la puerta que daba al pasillo y avanzó moviendo los pies con descuido. Abrió luego la puerta de cristales con escasa cautela.

Las tres personas que allí estaban, advertidas por los ruidos preliminares, miraban hacia la puerta. Plinio fingió sorpresa al verlos, quedó clavado en la entrada.

Los sorprendidos no acababan de reaccionar. Y más que asustados, pasada la primera impresión, dominaba en sus semblantes la desconfianza; el no saber quién era aquel hombre de traza pueblerina, ni lo que allí pintaba.

Las dos mujeres, sin moverse de su asiento, una con la baraja entre los dedos y la otra con las manos sobre la mesa, lo miraban sin pestañear; la boca entreabierta

224

y las narices fuelleantes. El hombre, de pie, tenía francamente miedo. Un miedo antiguo, medular, inqui-
table.

—Les ruego que se tranquilicen… —dijo casi rezando el
guardia, un poco tímido por la recepción—. Soy Manuel González, el que llaman Plinio, Jefe de la Guardia
Municipal de Tomelloso, encargado de buscarlas, señoritas, aunque de momento me encuentre tan preso
como ustedes.

Un recuerdo moroso pareció llegar al cerebro de las
hermanas Peláez. Guiñaron los ojos y un amago de laxi-
tud se apreció en sus caras.

El hombre, por el contrario, seguía enconchado en su
desconfianza, en su miedo zoológico.

—Plinio —le dijo al fin Alicia—. Recuerdo que papá
hablaba mucho de usted.

—Papá y el periódico —añadió María casi jubilosa—.
¿No fue usted el que el año pasado aclaró el caso de
una chica extranjera que apareció muerta en «La Hor-
miga»?

—Sí.

—¿Y que le nombraron a usted algo importante?

—Sí, sí; el mismo.

—Nosotras —aclaró María con júbilo infantil— sole-
mos recibir el diario de Ciudad Real y estamos muy al
tanto de lo que pasa por aquellas tierras… Somos man-
chegas, mejor dicho, tomelloseras de adopción.

—Ya lo sé, ya. Por eso me han encargado a mí de buscarlas.

—Pero siéntese, Manuel, siéntese —le pidió Alicia, con
cierto imperio risueño.

Plinio acercó una silla con aire confianzudo.

—¿Usted se acordaba de nosotras, de nuestra familia? —le preguntó María con ternura.

—Perfectamente. Don Norberto era muy simpático... Muchas veces las vi con sus padres por los Paseos de la Estación.

—¡Qué tiempos aquellos! —suspiró María.

Se hizo una breve pausa evocativa.

—¿Y cómo ha dado usted con nosotras?

—Con paciencia y una serie de casualidades.

Plinio quedó mirando al hombre gordo y pálido, que parecía más tranquilo, aunque no exento de preocupaciones.

—¿Y usted quién es, señor? —le preguntó con suavidad.

El hombre bajó los ojos hacia las Peláez, como consultándoles la respuesta.

—Es un antiguo conocido —intercedió Alicia cautelosa.

—Por favor, señorita, yo vengo a ayudarlas —dijo Plinio con gesto dulce y tranquilizador—. Díganme su verdadera situación.

—Comprendo. Venía a libertarnos... y lo han encerrado también. De modo que la operación rescate ha resultado una birria —volvió Alicia incisiva y en su propósito de no responderle a Plinio.

—No opino lo mismo. Alguien sabe dónde estoy y lo más seguro es que esta misma noche nos saquen de aquí a todos... Quiero decir a ustedes dos y a mí. Porque el señor, no sé si es preso... o carcelero.

El aludido bajó los ojos, cada vez más nervioso.

—A ver si es verdad y salimos pronto de este mechinal —dijo Alicia limpiándose con menudencia unas

226

motas de polvo que solamente ella veía y terne en no recibir las indirectas de Plinio—. Tengo ganas de volver a casa. Estará aquello manga por hombro.

—No crea —aclaró Plinio—, la Gertrudis lo tiene todo muy en orden. Salvo las cervezas que tenían en el frigorífico y unos tacos de jamón que nos sirvió en varias veces, todo está como lo dejaron ustedes.

—No me fío, no me fío. La Gertrudis, cuando no se está encima, es muy chapucera.

En vista de que no había forma de identificar al caballero gordo y pálido por vía directa, Plinio cambió de táctica. Y mientras manipulaba un «caldo» preguntó con severidad policíaca:

—¿Y por qué motivo vinieron ustedes a parar a esta casa?

Las Peláez de nuevo se consultaron con los ojos. María, dubitativa. Alicia, con energía, imponiendo silencio. El hombre deschaquetado dio un paseo corto, mirando con extravío al suelo.

Plinio, sin perder aquella severidad de servicio últimamente adoptada, se puso de pie y apoyando ambas manos en el respaldo de la silla añadió con tono de sentencia:

—Si se obstinan en callar, me es igual. Mañana, si no puede ser esta noche mismo, tendrán que declarar en la Comisaría absolutamente todo:.. Yo, en lo posible, trato de ayudarlas y aliviarles los trámites más enojosos. Pero están en su derecho de no decirme nada. Ustedes sabrán por qué no hablan.

—Vinimos porque nos llamó él —dijo de pronto María en un arrebato infantil, al tiempo que miraba con los ojos lagrimosos al hombre gordo, que, desazonado por estas palabras, se fue hacia el ventanuco y se agarró con aire avergonzado a los barrotes.

—¡María! —le gritó Alicia, descompuesta.

—¿Y él quién es? —cargó Plinio con energía.

—Manolo Puchades, mi novio.

Plinio no se inmutó. Alicia se dio por vencida. Puchades apoyó la frente en los hierros.

—Las llamó, ¿para qué?

—Para que lo sacásemos de aquí, del poder de esas harpías.

Plinio, lentamente, avanzó hasta situarse detrás de Puchades, casi rozándole.

—¿Y usted, Puchades, por qué está en esta casa? ¿Por qué lo retenían?

Mientras María, por fin ayudada por Alicia, empezó a resumirle a Plinio las causas y razones que pedía, Puchades, sin variar su postura, velozmente repasaba, una vez más, la curiosa historia de sus últimos casi cuarenta años.

«Se recordaba en el año 1932, en la Escuela de Veterinaria, miembro de la FUE. Su madre se empeñó en que tomase aquella carrera, porque un hermano suyo, veterinario muy acreditado en un pueblo de Toledo, había ofrecido traspasarle titular e igualas si seguía sus mismos estudios. Empezó medicina, y cuando la tenía casi mediada, presionado por aquellas promesas, incapaz de disgustar a la madre, pasó a la Escuela de Veterinaria. Era uno de los alumnos más talludos y menos avocados. Tampoco le apasionó la medicina. Su verdadera inclinación era la política. Mejor dicho, el periodismo político, el discurso, la propaganda. Porque la verdad es que reconocía su ingenuidad, su falta de dobleces y astucias para ejercer un cargo de poder. En la Facultad de Medicina fue miembro destacado de la FUE. En la Escuela de Veterinaria, mandamás desde el primer momento. Su madre pertenecía a una familia conservadora y muy religiosa. Su padre, sin embargo y a pesar de ser militar, era, como entonces se decía, un «republicano de placenta». La proclamación de la República resultó una verdadera fiesta en su casa. Todo fue exaltación y esperanza, sin otra sombra que los comentarios displicentes de la madre, que poco a poco se resignó a la nueva situación. Recordaba su ingreso en el partido de Azaña, sus soflamas en la Escuela, intervenciones en las reuniones de Izquierda Republicana, sus artículos entusiastas, su vida tan vibrante y activa en aquellos años. Todos los días que le era posible asistía a las sesiones del Congreso... Un domingo en El Escorial, acompañado de otros dos correligionarios, tuvo la oportunidad de charlar con don Manuel Azaña, su esposa y Rivas Cherif, que pasaban allí el día. Fue concretamente, nunca lo olvidaría, en el edificio del Instituto Escuela, frente al Monasterio.

»En el bar Capitol tenía una tertulia después del almuerzo. Allí conoció a don Pío Baroja, y a Julián Ramales, alto empleado del Ministerio de Hacienda, natural de Tarancón, también republicano, aunque no militaba en ningún partido. Estaba recién casado con una ricacha de Tomelloso mucho más joven que él y de apellidos muy rimbombantes. Después de las elecciones de febrero de 1936, Ramales se mostraba algo reticente ante los entusiasmos de Puchades, pero nunca se aflojó su gran amistad.

»Por su padre conoció a la familia Peláez. Un día lo

acompañó a la notaría de don Norberto para obtener ciertos poderes. Entró su padre solo, él quedó en un antedespacho. Mientras lo esperaba llegaron María y Alicia. Como don Norberto les tenía prohibido pasar a su despacho cuando estaba con alguien, permanecieron largo rato donde Manolo Puchades. Allí empezó su conocimiento y amistad.

»Le hicieron gracia las dos hermanas casi por igual. Tan menudas, ágiles, infantiles e ingenuas. La que hablaba más y con más ingenio era Alicia. Pero en seguida apreció en María cierta dulzura contemplativa y suave sonreír que le caló más hondo. De manera que, desde aquella tarde, escuchaba a Alicia y miraba a María. Con permiso de don Norberto, claro está, las visitó varias veces, y muy pronto, las tardes que le dejaban libres sus afanes políticos, salía de paseo o al teatro con ellas. Entre sus amigos, él las llamaba «sus» novias. Alicia llevaba muy a gusto su tercería y si era preciso se hacía la distraída. En el teatro y el cine, cuando veía de reojo que los novios se cogían de las manos o se miraban encandilados, mostraba un desusado interés por lo que pasaba en el escenario o la pantalla. Aunque las relaciones se formalizaron con el visto bueno de todos, a pesar de ciertos reparos a la exaltación republicana de Manolo, nunca salieron sin Alicia. Sus únicas oportunidades de estar solos eran al volver a casa. Alicia se despedía de él y la pareja permanecía unos minutos en la puerta de la calle. Cuando a primeros de julio de 1936 la familia Peláez marchó de veraneo a San Sebastián —Puchades los visitaría en agosto—, el balance de caricias compartidas se reducía a dos besos furtivos en la mejilla... ¡Ah! Y a una vez que María le pasó la mano por el cabello. Puchades recordó mil veces con ternura aquellos contactos infantiles.

»Acabó la carrera en junio de 1936 y la boda estaba oficialmente concertada para la primavera siguiente. Él pasaría unos meses en el pueblo de la provincia de Toledo, junto a su tío, practicando hasta hacerse cargo de la clínica.

»Le quedó como una fijación obsesionante la despedida en la estación del Norte. Las dos hermanas Peláez asomadas a una ventanilla. Los padres a otra.

»—Ya sabes. Tienes la habitación reservada para el día primero de agosto.

»—Allí estaré.

»Cuando dieron las campanadas de salida, estrechó la mano a todos. Durante unos segundos retuvo la de María.

»—Hasta agosto, Manolo.

»—Hasta agosto. Escríbeme en seguida.

»Arrancó el tren suavemente y las manos de los cuatro miembros de la familia Peláez aleteaban con ritmo muy parejo.

»"¡Hasta agosto!" Cuántas veces, en aquellos treinta y tres años, soñó con aquella arrancada del tren, camino de San Sebastián; con aquellas ocho manos que vibraban en el aire calino, con aquella voz que le despertaba sobresaltado: «¡Hasta agosto...!» ¿Hasta qué agosto, Dios mío, hasta qué agosto?

»Apenas estalló la guerra, Puchades se encuadró en el partido socialista y fue un verdadero activista. Desde el periódico del partido, la radio y en múltiples viajes por los frentes, era incansable. Al regreso de uno de ellos encontró a su madre de cuerpo presente. Cuando movilizaron su quinta se incorporó como teniente veterinario, aunque su función fue principalmente de tipo político.

»Raro fue el día, durante tantos años de encierro, que no recordó tipos y escenas de la guerra. Fueron sus últimas impresiones de ser activo, «desenterrado», y le venían y revenían mil veces a la recordativa, sin perder su patetismo, pero con un halo nostálgico y juvenil.

»Su padre marchó destinado a Barcelona y Puchades quedó solo en Madrid. Poco a poco fue cambiando de amigos y hábitos. Julián Ramales, también movilizado, le escribía de tarde en tarde. Una o dos veces por año, a través de la Cruz Roja, le llegaba un breve mensaje de María Peláez.

»Cuando, reclamado por el Gobierno, se disponía a marchar a Valencia, cayó con el tifus. Mal atendido, pasó casi tres meses en el hospital. A principios de marzo de 1939, un buen día, sin que nadie le diera el alta, marchó a su piso. Lo encontró abandonado y sucio, y bajo la puerta una carta de un amigo que le comunicaba la «desaparición» de su padre después de la toma de Barcelona. Casi a rastras, tuvo que volver al hospital. Un médico joven se hizo cargo de él, lo instaló en una habitación especial y en un par de semanas lo dejó en condiciones de volver a sus ocupaciones. Pero, ¿a qué ocupaciones? Todo estaba perdido. Camino de Valencia y Alicante, sus compañeros de trabajo y superiores marchaban cada día. A Puchades le ofrecieron oportunidades para salir de España, pero no se encontraba con gana ni fuerzas para nada. El más modesto proyecto le parecía irrealizable. Se limitó a almacenar en su piso una cantidad respetable de suministros, y pasó aquellos

232

últimos días de la guerra sin pensar en nada, leer periódicos o escuchar radio. Permanecía horas y horas en la cama. Comía cualquier cosa fría, y si acaso por la tarde se echaba a la calle, hasta acabar en algún cine o café. No supo tomar conciencia de la situación en aquellos días clave… ni en los treinta años que siguieron. El tifus y el derrotero de la guerra lo dejaron varado, flotando, a merced de la voluntad más próxima. Su voluntad murió hacía justamente treinta primaveras. Y no volvería. Quedó enterrada con las banderas revolucionarias, con los cuerpos de sus camaradas y amigos muertos en todo el haz de España. La guerra no produjo un millón de muertos. Dejó un millón de enterrados y nadie sabe cuántos millones de muertos andando, agonizantes o sin hombre dentro, como él. Las brocaduras que dejan las guerras nadie sabe lo que duran. Durante generaciones y generaciones la colmillada persiste, echando al mundo, sin saber bien por qué costado, corazones lazaredos, miradas nublas, reflejos, vagos reflejos vengativos, nuevos balances de castas y deshonras. Las guerras son enfermedades hereditarias, siempre en trance de recaída. No hay guerra sin guerra.

»Uno de los últimos días de marzo, cuando era mayor su indecisión y desmayo, cuando sentado ante una mesa del café «Zaragoza», el que estuvo junto a Antón Martín, tomaba algo lejanamente parecido al café, vio que alguien desde la barra lo miraba indeciso. Era Julián Ramales. Vino hasta él.

»—¡Manolo! Si no te conocía. ¿Qué haces todavía con los arreos de militar a cuestas?

»Se sentó a su lado. Hablaron muy largo y lamentoso. Ramales se había venido del frente. Su mujer y su suegra, desde hacía casi dos años, estaban en Tomelloso. Se habían instalado en el pueblo para evitarse los peligros de Madrid. Él fue un par de veces a verlas. Buen pueblo aquél. Y ahora pensaba volver para pasar allí el "fin de fiesta" y luego traerse la familia a Madrid.

»—Me he encontrado el piso deshecho. Parece que últimamente se han puesto de acuerdo para tirar todas las bombas sobre mi casa.

»A aquella última hora de la tarde, el café estaba muy concurrido. Se formaban corros y corrillos de hombres de difícil catalogación que solían hablar en voz baja, con reojos maliciosos hacia los desconocidos. Abundaban mucho los tipos vestidos con una extraña mixtura de militar y paisano. Parecían militares mal disfrazados de paisanos. Todo era turbio y de mal presagio. Puchades, con su uniforme completo y la barra gruesa de comandante en la bocamanga, atraía miradas burlonas.

»—Menos mal que tenemos intacto el chalet de Carabanchel que fue de mi padre. Estuve esta mañana viéndolo. Allí nos tendremos que meter por ahora.

»—¿Y tú qué vas a hacer?

»Puchades como respuesta quedó mirándolo con mucha fijeza y los ojos vidriosos, incapaz de articular palabra.

»A Julián le impresionó aquella actitud tan impropia del Manolo que él conocía, siempre tan animoso y optimista. Tan capaz de soñar a todas horas. La mirada vidriera y sostenida, de pronto se rompió con un profundísimo sollozo, y Manolo Puchades, completamente hundido y echando la cara sobre los brazos, rompió a llorar.

234

»Muchos curiosos lo miraban en silencio. Algunos con la boca torcida, en una rúbrica cruel.

»Julián aguardó con calma que se desahogase.

»Dos horas después cenaban juntos en el piso de Puchades. El plan quedó perfectamente precisado. Durante un tiempo, hasta ver qué derrotero tomaban las cosas, Manolo se iría a vivir con los Ramales al chalet de Carabanchel. Por sus escritos y discursos se había destacado mucho y no podía exponerse a la primera discriminación, que fatalmente sería muy enérgica. No había más que oler el ambiente.

»Al día siguiente, muy de mañana, Puchades, animado por Julián, sacó fuerzas de flaqueza y consiguió que su amigo el médico joven que lo cuidó en su segunda convalecencia, le dejase una de las pocas ambulancias que quedaban en el hospital.

»Ayudado por Julián, cargó en ella las provisiones que le quedaban, ropas, papeles, libros y objetos más importantes, y marcharon sin dejar señas.

»Así comenzó su "nueva vida" hacía ahora treinta años. No descargaron la ambulancia hasta bien entrada la noche. Puchades se instaló en el semisótano, exactamente donde ahora estaban. A la mañana siguiente Ramales marchó a Tomelloso en la misma ambulancia y aconsejó a su nuevo huésped la conveniencia de no dar señales de vida ante la vecindad, hasta que ellos regresasen. Era el día 28 de marzo de 1939. El día 6 de abril regresó Ramales en el tren con su suegra y su mujer doña María de los Remedios del Barón. No quiso alargar más su estancia en Tomelloso, por miedo a perder su destino en el Ministerio.

»Siempre recordaba Puchades el susto que se llevó con

el regreso de sus amigos. Era bien pasada la media noche y dormía profundamente. Cuando se encendió de pronto la luz del sótano y oyó voces, pensó: "Ya están aquí".

»—No sabes de la que te estás librando —fueron casi las primeras palabras de Ramales—. Están haciendo una "recogida" de miedo. Hasta que yo te avise no se te ocurra ni asomarte a la ventana. Lee, escribe, escucha la radio; lo que quieras, pero olvídate de Madrid y de España entera por mucho tiempo, supongo.

»Y así empezó para él "la liberación".

»Ramales pudo incorporarse a su destino luego de una breve depuración y comenzó la vida normal en "Villa Esperanza". La suegra le pasaba el desayuno y el almuerzo, y permanecía solo hasta después de comer, que bajaba Julián. Le traía los periódicos, tomaban café juntos y hablaban de la situación. Algunas noches, después de cenar, lo llamaban a hacer tertulia con toda la familia. En obsequio a él prescindieron de tener sirvienta y sólo iba una asistenta tres veces por semana a limpiar "lo de arriba". Esos días, tenía orden de no hacer el menor ruido. No había que fiarse de nadie.

»En contra de sus temores las dos mujeres de la casa no le manifestaron la menor desavenencia. Diríase que aquel misterioso huésped prestaba cierto incentivo a la vida. Y a pesar de su carácter adusto y cara de pocos amigos, la más solícita con él era la suegra. Doña "María la Mayor", como la llamaba Ramales. De pocas palabras, eso sí, pero puntual y eficacísima a la hora de servirle y atenderlo. Algunas veces, cuando estaba de humor, se sentaba junto a él y le contaba cosas de Tomelloso, de su marido y familia. Doña María del Barón nunca bajó hasta allí. Sólo la veía cuando lo invitaban a hacer tertulia arriba. La mujer parecía siempre muy pendiente de su marido y distante de cuanto no fuesen sus preocupaciones inmediatas y personalísimas. La obsesión de María —se lo dijo Julián— era tener hijos. Pero los hijos no llegaban. Y este deseo, durante aquellos años, la mantenía como ausente de cuanto no fuesen sus cavilaciones. Puchades tenía la impresión de que cada vez que lo veía, hacía un esfuerzo por recordar quién era. Tan guapa, tan joven, tan buenísima como estaba, y tan alejada del contorno.

»Puchades discutió varias veces con Julián la conveniencia de dar noticia de su paradero a María Peláez, pero a éste siempre le parecía prematuro y expuesto. Había que esperar. Nunca se sabe cómo puede reaccionar la gente, por muy novia que fuese, en semejantes circunstancias. La verdad es que Puchades recordaba siempre a María como "algo de antes de la guerra", como un veraneo que no pudo ser, una ilusión de otra época sin posibilidades de futuro, como su carrera y su vida misma.

»Cada día Puchades tenía más miedo. Las noticias que le llegaban sobre amigos y conocidos no podían ser menos esperanzadoras. El mismo Ramales debía estar preocupado por tenerlo en casa. Nada decía, pero se notaba perfectamente, y Puchades lo sentía, pero naturalmente no se encontraba en condiciones de ofrecer una solución. Hacía lo único que podía, ser discretísimo y no molestar.

»El hombre pasaba los días y las noches leyendo; hacía crucigramas y hasta inventó una baraja para echar "partidas de fútbol".

»Ramales, sin duda temeroso de que Manolo le notase su preocupación, a veces se pasaba días y días sin verlo y sin llamarlo. Y no le quedaba más interlocutor que doña María la Mayor, que también ausente a su manera, como su hija, parecía ignorar aquella tensión.

»Pero todo acabó muy pronto. A finales del año cuarenta, exactamente el día de los Inocentes, su buen amigo Julián Ramales no despertó. Cuando su mujer lo quiso espabilar para ir a la oficina, estaba completamente frío. En seguida, con una rara naturalidad por cierto, bajó a comunicárselo doña María la Mayor. Lo vio por última vez en la cama, tapado hasta el cuello. Sólo asomaba un pico del pijama. Con la cabeza un poco vuelta hacia la ventana, parecía dormir con el entrecejo ligeramente arrugado.

»Mirándolo así, comprendió de pronto que no sabía absolutamente nada de aquel hombre. Siempre lo consideró un buen amigo por su suave natural, pero en absoluto entró, ni lo dejó entrar, en su intimidad. Fue, de verdad, uno de esos amigos comparsas que no molestan, que ocupan un incoloro rincón en la tertulia. Y, sin embargo, fue él quien le echó la mano en el momento más dramático de su vida. Una mano totalmente desinteresada y limpia. ¿Fue verdad que Julián sintió miedo en los últimos días? ¿O es que el mal ya le tenía trocado el ánimo?

»Le besó la frente con muchísimo respeto. Cuando se volvió hacia la puerta vio, encuadrada en ella, a María de los Remedios. Todo fue muy curioso aquel día. Sus reflexiones sobre Julián Ramales, su redescubrimiento y la actitud de su viuda. Tuvo Puchades la sensación de que lo "veía" por primera vez. Muy seria, con los ojos

238

llorosos e inmóvil en la puerta, lo miró con una fijeza impensable. Casi de sorpresa, de descubrimiento. Durante largos segundos, no existió el cadáver de Julián para su viuda. Sólo él, Puchades. En zapatillas, con los pantalones flojos y un suéter negro. Se detuvo junto a María de los Remedios. Pensaba decirle unas palabras de consuelo, pero no supo cuáles. Fijó sus ojos interrogantes en los ojos decididos de ella, y confuso, arrastrando las zapatillas, volvió a su habitación.

»¿Qué iba a pasar ahora? No se hacía ilusiones. Aquellas dos mujeres, ¿qué tenían que ver con él? ¿Por qué iban a mantenerlo allí Dios sabía cuánto tiempo más?

»Durante varios días, desde su ventanuco, aunque daba a la trasera de aquel chalet enorme de ladrillos rojos, vio el tráfago de gente, oyó los latines del entierro y el taconear incesante en el piso de arriba.

»La vieja, como siempre, a su hora, le trajo las comidas y le contó la marcha de los acontecimientos funerales con la equidistancia y brevedad de siempre. Oyéndola parecía que el muerto era un vecino o familiar lejano.

»Cuando todo se tranquilizó un poco, exactamente un domingo por la mañana, comunicó a doña María la Mayor su deseo de hablar con ambas mujeres.

»Lo invitaron a cenar con ellas. Desde el día que murió Julián no había vuelto a ver a María de los Remedios. Y la encontró con aquella mirada de "descubrimiento" de entonces. Con aquella atención hacia él totalmente nueva. No podía calificarse de otra manera. No había en sus ojos odio, deseo, simpatía o desprecio; sólo eso: atención, sorpresa.

»Hasta pasada media noche hablaron de cosas indiferentes. Luego, Puchades, con mucho miedo, dijo que comprendía que, muerto Julián, las cosas habían cambiado y estaba dispuesto a hacer lo que ellas ordenasen. Sólo pedía un plazo breve para intentar algunas gestiones. Naturalmente, aludió a su novia, María, a las influencias de don Norberto y hasta de don Jacinto, el cura.

»Las dos mujeres le escucharon sin la menor extrañeza y cuando terminó, como si se tratase de algo convenido entre ellas, María de los Remedios le dijo:

»—No tienes por qué pensar en eso, Manolo. Te puedes quedar aquí hasta que encuentres una solución a gusto. Esa era la voluntad de Julián y a nosotras nos gusta tu compañía.

»Como antes hacía Ramales, las mujeres le encargaban los libros que decía y su vida fue un poco más amena y compartida. Siempre que no había peligro estaba en el piso alto, y hacía sus comidas con la madre y la hija.

»Poco a poco notó que se transformaba en el hombre de la casa. En el único hombre de la casa. Sin esforzarse, sin vulnerar su condición de huésped gratuito, sin poner nada de su parte, pasó a ser el servido, el consultado para todo.

»Y una noche, con la mayor naturalidad —era el único detalle que faltaba para convertirse en el sustituto total de Julián—, Puchades durmió en el piso de arriba, en la misma cama que murió Ramales.

»Jamás doña María la Mayor se dio por enterada. En ello pensó Puchades muchas veces. ¿Qué clase de convicciones, de acomodos mentales condicionaban aquella conformidad de la madre? Cuando alguna vez se lo preguntó a su amante, siempre respondía igual: "Mamá sólo quiere mi felicidad".

»Aquellos amores llenaron durante muchos años la vida de Puchades. "Por primera vez he encontrado una mujer a mi medida", se decía satisfecho... Y María, carne sola, sólo para el amor vivía. La cama era el centro de su casa y cerebro. Sólo veía en el mundo al hombre que la cubría. Por eso no lo "vio" a él hasta el momento que murió su macho. El pobre Julián, tieso y frío en la cama, ya no le servía. Y por no sabría ella misma qué profundo resorte entrañado, de pronto "descubrió" que había otro hombre en la casa. Otro hortelano para su huerto siempre con sed... Puchades pensaba muchas veces que María de los Remedios no distinguía entre hombre y hombre; que le movía una pasión tan primitivamente biológica, que sólo buscaba, a tientas, sin ojos, un cuerpo de macho; no una cara, no un perfil humano. La madre, doña María la Mayor, sin duda intuía esta oscura carretera mental de su hija. No, no eran sus frustrados deseos maternales los que "ausentaban" a María de los Remedios, como un día le apuntó Julián. Jamás Puchades la oía hablar de hijos. Para las mujeres normales —madres— el deseo es el camino. Para la Barona era el camino y la llegada.

»Hacia los años sesenta, Puchades entró en una grave crisis. Grave y encadenada. La desesperanza de veinte años le pesó de pronto. Intuía que ya había pagado "su culpa" con exceso... Veía colaborar en periódicos y revistas a muchos compañeros de la guerra que fueron "menos que él". Y el furor de María de los Remedios, incansable, mecánico, seguido, le hastiaba. Y sin aquel único aliciente que le permitió soportar casi veinte años de encierro, todo se ponía sombrío y acabado.

»Su desazón fue en seguida advertida por las mujeres, y comenzó una etapa de presión o vigilancia. Debían temer —pensaba Puchades— que si se viese libre, fuera de allí, terminaría el hechizo. Los proyectos de matrimonio y de legalizar la vida de Puchades, de momento quedaron congelados.

»En los últimos tiempos las relaciones se tensaron tanto, que Manolo pasaba días enteros sin "subir", metido allí, en aquella tumba llena de él hasta el poro más pequeño.

»Estalló la crisis definitiva cuando notó que le escamoteaban la prensa. Sólo llegaban a sus manos revistas o periódicos a los que faltaba alguna hoja. Ante sus protestas, dieron excusas vacilantes. Como antaño —recordaba los meses apasionantes que siguieron al remate de la guerra mundial en 1945—, volvió a buscar en la radio emisoras extranjeras. En seguida descubrió la razón de aquella "censura". Se cancelaban legalmente todas las responsabilidades de la guerra. No dijo nada. Pasó una noche entera sin dormir. Por fin decidió hacer algo, llamar a alguien pidiéndole ayuda. ¿A quién? A la única amistad de "entonces" cuyo paradero sabía. En los últimos años, llamó varias veces a la casa de las Peláez, sin decir quién era, para asegurarse de que vivían. Una de ellas se puso al teléfono una criada o quien fuese, y se cercioró de que María seguía soltera. Pero no, era libre. Lo mejor sería escaparse… Claro que no había forma. No le dejarían dar un paso. Ahora sí que era un verdadero preso. Sólo cabía esperar un descuido y llamarlas por teléfono. Y así fue. Aquel día,

a la hora que sabía que sus dos carceleras dormitaban la siesta en el cuarto de estar, subió cauteloso, marcó el número de las Peláez... Se puso Alicia. "Soy Manolo, soy Manolo Puchades. Por favor, sacadme de aquí. Estoy encerrado, venid en seguida... María, ¿eres tú, María? Soy Manolo, tu Manolo; ven, ven pronto..." Apenas le dio tiempo a dictarles la dirección del chalet. María de los Remedios y su madre aparecieron alarmadas. No le dijeron una palabra, pero aguardaron y cuando bajó al sótano, por primera vez en treinta años, lo encerraron con llave. Media hora después, volvió a abrirse la puerta para dejar entrar, a empujones, a dos viejecitas entre asustadas y cómicamente valientes. Al reconocerlas sintió una de las más raras impresiones de su vida. No le pareció que fuesen las hermanas Peláez con treinta y cuatro años más que cuando las vio por última vez en julio de 1936. Fue algo más profundo: creyó ver treinta y cuatro años de historia hechos carne, concretados en carne, concretados en momias escapadas de El Escorial o de otro lugar parecido. Eran lo imposible: historia resucitada, salida de sepulcros, de museos, de cuadros, arrugada, oscura, sin halo. Tiempo caducado y mágicamente vuelto en su concreción más mísera, más osaria. Eran el espejo de su misma consumición, de su misma muertez, de su vida perdida sin remedio. De una España que discurrió sin él, ya vieja y agostada. Aquello era el símbolo de todo lo que no pudo vivir él. El resto de lo que pasó y no podía regresar.»
Puchades volvió a la realidad cuando oyó algo que decía María y que le pareció dramáticamente cierto.

—Claro que si hubiera querido —casi suspiró María—, en treinta años no le habrán faltado ocasiones... Nosotras por papá siempre tuvimos muy buenas relaciones entre la gente que manda… Treinta años.

Puchades seguía frente al ventanuco. Alicia se miraba las manos. María tenía el rostro enfurruñado como una niña. Plinio pensaba en «la cámara de los espíritus», en el maniquí con uniforme de militar republicano y la fotografía pegada en el cuello con aquel corazón de tela con una leyenda.

Treinta años de silencio para Puchades. Treinta años de dominio para la Barona. Plinio sintió una especie de escalofrío que a su manera calificó de histórico.

María, de pronto, empezó a sollozar, seca, sin lágrimas, con un extraño ahogo mecánico.

Puchades volvió un momento la cabeza, miró de reojo y en seguida tornó a su posición.

—María, por favor —suplicó Alicia sin mucha convicción.

—En treinta años… en treinta años… en treinta años —decía María con terquería infantil— no tuvo tiempo de avisarme… ¿Usted lo cree, Plinio? Ahora ya, ¿para qué? Mire, Manuel, mire mi cara llena de arrugas… ¿Dónde voy ya? —gritó de pronto con un énfasis dramático—. ¡Los hijos que yo pensaba! —y cayó de bruces sobre la mesa llorando con una bronca, oscura y hondísima congoja de… treinta y cuatro años.

Plinio interrogó con la mirada a Alicia. Y ésta se limitó a encoger los hombros como diciendo: «Pobre, es natural… No es como yo». Luego puso la mano sobre la cabeza de María:

—Tranquilízate, Mary… tranquilízate. Nunca es demasiado tarde…

Pero María se incorporó con los ojos duros, inundada

244

de lágrimas, la boca apretada de rabia, y dijo con una voz destempladísima, chillona, casi ridícula, mirando la espalda de Puchades:

—Manolo, júramelo, ¡júramelo por tus muertos!, que nunca la quisiste. Que fue ella. ¡Que fue ella, a la fuerza! Júramelo...

El hombre no contestó. No se volvió. Se limitó a poner ambas manos sobre los vidrios del ventanuco con sorda desesperación, como tal vez hizo miles de veces para expresar su impotencia durante treinta años.

—Por favor, María, ¡cálmate! —gritó Alicia incorporándose también, intentando sentarla—. Por la memoria de nuestros padres, cálmate.

Pero la pobre María, tan menuda, tan pelirroja, sacaba una energía tensa, invencible.

—¡Júramelo!

Puchades seguía inmóvil.

Alicia la tomó entre sus brazos, y llorando, deseperada también, empezó a acariciarla, a besarle la frente:

—Mary, por mamá te lo pido. Anda, cálmate, Mary... Mary... mi hermanita.

Y la besaba con tanta ternura, con lágrimas tan dolorosas, que Plinio sintió la garganta seca y los ojos húmedos.

—Mary... Mary... por mamá te lo pido. ¿Qué importa todo...? Tú y yo, como siempre, en nuestra casa, en la casa de nuestra vida, de nuestros muertos.

Hubo un momento en que se ablandó la tensión de María y suavemente se abrazó a su hermana. Permanecieron unos segundos así, llorando, con sus cabellos rojicanos mezclados, los tejidos de sus vestidos iguales, mezclados; sus caritas pimentonas mezcladas, sus acordes sollozos al unísono. Por fin consiguió volverla a su asiento y quedó a su lado de pie, acariciándole el pelo, intentando ponérselo en orden.

El hombre permanecía obstinadamente en su sitio. Plinio maquinalmente sacó el tabaco. El último sol entraba como una lanza rasando el ventano y daba al cuerpo de Puchades un halo sanguíneo.

Así estaban las cosas, cuando se abrió enérgicamente la puerta por donde llegó Plinio.

Aparecieron doña Remedios del Barón y su madre. Ésta empuñaba una escopeta de dos cañones. Por primera vez se notaba en su cara cierto gozo, y regusto en sus ojos. La situación, o el abrazo con la escopeta, conseguían aquel alivio en su semblante esquinado y rencoroso. Plinio, más allá de la situación, sonreía para sus adentros ante las dos mujeres vestidas de calle, tan majas y con la escopeta de caza. La Barona estaba serena, aunque no sonreía, diplomática y melosa según su costumbre. La vieja encañonaba concretamente a Plinio.

—Usted, quieto. Usted nada tiene que ver en este negocio —dijo la madre con voz muy ronca, de una ronquez, ya digo, gozosa.

Plinio, que se había levantado al verlas aparecer, quedó con ambas manos sobre el respaldo de la silla.

Y en seguida habló doña María de los Remedios del Barón con tono persuasivo y mirando a Puchades, que desde que llegaron las mujeres, sin dejar la ventana, había girado un cuarto hacia la puerta:

—Ya es la hora. Si deseas venirte tenemos el tiempo justo. Pero elige libremente. Que estos señores sean testigos de que no es por la fuerza. Estás en el momento de darle a tu vida el camino que quieras. Te vienes, o te

246

quedas con éstas —y dijo «éstas» con un tic despectivo por primera vez en su rostro siempre diplomático.

Puchades la escuchaba sin emoción, pero también sin timidez. Estaba casi firme.

—Durante treinta años, en las condiciones que no podías evitar por tus dichosas ideas, viviste muy a gusto conmigo. Luego, de pronto, sin saber por qué, las llamaste. Aquí las tienes. Elige, vuelvo a pedirte.

Por la cabeza de Puchades en aquel momento debía trepidar la lucha de comparaciones, de recuerdos y deseos, de odios y aspiraciones, que durante aquellos días de encierro común le habían martirizado de manera menos atosigante. Continuaba inmóvil e inexpresivo, sólo atento a su película interior.

—Usted, Manuel, que es de la Justicia —siguió la Barona mirando a Plinio—, pregúntele si se viene o no… Si decide quedarse, mi madre y yo nos marchamos ahora mismo.

Sobre el cutis blanquísimo de la Barona, sobre su pecho undoso, sobre los leves pelillos rubios de su labio y en sus ojos oscuros se advertía ahora un pálpito de ansiedad, de miedo.

Plinio parecía dudar. No le gustaba ser juez en aquel extraño y triste pleito. Mucha lástima le daban las Peláez, tan pequeñitas, amojamadillas, rojicanas, cariñosas y recordadoras, pero él, desde luego, si fuera Puchades y se dejara llevar por los pálpitos de la sangre, seguro, fijo, que se iba con la caldosa Barona… Ya vería lo que hacía con aquel virago de la escopeta… Pero con la Barona, sin marrar. Y más llevado por la cosquilla de sus pensamientos que por el dramatismo de la situación, se notó sonreír, o casi sonreír, o estar en la

247

misma·linde de la sonrisa, y mirando a Puchades apenas musitó:

—Usted verá, amigo… Aquí mi autoridad no tiene papel.

El pobre, antes de que Plinio acabase su frase, había decidido. Con mucha pausa, procurando no encararse con las Peláez, se inclinó, tomó una gruesa cartera que parecía ya preparada debajo de la cama turca, y sin decir palabra, arrastrando un poco los pies, como ausente de todo, sin mirar a nadie, ni a las que enfrente tenía, llegó hasta la puerta. Ellas le hicieron lado. Salió. La Barona dudó un momento. Por fin dijo un poco azarada a la vez que profundamente satisfecha:

—Perdonen por todo. Se lo ruego. Siento dejarlos encerrados, pero no hay más remedio. Cuando sea oportuno me presentaré a la Justicia. Adiós, Manuel.

Y salió con premura. La madre, sin dejar de apuntar, reculó hasta la puerta, dio un paso atrás y cuando estuvo fuera, tiró de ella con energía. Luego se oyó echar la llave a la puerta lejana.

Durante toda aquella escena Plinio no se ocupó de mirar lo que hacían las hermanas coloradas. Sólo sabía que permanecieron calladas, absolutamente calladas. Posiblemente, durante aquellos minutos, el corazón de María estuvo a punto de descolocarse, de salir de sus ejes. O tal vez no, o tal vez anestesiada después del berrinche anterior, vio todo como una presentida procesión de sombras… Pero apenas dejaron de oírse pasos y ruidos, María recuperó el sonlloro entre imponente y protestón, con esta letra:

—Lo sabía… Lo sabía…, lo sabía…, lo sabía. —Y lo decía con las manos puestas en el vientre y balanceándose de atrás adelante, como si le doliera, o tomase fuerza para lanzarse al otro lado de la mesa. O si, hecha un cucunete, tuviese mucho frío.

—Lo sabía…, lo sabía…, lo sabía —continuaba sin quitar los ojos de los naipes esparcidos sobre la mesa.

—Lo sabía…, lo sabía…, lo sabía.

El sol se fue hacía tiempo y la habitación quedó casi en tiniebla. Alicia sentada y con la cabeza entre las manos, tenía la cara borrada por las sombras.

Como si continuase un soliloquio largamente interrumpido, Alicia, aprovechando una pausa de la rabieta de su hermana, dijo:

—…Claro que después de llamarnos debimos avisar a la policía… Vinimos solas. Aceleradas, inconscientes… Le preguntamos por él a la vieja, que nos salió a abrir. «Estas señoras que preguntan por Manolo», dijo a la amante. «Que las ha llamado por teléfono». «Ah, con mucho gusto, que pasen, que pasen». A mí me extrañó mucho aquella amabilidad, pero era tanta la ansiedad de María… «Que pasen, que pasen, hagan el favor de seguirme y las llevo a sus habitaciones… pasen, pasen…» Llegamos hasta la habitación donde están los quesos y las cubas, y nos encerró… Qué infelices, qué incautas. Siempre fuimos unas incautas, Manuel.

—¿Y él, qué hizo al verlas?

—Hizo de todo. Primero se sorprendió. Después se alegró mucho. Hablamos y hablamos. Hasta la noche, que nos trajo de cenar la vieja, nos dejaron a nuestras anchas. Al día siguiente también. Él estaba un poco asombrado de que no pasase nada. Le dijimos que debíamos volver a casa, que hablase con aquellas señoras para que nos dejasen marchar a los tres, que no daríamos parte. Cuando aquella segunda noche volvió la vieja a traernos la cena, él le dijo que quería hablar con María de los Remedios... Se fue con ella y no volvió hasta el amanecer. Desde entonces estuvo raro. Daba paseos por aquí. Nos oía. A lo más sonreía. Pero ya era otro. Las noches siguientes, cuando nos creía dormidas, salía de puntillas. Todas menos una, que María de los Remedios pasó en Tomelloso. Pienso yo si cuando nos llamó por teléfono creía que el tiempo no había pasado por nosotras... como pasó por él.

—Lo tenían todo preparado —dijo María participando de pronto en la conversación—. Algo me presumía, pero no así, ¡qué sé yo!

Había ya un punto de resignación en su cara. Y siguió:

—Fui una niña ilusa.

—Fuimos.

—Seguro que ahora se casarán.

—Toda la vida fuimos unas niñas ilusas...

—Claro que cada cual se va con la que quiere. ¡Ay, Jesús!

—Nada de lo pasado tiene remedio... —dijo Plinio con la voz persuasiva que convenía a aquel ambiente de intimidad y casi tiniebla—. Todo ha sido un accidente más o menos triste que deben olvidar. Volverán a su casa, seguirán su vida pacífica y al cuerno las historias de antaño. Ya ha estado bien de historias de treinta años. No nos quedan otros treinta y es imposible vivir mordidos día a día, sin cesar, por la misma tarántula.

—¿Qué dice, Manuel, de tarántula? —preguntó María un poco huida.

—Digo que nada importante ha cambiado para ustedes. Lo dieron por muerto, pues hágase la cuenta que

250

muerto sigue. España está llena de muertos en vida como él.

—De muertos en vida, como nosotras también —recalcó la ex novia.

—No, ustedes no. Para ustedes la vida, con sus mayores tragedias, fue una especie de historia contada por la radio.

—He pasado toda la vida con su recuerdo, Manuel.

—Y puede seguir. Nada tenía que ver su antiguo novio con el que acaba de irse. Aquél era un hombre, éste una piltrafa de la historia, un residuo más de la tragedia, que jamás podrá volver a su ser.

—No le entiendo, Manuel —dijo de pronto Alicia.

—Es lo mismo señorita. No era nada importante.

Encendieron la luz. María pasó mucho tiempo de bruces sobre el tablero de la mesa. Alicia, de cuando en cuando, aburrida, hacía solitarios. Plinio paseaba incansable por la habitación, fumando pito tras pito.

A eso de las once, Plinio trajo de la bodeguilla medio jamón, queso, un racimo de uvas y vino. Alicia lo preparó todo sobre dos platos que halló. Comieron sin pan y en silencio. María siguió en su modorra.

—¿Usted cree que vendrán esta noche a sacarnos de aquí? —preguntó varias veces Alicia.

—Seguro. No sé lo que tardarán, pero seguro.

Acabado el tentempié, Alicia consiguió que María se echase en la cama. Plinio y ella hablaron de cosas del pueblo. Hacia medianoche pasada, volvió a sus solitarios. Él recordó que tenía en el bolsillo una carta que le dieron al salir del hotel. La abrió, se caló las gafas y leyó para sí:

«Querido padre: ¡Ay qué ver cómo es usted! Tantos

251

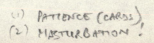

días en Madrid y sin mandar una letra. Claro, que como dice madre: usted no es hombre de cartas salvo en caso de mucha precisión. El otro día, nos dio un arrebatillo y a punto estuvimos de ir a verle. Pero luego, ya sabe usted, a la hora de arrancar, da pereza. Además, ¿a quién dejábamos el cargo del averío y demás?

»Me encontré a la hija de Antonio el Faraón y me dijo que llamó su padre y le dijo que lo estaban pasando muy bien. Dice madre que tengan ustedes muchísimo cuidao con él, que ya sabe cómo las gasta y lo picantón que es.

»Ayer nos dimos un azagón a colgar uvas de gallo que para qué. Las saneamos muy bien, porque había algunas picadas y hemos cubierto las cuerdas con plástico como usted dijo. A ver si hogaño nos llegan a la Pascua.

»Dice madre que no deje usted de comprarse el traje, no sea que den ahora en llamarlo fuera para descubrir casos y tenga que ir siempre con la misma ropa.

»Como ya refresca por las noches, no salimos a la puerta, nos quedamos viendo la televisión. Algunas veces se viene la hija de la Hortensia y nos hace reír mucho contándonos cosas de la partición de sus tíos. Milagrillo será que no acaben a farolazos.

»Sabrá usted que Adolfo el de la Ignacia se ha comprado un auto de esos menudos, seguro que con los cuartos de la vendimia, y no quiera saber cómo están. Todo el santo día metidos en el bote dando vueltas por el pueblo con la mujer y los chicos. Y cuando vuelve, aunque sea a medianoche, toda la familia se pone en la mitad de la calle a lavarlo y a darle brillo como si fuera el vedriado. Le digo a usted que no caben en el pellejo de puro ensanchaos. Claro que si con eso son felices, hacen muy ricamente.

»Madre está muy bien. Pero aunque no dice nada, como siempre le pasa en los cambios de tiempo, tiene sus amaguillos de reuma. Yo bien que se lo noto. Pero no es cosa mayor.

»El otro día su compadre Braulio me trajo un periquito. Lo he puesto en la jaula del canario de Canuto que se nos murió. Canta poco y basto, pero es muy alegre, sobre todo por las mañanas. Nunca había visto un periquito de cerca y da risa como tiene el pico de chato y de pegado al redor de la cabeza.

»En fin, no hay más que contar, padre. Avise cuando llega para que le preparemos comida o cena a su gusto; y que sea prontico, porque ya estamos ezpizcás por tenerlo en casa. Recuerdos a don Lotario, muchas cosas de madre y un beso de su hija. A.»

Plinio, llevado por la suavidad de la carta, recordó a sus mujeres, el patio, la amplia cocina donde hacían vida y aquel tiempo de pueblo sin sorpresas. Aquel vivir enfrascado, casi sin accidentes, de quietud en quietud, sintiendo los días como una rueda de luces que ni pesa ni suena. Todos los días la misma torre, el mismo poniente e igual música de saludos en cada esquina. Todo quieto y lúcido. Sólo la carne padece. Sobre igual paisaje las carnes adoban y resecan hasta emprender la muerte. Todo es un juego de pequeñas vueltas, de idénticos círculos, de parejas sombras, palabras, caras, fachadas, historias y torre. La plaza, con el Casino, la Posada de los Portales y el Ayuntamiento es el eje de esa ruleta de luces isócronas, de parejos saludos, de risas, campanadas, ladridos, y petardeos de coches. Don Isidoro se asoma a su balcón a las doce, poco más o menos. Manolo Perona que llega al Casino. El relevo de los guardias, la gente que viene de la compra. Todos los días a la compra. Don Saturnino, que va de visitas, al pasar por la plaza saca la cabeza por la ventanilla del coche para ver la hora. Los señores curas pasean por la Glorieta con revuelo de sotanas. Si se muere uno, o se va, viene otro y luego otro, pero siempre hay a la caída de la tarde curas paseando entre pliegues de sotana. Las tinajas de vino cada año se llenan, cada se vacían. Las lonas del mosto cada año se manchan, cada se lavan. Ya llega la noche, la plaza se queda vacía y todos a la cama con cara modorra. «Sus mujeres» duermen. La Gregoria suspira. ¿Y su hija, la Alfonsa? ¿Hasta qué hora mira el rayo estrecho de luz que filtra la ventana?

Guardó la carta. Se asomó al ventanuco otra vez. Como daba exactamente a la trasera de la casa era imposible ver o que los viesen, como no la rodeasen. Detrás de la casa unos pinos viejos, yerbajos y la tapia lindera mal cuidada.

Miraba ahora la estantería de Puchades. Libros y más libros. Libros almacenados durante treinta años con el dinero de doña María de los Remedios. La mayor parte de autores extranjeros que a Plinio no le sonaban. Rimeros de revistas españolas y de fuera. Carpetas con recortes de periódicos. Todo manoseado. La cama turca. Cuántas horas habría pasado Puchades tumbado en aquella cama leyendo, pensando, enloqueciendo durante treinta interminables, imposiblemente interminables años, asistido por la Barona tremenda, caldosa, sonrosada, carnal, viuda sola, en la misma flor de sus pechos

y del jardín de su vientre. Cuántas noches y tardes y
mañanas durante treinta años de reloj, pensando lo que
fue y pudo haber sido, ignorando de verdad lo que pasaba, oyendo en la radio músicas alegres, inexplicables;
como si no hubiera pasado nada, estuviera todo perfec-
to y él tomando cerveza en una terraza de la Gran Vía...
Treinta años, señor, treinta años de nacidos y de muertos, treinta años de noches en aquella habitación leyendo revistas y esperando siempre el cuerpo lechón de
doña María de los Remedios del Barón, menopáusica,
enrojeciente, resudante, repechona, remuslona, repapo-
na, con su leve bigotillo rubio orlado de gotitas líquidas
y los ojos como callejones oscuros de treinta años largos...
Eran las doce. María, dormía sobre la cama. Alicia, de
bruces sobre la mesa, dormía o hacía que dormía. Plinio
desvió uno de sus innumerables paseos por la habitación y se acercó a la cama de María. Una manta le cubría más de medio cuerpo. Su pelo rojizo con interlí-
neas canas se esparcía sobre la almohada. Estaba boca
arriba. Los ojos pequeños, cerrados. La boca entreabierta dejando ver los dientes menudos. Sus arruguitas, la
tez vinosa. De cuando en cuando hacía un guiño nervioso. Respiraba a compás. Alguna vez, un roce de ron-
quido. El atractivo que pudo tener de joven se lo tragó
la parca. Quedaba una monería desecada. Una monería
arrugadita, con todo pequeño, sin jugos, con gracia de
caricatura, o de muñeca sucia. Plinio sintió una enorme
ternura. Le hubiera gustado besarla en la frente. Se
imaginaba la estampa de él a los veinte años frente a la
de ahora. «El tiempo que se le fue a ella, la frescura y
los caldos de la vida, se le fueron a él. Eran isócronos

en el ir muriendo. Doña María de los Remedios era de otro tiempo más nuevo; su murienda, su ir secándose, iban zagueros. Le faltaban catorce o más años para estar en el grado de desecación de María. Posiblemente Puchades le hubiera gustado más el modo y la convivencia con las hermanas coloradas, pero aquellos años de diferencia, seguro que fueron decisivos. Además, quién sabe qué poderes, qué enrarecidos hábitos, qué sumisión mental y biológica lo habían amartillado para siempre a aquella mujer tan bien graduada de pasión y de saber camino. Con las hermanas coloradas, con María concretamente, sólo le unía un delgado recuerdo de celuloide con los ojos brillantes de los años treinta. Las hermanas eran seres pasivos, pegadas a la superficie de las cosas, de sus pequeñitos recuerdos y afectos, seres epidérmicos, sin volcanes de muerte y de espasmo. Seres, objetos menudicos que van y vienen en pequeño círculo. Seres sin infierno. Puchades no podía salir ya de su dolor de treinta años, de su deformación de prisionero. No podía reinar. No podía pasar las tardes interminables en Augusto Figueroa con dos mujercillas rugosas sin infierno. Le era preciso continuar en la cárcel que estrenó en 1939. Ya no valía para libre.»

A la una, Plinio, con una mano en la mejilla se quedó un poco traspuesto. Soñaba con galianos con liebre pelirroja cuando creyó oír algo. Se despabiló, restregó los ojos, y abrió el ventanillo. Se oían rumores, golpes lejanos, como en otro barrio. Encendió también las luces del dormitorio de las dos camas de hierro y de la bodeguilla; abrió los ventanos correspondientes. Era la única señal que podía dar de que en la casa había alguien. Voces, pasos y ruidos llegaban de manera muy irregular. A veces dejaban de oírse del todo, de pronto arreciaban. «Debe ser según el aire», pensó Plinio. Alicia se restregó los ojos y lo miró inexpresiva:

—¿Ya?

—Parece.

Plinio seguía oteando y a la escucha. Ahora se oían como si diesen golpes en algo metálico y lejano.

Alicia se componía el pelo ante un espejito que había sobre el estante de los libros, junto a una foto de los padres de Puchades. Luego se acercó a su hermana. Le sudaba la frente. La acarició con ternura y lástima. María abrió los ojos y miró a Alicia con ausencia. Tenía rojos los párpados y los labios secos. Permaneció un ratito así, sin comprender ni decir. Plinio las observaba desde su sitio.

—Anda, María, guapa, levántate, parece que ya están ahí.

María se incorporó maquinalmente. Se sentó en el borde de la cama y pasó las manos por la cara con energía.

Plinio, para contrapesar su lástima, las recordó jovencillas, en la Glorieta del pueblo, con sus padres, ante la fuente de Lorencete, tal como aparecían en aquella vieja fotografía que vio en la casa de Augusto Figueroa... «Los padres deben morir jóvenes para no ver en sus hijos, en sus mayores amores, las mismas frustraciones, las mismas angustias, las mismas penas. Hay que dejar a los hijos en la flor. Cuando todavía creen que la vida es como ellos piensan. Cuando nosotros mismos llegamos a pensar que para ellos "puede ser diferente". El que no se realiza espera vagamente realizarse en sus hijos, pero el milagro se da pocas veces. La vida en sociedad, en la sociedad que padecemos, es hierro flojo bajo macho duro, y a la postre todos quedamos forjados con iguales torceduras, como parejos esperpentos, resignados y tristísimos.»

Estaba visto que a nadie se le ocurría dar un rodeo a la casa. Los liberadores venían por lo derecho, por la puerta principal. Seguían los golpes. Aprovechando un silencio Plinio se metió los dedos en la boca y dio uno de aquellos silbidos famosos con los que solía llamar al guardia de puertas desde la puerta del casino de San Fernando. Le salió muy bueno y agudo. Repitió varias veces. Por fin se oyeron pasos por el jardín. Plinio silbó más.

—¡Manuel… Manuel… Manuel! —no podía fallar. Era don Lotario. No se le despintaba a él un silbido del Jefe.

Plinio pegó la cara a las rejas con la mirada hacia el cardinal de la entrada.

Precedido de la luz de su linterna llegaba con un remedo de paso gimnástico. Junto a él, a grandes zancadas, venía Luis Torres.

Plinio sacó el brazo por la ventana.

—Manuel, Manuel. Coño, ¿estás bien?

—Cansao de esperar.

—¿De verdad está usted bien, Manuel? —le insistió Luis.

—Sí hombre, sí; a ver si llegáis de una vez.

—A las once y media ya estábamos aquí. Pero venga llamar y nadie abría. Tuvimos que ir a la Dirección General de Seguridad y se ha venido el agente Jiménez y otros guardias con instrumentos para descerrajar.

—¿Están las hermanas Peláez, Manuel?

—Sí. Para llegar hasta aquí tenéis que atravesar casi toda la casa, un corredor acristalado y al final hay unos escalones que traen a este semisótano.

—Eso está hecho.

—¿Y doña María de los Remedios? —se interesó Luis.

—Ésa se largó. Ya os contaré. Venga, apresuraos, que perezco por salir de esta prisión.

Las Peláez se habían adecentado en lo posible. Allí estaban, derechas y serias, con sus bolsos en la mano. De pronto Alicia abrió el suyo y sacó la pistola con mucho cuidado.

—Tome, Manuel. Mi padre decía que era muy buena. Tiene incrustaciones de no sé qué. Si la cosa es legal se la regalo por los días malos que le hemos hecho pasar.

Plinio la miró con cuidado y se la guardó en el bolsillo interior de la americana.

—Buena pieza. No sé qué dirán en la Dirección. De todas formas, muchas gracias.

Los ruidos de golpes y pasos se oían cerca. Por fin llegaron a la puerta de la bodeguilla. Plinio se asomó. Se veía que probaban llaves maestras. Las Peláez también se acercaron a él y observaban con infantil curiosidad. Luego de unos segundos se oyó chirriar la cerradura.

El primero en entrar fue un agente delgadillo con las ganzúas en la mano. Luego Jiménez con su barriga. En seguida don Lotario, Luis Torres, Jacinto y Velasquete con sus ojos tiernos... Y el último, con un trozo de queso entre los labios, el Faraón.

—El alguacil alguacilado —dijo éste sin dejar de comer—. Pues sí que está buena la Justicia... Si no llega a ser por nosotros aquí te quedas hasta el triunfo de las izquierdas.

Todos contemplaban a Plinio y a las Peláez con cierta curiosidad, menos el Faraón que comía y seguía diciendo gracias.

—Anda mamón, ahora nos pagas unos chocolates en San Ginés, que llevo sin tomar nada caliente desde los galianos del «Mesón del Mosto» —dijo Plinio.

—Eso está hecho, que esperándote, esperándote, y luego con el rescate, tampoco hemos cenado.

—Andando —ordenó Jiménez con cara de sueño.

Las Peláez iban entre todos, muy cogiditas del brazo, sin duda un poco avergonzadas de verse solas entre tantos hombres a aquellas horas de la noche.

El chalet de la Barona estaba envuelto de tinieblas. El resplandor de las luces más vecinas quedaba lejos. Hacía fresco.

El agente delgado ató con cadena y candado la verja del jardín de Villa Esperanza.

Subieron en los coches de la policía un poco apretados. Arrancaron hacia Madrid.

—Otro caso en el bote, Manuel —dijo el Faraón engulléndose un cacho de queso de los que cogió al vuelo en la bodeguilla.

—Sí señor. Tú lo has dicho.

—El que puede triunfa y el que no a rascarse el sebo.

Llegaron a la plaza. Plinio le echó tal vez el último vistazo de su vida. Vovió a recordar a la huevera del moño alto, la verbena de San Pedro y a él mismo cuando soldado, sentado en la desaparecida barbacana... Y con aire de resignación encendió un «celta» y miró al frente para sacudirse nostalgias de la juventud perdida... «Ma-

260

ñana me tengo que encargar el traje en casa de Simancas.»

—Yo no quisiera denunciar a estas gentes, Manuel —dijo María—. ¿Podrá ser?

—Ya veremos qué se puede hacer. Usted tranquila.

Y apoyando la nuca en el respaldo del asiento, por primera vez desde la escena en el Casino de Madrid, se sintió contento con la vida.

Madrid-Benicasim, verano de 1969

Índice

Este libro se acabó de imprimir
en Apssa, S.A., L'Hospitalet (Barcelona)
en el mes de noviembre de 1990